序曲文化*Overture*

智慧啓蒙・文化創新・閱讀世界

序曲文化
Overture

序曲

是

交響樂章的前奏

人生旅程的起點

卓爾智慧的深度演繹與延展

似

風雷乍響

文化創新的隱喻與前兆

以

健康樂活・藝術傳承・歷史宏觀

・

閱讀世界

獵殺白色雄鹿

The White Stag

傳說中，會帶來不祥之兆的白色雄鹿又出沒在原野中，
見到牠的人，親友將會突然過世；若射殺牠，則會為家族帶來空前的大災禍……

C.W. 尼可——著　呂婉君——譯

目錄

contents

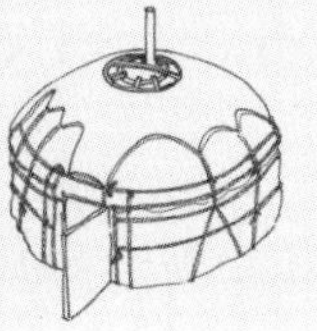

【森活館】出版序

如萬籟俱寂中的一聲宏亮虎嘯

「世界自然基金會」在二〇〇六年所提出的「世界生態系雙年報」當中，明確地指出：地球將在二〇五〇年時，面臨生態大崩解。在資源大量耗盡、物種快速消失、廢氣危害加劇的浩劫之下，人類將面臨空前的危機。

五十年之後的地球將會是什麼模樣？現在的我們無法臆測，但美麗的地球正在快速的被人類凌虐、低聲哀嚎，卻是不爭的事實。環境保護的重要性，已經是跨國際、跨領域、跨種族、跨生態的問題了，但居住在台灣這塊島嶼上的我們，環保議題卻永遠是最不受重視的弱勢題材。在國會殿堂中，鮮少聽見有議員爲我們的生態環境振振發聲；在報章媒體中，很少看見深入、有見地的生態環境報導；在出版界，環保書籍更是少得可憐，成了冷門中的冷門書。我不禁要問：爲什麼？是我們不關心自己生活的環境與土地，還是一貫地用鴕鳥心態，來面對這種嚴肅、枯燥、乏味的主題，心裡總是想著：反正事不關己。

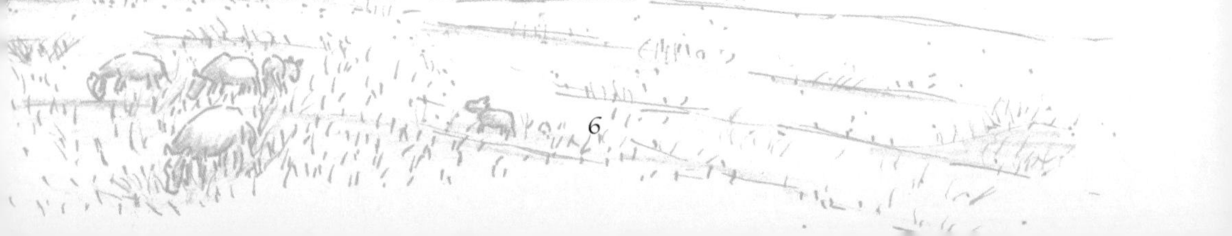

然而，五十年很快就會來臨，到時候我們該如何自處？那絕對不會單單只是政府該做的事、學校該做的事、環保專家該做的事，而是你、我面臨生死存亡必須面對、該想、該做的事。

每天早上醒來，我總會站在陽台上，望著對面公園裡滿眼的綠意，欣賞著正在做早操的老人家們，聽著小鳥啁啾的輕快叫聲，簡單而美麗的秩序，隨著從葉縫中灑落的金色陽光，奏起壯麗的交響曲，展開我忙碌的一天。這個小小的美麗公園，即將隨著捷運的開挖而改變風貌，捷運局的工作人員冷靜地告訴我，這整片綠樹將會被盡數砍掉，因爲捷運的通風口將設置在此。

再過不久，當我起床時，將會看見一座碩大、奇醜無比的通風設備，矗立在我的眼前，小鳥不會再站在枝頭啁啾鳴叫；老人家將失去一大片可以散步運動的空間；孩子們的遊樂設施也將因此所剩無幾，冰冷的水泥地將取代美麗的草地，成爲這座公園中最突兀的標的。

還記得剛剛搬進這個社區時，常常帶著孩子在公園裡追著小小的綠色蚱蜢玩耍，觀察著剛剛破土、伸出頭來的小小嫩芽與花苞，飛過頭頂的繽紛彩蝶，總是令孩子呼聲不斷、充滿驚喜。春天時，微風拂過那紅撲撲的小臉頰，總讓我心滿意足，打從心底感激這座小小的社區公園，能讓我的孩子如此健康、快樂的成長。當時，公園的樹都還很小，現在已經高聳茂密、綠意盎然，但不久之後，一切景象都將不同，隨這季節更迭，落花繽紛的美麗景色，將不復得見。

是人類自己的智慧不夠，才讓我們的生活品質沉落了，生命的寬度、向度窄化了，該是大家好好思索環境問題的時刻了，【森活館】於焉誕生。在這個書系當中，我們將和讀者分享各種樂活態度、慢活體驗與健康生活，讓大地的感覺更靠近我們一點，讓生命的律動更動人一點，讓生活的步調更柔緩一點，讓環境的關懷更多一點。

年初，國際環保專家C.W.尼可先生到訪台灣，他告訴我，如果環保書無法成爲暢銷書，那眞的是一件大罪過，因爲，我們得砍掉多少樹木，才能將正確的環保理念深植在讀者心中，化成具體的行動。因此，談健康、說環保的方式都不能再是陳腔濫調、說教述理，它必須鮮活有趣、鞭辟入裡。【森活館】中的書籍，可能是散文，可能是小說，也可能是報導，但我們都希望這些擲地有聲，如萬籟俱寂中一聲宏亮虎嘯的【森活館】叢書，能和您一起攜手爲我們的土地、環境、健康、生活而努力。

序曲文化總編輯　許麗雯

前言

兒時我經常騎著威爾斯小馬，到山丘上趕羊群回家，也常幫忙剃羊毛、把羊毛泡在殺蟲劑裡清洗、在羊隻身上蓋印章。後來更實際造訪蒙古，和當地人一同騎馬，一同喝酒吃飯。

我也時常和日本的獵人們一起到山林中散步。獵人們自己恐怕也沒發現吧？他們身上殘存著比稻作文化更悠久、或許可說是日本古代文明印記的痕跡。

有感於此，我動了寫一個少年故事的念頭。那個少年，是一個被馬兒、小狗和牛羊共同養育出來的孩子，和在稻田與菜園中生長的孩子不同，與被學校的課業五花大綁的孩子，更是天差地別。那是一個孝順父母、熱愛國家、鍾愛自然、敬愛皇帝的強壯少年的故事。

當你讀過這個故事之後，歡迎給我各種批評指教。

「這個故事的作者是誰呢？」要是有人問起，我會這麼回答：「是流著凱爾特人的血液，與在英格蘭的統治之下成長的伊努伊特人（Inuit）、克利人、克汀

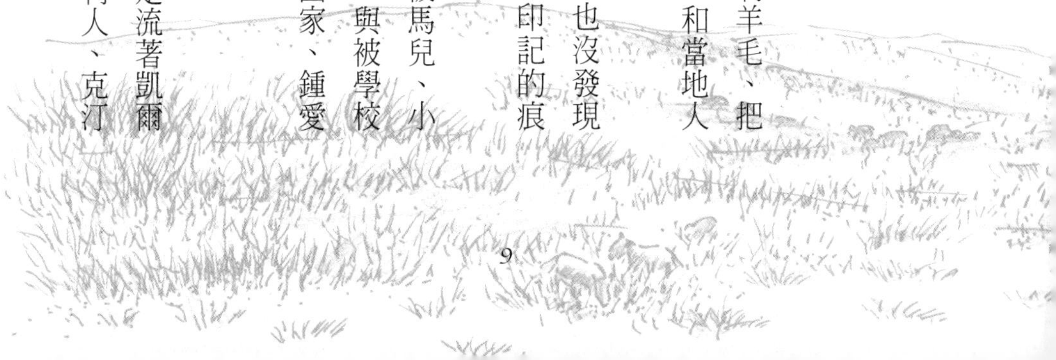

人，以及衣索匹亞的山岳戰士們共同生活過，也和蒙古人一起騎馬、摔角、宴飲、放聲高歌，並且把日本當成自己的故鄉、極度熱愛著這塊土地的一個小說家——我，C. W. 尼可。

1 與熊的對話

那是當年最後一個趕綿羊的日子。塔克他們正慢慢走向「野生林地」。

像這樣騎馬上山，雖然是塔克的一大樂趣，但對小馬而言，卻不是什麼值得開心的事。然而在塔克身旁護衛著他的兩隻狗，卻興奮得不得了，每當走在兩邊的牠們向前猛衝時，小馬上的塔克就會不自覺地豎起耳朵，仔細聆聽空氣中的沙沙聲。狗兒們以小馬騎士塔克爲中心，走在他前後左右約一百步的距離。

右手邊陡降的斜坡傳來了「嘿咿！嘿咿！」的響亮吆喝聲，那是其他牧童將綿羊或者馬和牛趕到山下的聲音。兔子等野生動物偶爾也會竄出來，飛快地逃到山裡。騎著小馬的塔克也看見許多野兔一蹦一蹦地跳上山頭。

在地勢這麼高的地方，塔克格外感到周遭荒涼。山路非常險峻，而風勢似乎也愈發強烈。塔克好幾次都不得不跳下小馬，拉著韁繩小心走過陡峭、危險的路段。

附近這一帶是「村民林地」與「野生林地」的邊界，人們在這裡佈下了捕

獵物的金網和柵欄。村民林地這帶一到捕獵季節，都能捉到不少小動物，也能撿到不少樹枝，還採得到樹果、草莓和蘑菇。但是野生林地卻截然不同，那裡充滿著謎樣的神秘事物，是古代神祇和皇帝統治之處。雖然任何人都能自由進出，但若是沒得到皇帝的允許，就任意帶走這片森林中的一草一木、或是任何獵物，嚴重的話會被處以死刑。

塔克仍不斷地前進，在如此陡峭的高地上，迷路誤闖的家畜和小鹿雖然不是很常見，但牠們還是能在樹下找到可供啃食的叢生雜草，只不過這些雜草與在海拔較低之地生長的草比起來，顯然粗硬許多。

但是一踏入野生林地，景色就會爲之一變。樹木從山毛櫸變成高大的暗綠色常綠樹，樹下雜草數量也猛然增加，這裡眞是一個黑暗又神秘的地方。

塔克騎著小馬不停地前進，沿路發現森林邊界的金網，因爲樹木倒塌而破了好幾個洞，需要修補。這天塔克不管是家畜也好，野生動物也好，他都不放過地每樣看個仔細。有時他會從口袋裡拿出小本子做筆記。塔克並不是很勤於做記錄的人，但是老師和父親都建議他要常做筆記。每天晚上洗完澡、吃過飯之後，做當天的工作記錄，是塔克他們這些小孩子一定要做的功課。沒寫記錄的人，下次工作就不准騎小馬出去。

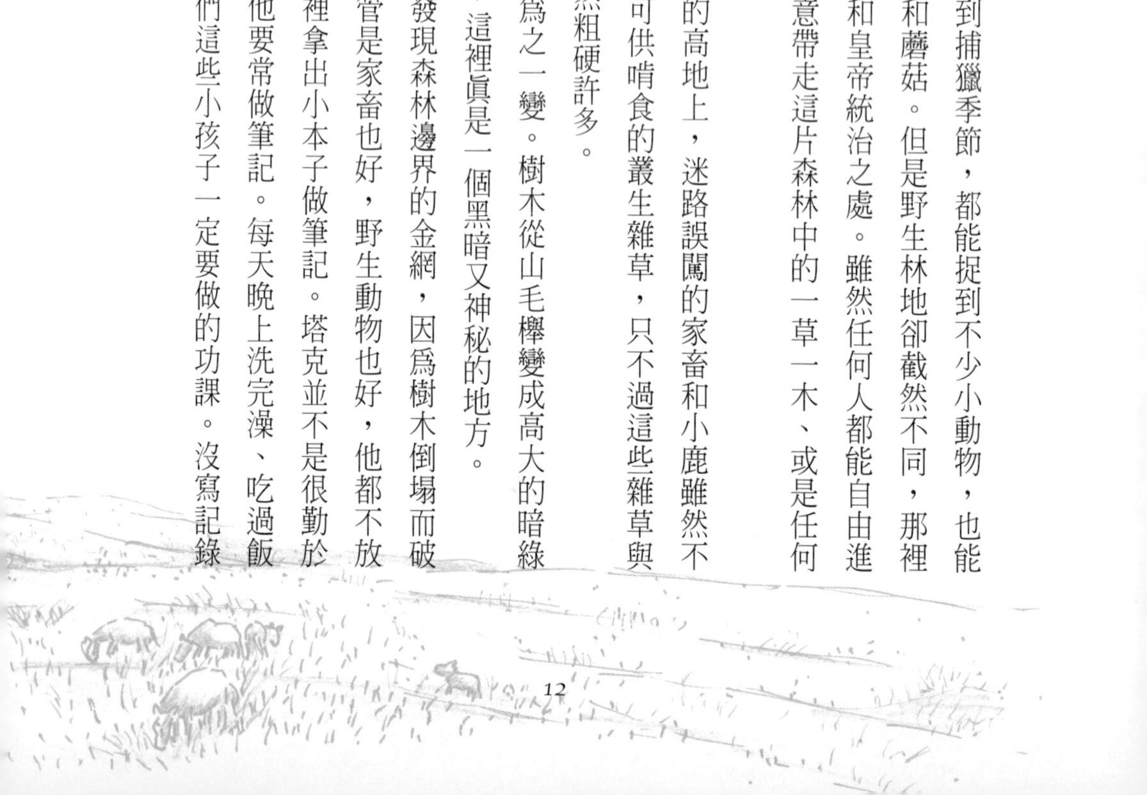

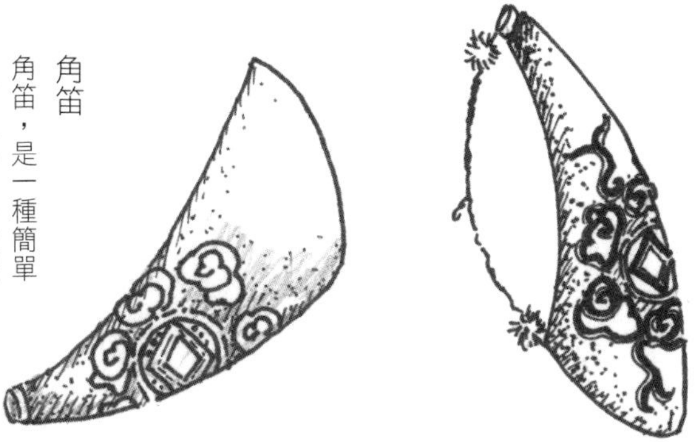

角笛

角笛，是一種簡單的管樂器。一度盛行於牧羊人和家畜商人間。角笛可以演奏舞曲，或是趕家畜時打發時間之用。

塔克沿著周圍連綿的山峰延伸出來的山脊，一步一步往山上走。塔克終於下了馬。他停在原地，一邊摸著小馬像絹絲一般的鬃毛，定定地凝視著前方。

山腳下傳來了角笛的聲音，這是負責指揮大家趕羊的領隊所吹出來的、打暗號用的角笛聲。而午餐和休息的時間一到，也會聽見一個長音、兩個短音的角笛聲。塔克將小馬的韁繩繫在樹上，喚狗兒們過來。

「老虎！地衣！快過來！」

塔克卸下弓和箭筒以及腰包，蹲下來靠在樹上，並打開袋子，拿出母親替他準備的便當。他一邊吃，一邊困惑地想著，爲什麼今天連一頭羊也遇不到呢？

從來沒有發生過這種狀況。在這麼高的坡地上走失的羊著實不少，每到這個季節，村莊裡的小孩子和年輕人，總是會走遍這五座圍繞平原的山嶺，賣力地搜索羊隻。

把牛和馬從草地、把羊從羊欄裡趕出來，是這時期的慣例。降雪的月份一到，一定要把牠們趕進有屋頂的小屋裡，還要準備一個長長的飼料槽來裝飼草。至於給人騎乘、替人拉車的家畜，則享有特別待遇，大約從三月底一直到積雪厚重的時候爲止，都養在與冬天的房屋一樓相連的家畜圈裡。然後再過不久，「大狩獵日」就要來臨了，那時還在山裡徘徊的家畜很容易被獵殺。

塔克無視於狗兒們哀怨的眼神，兀自滿足地狼吞虎嚥，把便當掃光光。他最喜歡工作天了！他喜歡工作，比上學還要喜歡多了，雖然爲了寫報告常常要艱辛地熬夜。

「報告要寫得非常正確喔！要清楚、確實地寫。」父親如此說道，「這樣認爲」和「大概」這類詞彙，是皇帝陛下身邊的學者，或是大學老師發表評論才能用的字，你只要仔細觀察、用心傾聽、好好聞味道，然後記錄下來就可以了。一定要做筆記！這樣一來就不會忘掉了。要是你確實地撰寫報告，即使到了我這種年紀，也不會忘記曾經寫過的東西。這樣你了解了嗎？」

隔著炕爐與父親面對面坐著的塔克，鄭重其事地向父親行禮後回答：「我明白了，父親大人。」

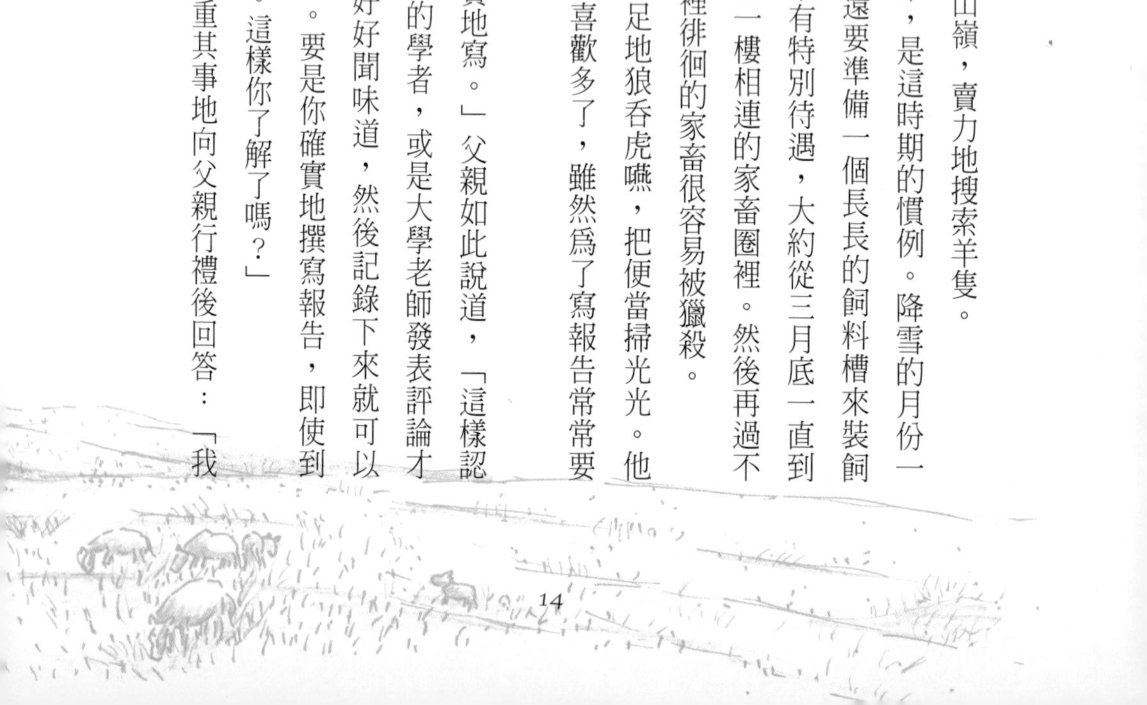

塔克對父親說的話言聽計從。他八歲時因爲想要幫忙家裡，而不假思索地回答父親時的記憶，至今還深深地烙印在他的腦海中。父親那時將塔克背對小馬綁在馬背上，綁了一整晚。

「有一天你如果能勝過我，不管騎馬也好、狩獵也好、獵水鳥也好，所有的事情都比我優秀的話，那時候我就聽你的。不過在那天到來之前，你還是由我來照顧。你對我和你母親說的話得乖乖服從。如果你不耐煩，我就把你送去孤兒院，懂了嗎？」

這番話的意思，塔克再清楚也不過。

吃完飯的塔克正在收拾便當餐盒，山下傳來了一陣角笛聲。那是再度展開行動的信號。他站了起來，將弓、箭和袋子背起來，然後也發出回覆的信號。

塔克手拿著韁繩邊拉著小馬，再度命令狗兒去搜索那些迷路的家畜。

前方又是蜿蜒的漫長山路。塔克唱著民謠作爲信號，傳給應該在自己右側並行趕路的同伴，告訴對方他爲了調查山頂金網的事情，所以不得不由山脊的這方登入。同伴和塔克雖然無法看到對方身影，不過都在聽得到對方聲音的範圍裡行動著。

登山可不是件輕鬆的事，塔克因爲悶熱而汗流浹背。靠近山頂的附近長滿

弓身

通常選用有韌性或硬度高的材料製成，如木材，或動物的角。

弓箭

弓是利用弓弦的彈力發射箭矢的武器。根據考證，三萬年前的原始人類，就就已經在使用弓了。弓手使用的弓，依照其體型、力量及技術，而有所不同。在中國，弓的強度的量詞為「石」（音但）。古代的弓箭通常用來打獵，也在戰爭中當做武器使用。也有一些文明是把弓當作樂器使用的喔！

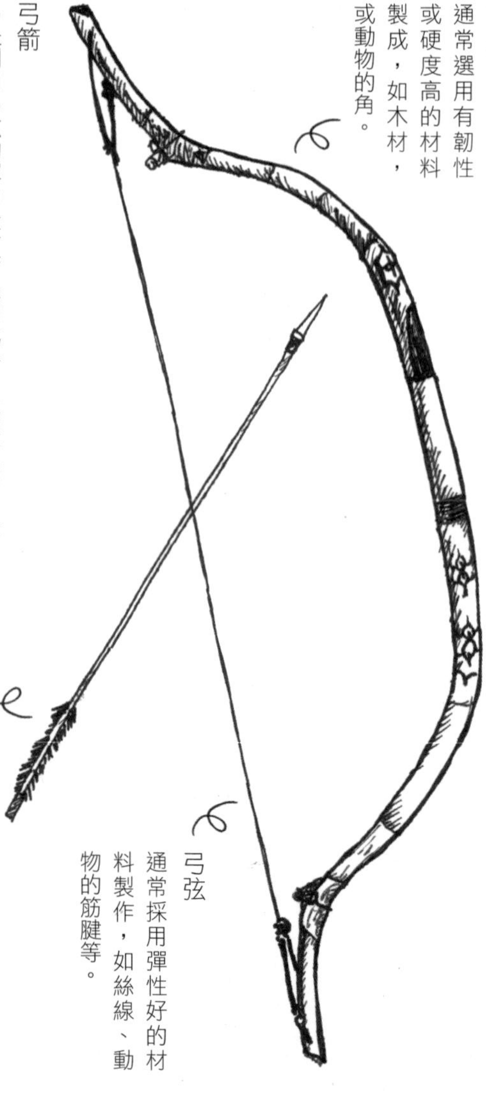

箭

弓弦

通常採用彈性好的材料製作，如絲線、動物的筋腱等。

箭筒

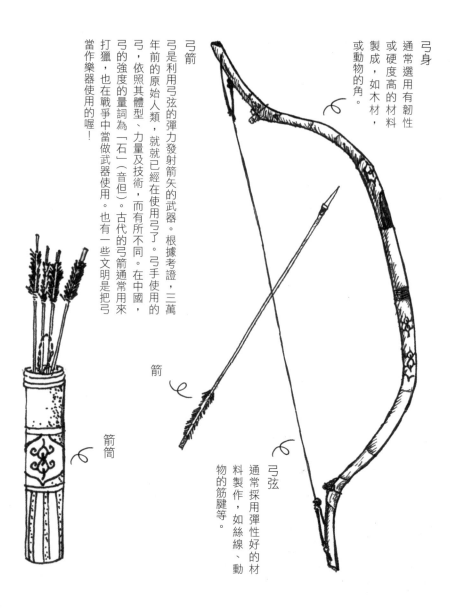

了茂密的灌木和短竹叢，在前方的狗兒地衣不知道在對著什麼吠叫著。塔克往前一看才發現狗在金網旁邊，正嗅著那個似乎是最近才被抓破的網子。破掉的金網上面殘留著幾根灰色的毛，看起來很像狼的長粗毛。

塔克將弓從肩上卸下來握在手中，箭除了緊急時必須拉開之外，其他時間還是將它反折比較好攜帶。在森林中一將弦拉開，就會變成馬上可以使用的強弓。雖然塔克才十二歲，但他已經擁有少年弓術三級的實力。審查的最後一關，是必須在全力加速前進的小馬背上，將六支箭射入距離約三十步、高度約在胸部的箭靶上，那是狼和人之間的射程。塔克這時打算立即放箭。但是他不太想將昂貴的鐵製箭頭遺失在草叢中。

這時狗兒老虎到了。果然跟地衣一樣，先嗅嗅氣味而後吠叫了起來。塔克命令狗兒們跟蹤氣味，一邊小心地不發出聲音，跟在狗兒後面一起進入野生的森林。塔克什麼也沒發現，他右手握著弓和箭坐在馬上，邊注意周圍的環境，邊進入森林。塔克吹著口哨通知同伴他似乎發現了類似狼之類的動物毛。大家和塔克一樣，登到當天目標的高峰後，都已經開始下山了。狗兒們循著地面上的味道前進，老虎吠叫著，小馬也用鼻子噴出聲響。

塔克一行人不久就走出了空地。草地大約只有庭院般大小，對面是有著陡坡的堤防，底下的小河緩慢地流淌著，枯葉和橡實散落一地。塔克之前曾聽到枯葉被踩動的沙沙聲，現在在這片空地上也聽到了一樣的聲音。

小馬戰慄地用力嘶吼了起來，又突然踢起後腳，害塔克的臉擦到了旁邊的樹枝。塔克爲了讓自己不被甩下來而拚命地安撫著小馬，但過程中還是把弓弄掉了。

塔克下馬撿起弓箭，戒備地搭弓拉弦，並命令狗兒隨後跟上。狗兒疵牙咧嘴地怒吼著，耳朵也豎了起來，像是剛剛獵到獵物的樣子。可能是狼或是野狗吧，塔克一想到牠們灰色的身影，就不寒而慄了起來。

是熊，是熊叼著死去的羊。

塔克拿起弓，正打算上弦。但是塔克明白，這裡距熊大約有六十步以上的距離，即使射中頂多也是受傷而已，絕對無法射死牠。這時少年塔克想到父親說過的話。

「殺熊一定要用大人用的弓，取大約十步，頂多十五步的距離射擊，不然絕對不會成功。而且一定要瞄準側腹，射穿牠的肋骨，然後熊會轉而面對你，這時你或者同伴一定要用射熊專用的槍射殺牠不可，這就是獵熊的方法。被認爲是有害的熊，一旦被發現就會被來福槍給射殺。那是處刑，而不是狩獵。」

他將弓卸下，輕聲地命令狗兒：「在這裡等著！」羊隻已經被咬斷，只剩一半，內臟也都不見了，屁股連同後腿部分也支離破碎。熊拖著屍體走向堤防，忽然一個轉身往這邊看了過來。塔克緩慢地接近，拉緊了弓但沒有瞄準。塔克發現那頭羊應該是父親所飼養的。毛色像絲一樣的光滑白皙，還有那強壯的身體，那是用來配種而沒有去勢的三歲小公羊，頭頂有一個小小的黑色星星印記。塔克家的動物耳朵上都會印著特有的印記。

塔克非常害怕，他可不想死在這裡。他知道不採取些行動是不行的，於是踩著緩慢的步伐一步步地靠近熊。熊的耳朵服貼著，用前腳撥地想要嚇阻少年，不過狗兒老虎見到自己的小主人處於下風，按捺不住，無視命令地就向熊撲了過去，結果熊後腿一踹就將撲過來的老虎甩開，就好像用前腳玩弄小狗般容易。狗兒被甩到地上後，發出了長長的哀鳴聲，牠的脖子和側腹上清楚地留下四點紅色爪印。

如果要讓狗對付熊，起碼也要三隻才夠，而且還得是受過獵熊專業訓練的狗兒。否則不僅是狗兒受傷，連熊都捉不到，因爲熊攻擊狗兒之後，會馬上逃得無影無蹤。熊還是用後腿立在那裡，可以清楚地看到牠喉嚨部位的白色月亮形狀。牠晃著身體，目光停在那具羊的屍骸上，塔克拉著地衣的項圈，命令牠不准動作。

老虎可憐地哀鳴著，疵牙咧嘴地爬回來。塔克也知道這時絕對不可以跑。聽說遇到暴怒的熊時，倒在地上裝死是不錯的方法，但塔克此時卻連這樣做的心情也沒有，因爲這樣兩隻狗兒一定會爲了保護主人，犧牲自己撲向熊去，所以還是站在原地就好。但是如果熊往這邊來的話，牠和自己的距離會縮短，到時就拿弓箭射殺牠。可以的話，立刻瞄準熊的喉嚨射牠。

果然，熊眞的朝他而來，塔克差點就要放箭了，眼看就要被攻擊，但卻是個假象。熊在離塔克約五步之地就止步，吼了幾聲又慢慢地走回羊隻。牠轉了一圈四腳著地後，晃起了身子，並且左右擺起了頭。

塔克謹愼地踏出幾步後停住，低聲地要狗兒安靜，然後以懇求的語氣對熊說：「給我耳朵吧！那是我的喔，有我們家的印記喔。剩下都給你沒關係，只給我耳朵就好，可以嗎？」

熊再度扒起腳邊的土和葉子，之後就將羊的屍體咬住，像一個拳擊手一樣左、右、左地揮拳。羊的頭似乎快和身體分家了。

「如果你介意的話，你就這麼做吧。」話說得再清楚不過了，塔克並沒有停

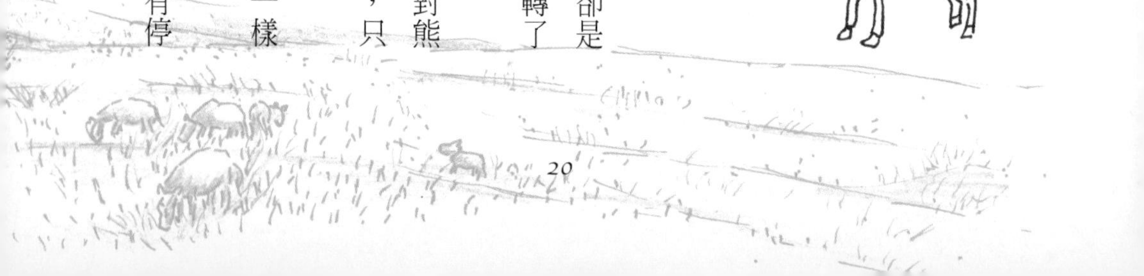

下腳步，他一邊接近熊，一邊沉穩地低聲說道：「只有耳朵而已，熊先生。只要耳朵就好了。」

這時塔克的胸口倒吸了一口涼氣。已經沒有退路了。他和熊的茶色小眼睛四目交會，然後又看往腳邊那頭死去的羊，他一步步地接近牠：「只要耳朵就好……」

突然間，熊轉身向樹幹伸出了爪子，一邊激烈地搖頭晃腦，並且全身如跳舞般晃來晃去。塔克止步將手上的弓箭放在地上，跟狗兒們交代：「在這邊等著。」之後，就伸出雙手，再向前踏出一步。

他沒有拉開嗓門大叫，只用一般的音量和態度。塔克和熊攀談，他不想傷害對方，只想拿那個蓋有印記的耳朵。因爲羊是獻給山的，所以誰都可以吃，也都可以取牠的毛皮。塔克很認眞地許下承諾。

但是，耳朵不一樣，拿到耳朵不僅是他的權利，也是義務。

熊的行動慢了下來，塔克以爲牠又要發出低吼聲時，一個不注意牠卻改變方向，跳到後面的堤防後，轉眼就消逝無蹤。塔克抖著走近羊的屍體，從背袋裡拿出刀，將印有記號的耳朵切下來。塔克心跳個不停，緊張地差點喘不過氣，回到狗兒等他的地方，騎上小馬「風」害怕地逃離現場。塔克擔心被大家

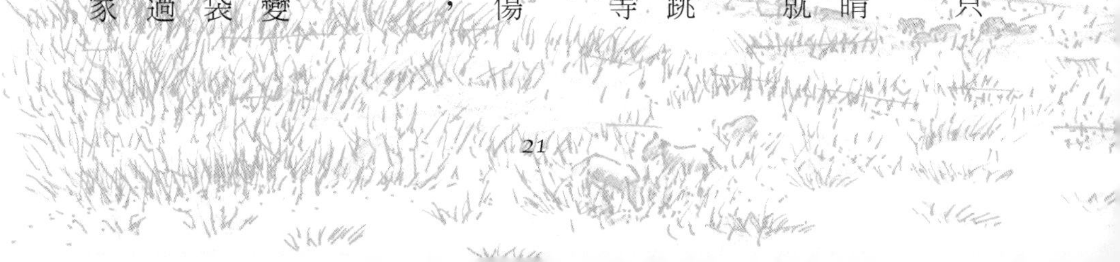

發現之前如果還沒抓到，同伴們一定會笑他是笨蛋。

塔克和狗兒們一起下山了。

大約走了五分鐘左右，樹蔭下忽然出現了一名男子，對這個出其不意的人，塔克毫不猶豫地取箭上弦對準他。狗兒也對那男人以威嚇的聲勢吠叫。然而那個站在路中央的冒失鬼，臉上始終掛著笑容。

從來沒看過這個男子。他個子不高，黝黑的臉上有著深刻的皺紋。他不像這一帶的男人總是戴著羊毛帽，他只把銀白色的頭髮紮起來。這一帶的男人多穿著羊皮製的西裝背心、羊毛或棉花手工製作的襯衫，而這個男子只披著斗篷，斗篷底下穿著拳擊手會穿的寬大睡衣。布料是灰色混著暗綠色，鬆垮垮的短褲長度大約到膝蓋，小腿紮著綁腿，拖鞋的綁帶就剛好綁在腳踝的地方。右腰吊著柴刀，劍鞘是櫻木和樹皮製成的。右手拿著已經拿出內臟的野兔，手裡拄著一枝拐杖，那男人就靠著那枝枴杖站在那裡。

塔克立刻放下了手中的箭。認眞說來，以武器正對著人是很沒禮貌的行爲。他馬上對這名男子鄭重道歉。「即使如此……」塔克看到他手上拿著的野兔，不禁懷疑他該不會是盜獵者吧。「這個人是盜獵者嗎？如果他是，他會不會對還是小孩的我有所不利？」

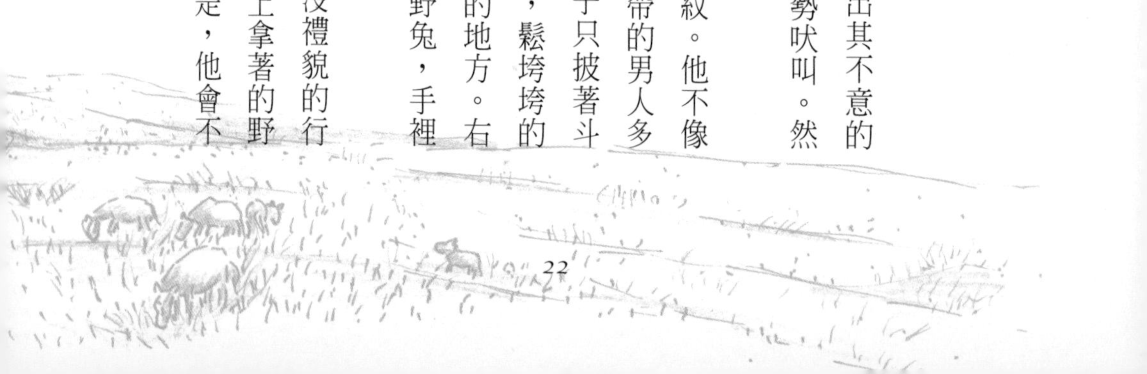

男子滿臉「不是！不是！」的表情，揮手笑著說：「不是不是，我可不是盜獵者。這可是正當取得的獵物喔。」

男子說話的感覺有點怪怪的，他從寬腰帶上取下一個用紫色皮革做的小袋子，把它拋向少年：「你自己看看吧！」

塔克從那袋子裡拿出了一個橢圓型小金牌，上面刻著象徵皇帝的菊花和角笛。塔克雙手拿著，然後恭敬地磕頭後放回了袋子裡，並向男子低頭說道：「伯伯，請原諒我。請原諒我的無知。」

塔克將弓放在地上後跪了下來。男子又笑了，他那閃著黃色和奇妙榛果色的圓眼睛愉快似地笑著。

關於榛果色眼瞳之人的歌謠和故事，塔克至今聽得相當多。女人家們也在市場上看過好幾次，也看過他們來家裡推銷販賣手工藝品和藥。不過如此近距離地看到，倒是頭一遭。

「起來吧。我那樣突然出現，要請你多包涵。我之所以沒有叫你，是因爲脾氣很拗的母熊正在你旁邊，面對正帶著小熊要離開的母熊，最好要安靜一點。」

「小熊？」

「是的，就是那些體型大且年輕的淘氣小孩。剛剛說到，爲了要從樹上趕走那些傢伙，母熊不得不教訓牠們好幾次。但是再過不久，小熊就應該要和父母離別了，那時候母熊難道還能跟在後面趕走犬狼嗎？」

「犬狼？」

「是的，是犬狼，是狼和狗的混血。說得不好聽一點，那可是見不得人的生物。你的羊會被殺也是那傢伙幹的好事，但因爲你們爲了威嚇而發出嗚嗚的吼聲，熊也剛好趕到，那傢伙就趁機落荒而逃。今年春天我們村落的人也發現了那傢伙的所做所爲，所以才會知道羊那麼簡單地就被殺了。總之，我不是故意要嚇你，你採取的動作也是正確的。依我看，你也是一半的野生林地人。如果母熊受傷了，變成狗兒的內臟被吃掉，無論對哪一方，都是一件悲傷的事不是嗎？所謂的「母熊捨身戰鬥」，我們還是不要說那種冠冕堂皇的話，只要離開就好，不是嗎？」

男子將野兔掛在拐杖，將背上的籠子卸下從中翻找東西，一會兒才拿出蓋子蓋緊的小陶壺。男子浮出了一抹笑容，在路旁蹲了下來。

「你可以請你那些已經受傷的朋友們到我這兒嗎？」

「老虎，去打聲招呼。」塔克下了命令。

老虎走近陌生男子旁，聞一聞他伸出的那隻手。老虎跟平常不一樣，牠竟

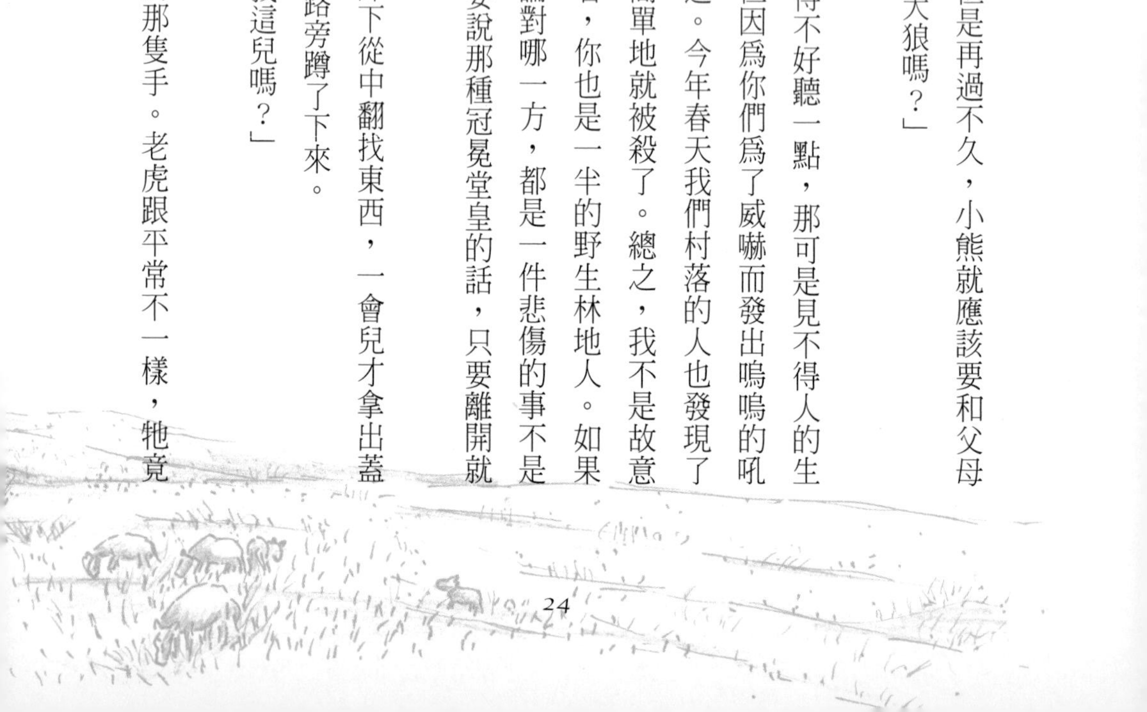

然搖著尾巴。

「躺好，不要隨便亂動喔！」男子說道。

老虎服從地乖乖躺好，男子從一個壺裡拿出綠色的藥膏，非常輕柔地幫狗兒的傷口上藥，擦完後又用枯草揩了一下手，將壺收進籠子裡，然後又把籠子揹起，拿起腳邊的枴杖和野兔。

「藥上好了，傷口這樣應該沒問題。疼痛也已經止住了，因爲這藥的藥效很好，之後要給牠吃得清淡點，不乾淨和有粉末的地方盡量不要接近。雖然牠很勇敢，但還是多注意熊。以後多多留心這隻狗好嗎？」

塔克低頭道謝：「謝謝伯伯，可以請教您尊姓大名嗎？我是邊境一族的塔克。」

「噢，是這樣啊。飛翔在空中的年輕塔克，好名字。至於我，就叫我『野兔爺爺』吧。那麼就此告

野兔的適應力很強，從疏林、灌木到矮樹叢的半沙漠地區，都可以見到牠的蹤跡。

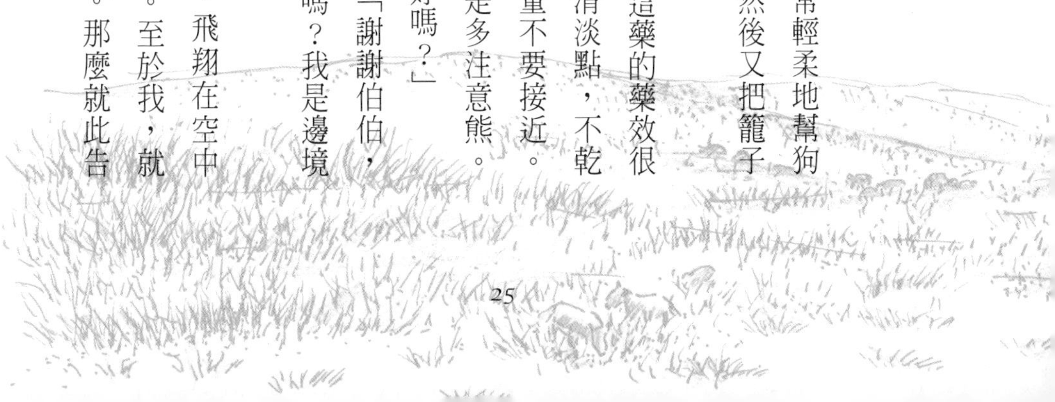

別了，年輕人。山也會感謝你的，感謝你的勇敢行爲。」

話一說完，男子的聲音就馬上消失在森林中，好像他從來沒出現過一樣。

塔克好不容易走回村民林地，已經是入夜時分。剛剛和他一起去的其中一位同伴騎著小馬「風」，拿著韁繩在這裡等他。

「喂，你是從馬上摔下來了嗎？」

「沒有。」

塔克沒解釋什麼，跳上馬鞍用力踢了小馬的腹部，小馬就全力向前奔馳。等著塔克的同伴的小馬，也像是在競賽一樣，隨後跟上，狗兒們也隨後跟上。

兩位少年騎著小馬回來時，大家已經將羊分類好趕進柵欄裡。那裡人聲鼎沸，大約有四十名以上的年輕人和少年，分別騎著小馬返回，還有兩倍的狗兒和數千頭的羊，都擠在這裡。喧嘩中，首領拉開嗓門大聲地說明隔天工作如何分配。塔克走到首領身旁，勒住小馬令其止步，並取下帽子下馬鞠躬，爲了晚歸道歉。

首領是塔克的叔叔，是爸爸的弟弟。他大聲對著低著頭的塔克斥責。首領

一聽說小馬回來，卻沒有載著少年回來的消息時，一直擔心著他的安危。如果少年再晚點回來，就要請搜查隊去找人了，這樣一來應該連警察都會知道了吧。塔克摸了摸袋子，拿出切下來的羊耳朵，把它交給首領。首領一看到就叫了一聲。

「是我們家的羊嗎？是狼嗎？還是你射殺的？」

「不是狼。我沒有看見狼的蹤影。是熊叼著羊的屍體。我一下馬，熊就落荒而逃了。」

首領瞄了一眼，注意到塔克的狗受傷了。

「是熊？是那傢伙殺了羊嗎？那麼得馬上申請壞獸捕捉令，成立獵捕隊不可。」

「不是熊啦，是一隻是狼又是狗的動物。總之，這是牠幹的好事。」

叔叔厲聲說：「你不是看到熊叼著羊嗎？怎麼又變成狼呢？」

「我看到的是熊沒錯。之後我又遇到山上的居民，那人跟我說那是有小熊的母熊。但不是那隻母熊殺了羊，是一種叫犬狼的動物幹的好事，聽說是熊趕走犬狼的。啊！在那邊的金網有新的破洞，留下了一些灰毛，好像是最近才有的。」

「雖然是這樣，但帶著小熊的母熊難道不危險嗎？你是怎麼拿到耳朵的？」

馬奶酒

奶酒，蒙古語稱薩林阿日赫，用各種奶發酵的酸奶釀製的酒都稱奶酒。

馬奶酒，又稱馬奶子，是風行蒙古的飲料。雖然跟啤酒3%～5%酒精濃度差不多，但對蒙古人來說，不算是酒。

馬奶酒製作方法很多，常見的就是將馬奶加入酵母後，倒入皮袋子中，以木杵不斷攪拌發酵的飲料。馬奶酒的顏色為清澈的白色，味道帶點酸，據說有健胃、驅寒、活血的功效。

從蒙古民歌中可以了解馬奶酒與蒙古生活切身關係。「自釀瓊漿貴如金，此酒只應天上有；禦寒壯膽添神力，勸君多飲馬奶酒。」

馬奶酒要抱著大碗輪流喝才能暢享「大碗喝酒」的豪情。

這時塔克他們四周聚集了許多騎著小馬的牧童。孩子們都想早點結束工作，早點解散，但因爲想聽塔克解釋爲何晚歸，才都聚在這裡。

「喂！然後呢？怎麼拿到這個東西的？」

「我拜託熊給我的，那熊聽了我的話之後，就把它留給我了。」

大家都笑了起來，首領盯著姪子的眼睛瞧，他從沒聽過塔克說過謊。他也許只是有點幻想癖，但絕不會隨便說謊。

「好，我知道了。你做得很好。」

首領在馬上回身大聲宣布解

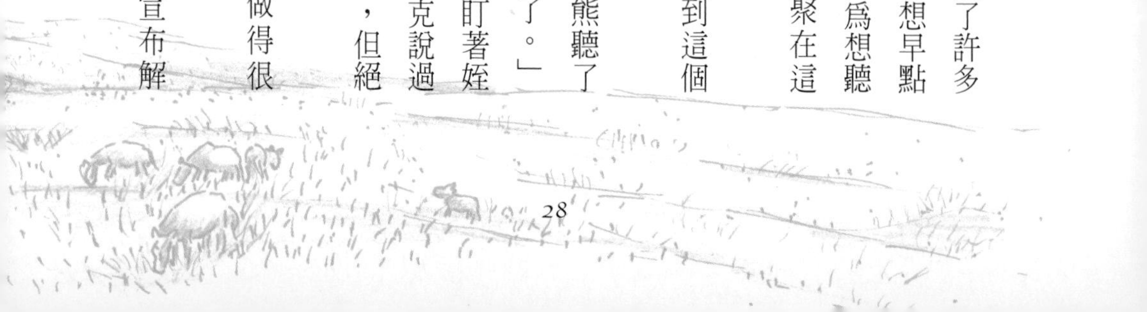

散，然後伸手拍拍塔克的肩膀。

「那麼，小塔克你也回家吧，晚飯後拿著馬奶酒來你父親的帳篷。寫報告之前，要告訴你父親還有我，關於那隻母熊、山中男子、或者犬狼的事情好嗎？今天眞是辛苦你了。」

「好。」塔克答道。還好首領沒有生氣就這樣結束了，他鬆了一口氣離開那裡。但他對叔叔仍然像在叫小孩那樣叫他，有點不高興。都經歷了那麼多的事情了，還用這麼幼稚的稱呼。

「叔叔，你是不是不相信我說的話？我眞的拿回了耳朵，還有老虎傷口上的藥，也都假不了，不是嗎？」

塔克帶小馬到河邊，讓小馬喝過水後，帶著馬兒回家去。

像狼嘴般的鋸齒狀山峰並排的天邊，可以清楚看見鮮亮的朱紅色光芒。這個光將照亮黑灰色的烏雲，將厚厚的雪給染紅。到了明天早上，群山峰嶺間，應該會積滿雪吧。塔克抱著馬鞍和其他工具走回帳篷，中央的煙囪升起了裊裊的炊煙，有著烤鱒魚的味道。他突然想到，今晚野兔爺爺不知道會在哪裡就眠。

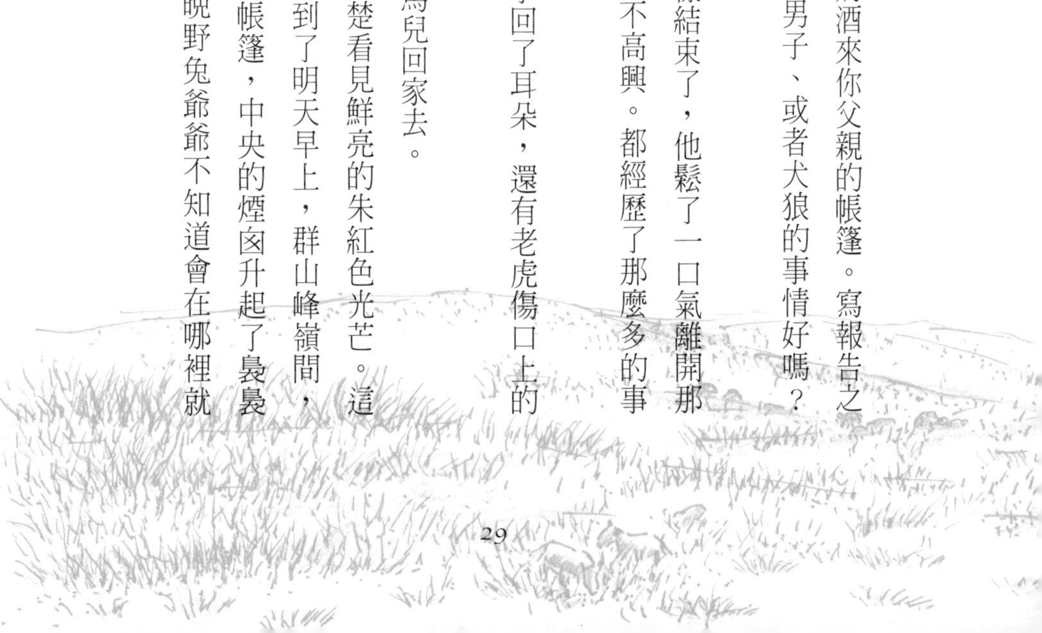

2 哥哥歸來

開始飄雪了。那是這個冬季第一次降下的瑞雪。剛好是塔克們將夏天生活用的帳篷收起，移到家裡過冬天生活的時候。這附近的男人們都來幫忙整理帳篷。不到半個小時的時間，塔克們所居住的移動式帳篷已經被分解成好幾部分，裝進貨車裡，疊得高高的。

可以隨時準備出發囉。

出門前，大家邊喝茶邊聊天，氣氛相當熱烈。女人們早一步先進去冬天的房子裡。將門窗打開通風、打掃、升起暖爐的火，先暖暖房子，等著男人們回家。這把火持續燃燒了整個冬天。冬天的家附近，隨時都可以找到柴薪。

「好吧！我們出發吧！」塔克的父親喊著。大家邊高聲歡呼邊往馬的方向跑去。整理帳篷也好，騎馬外出也好，今天的一切都是如此的開心與美好。

不同於塔克在帳篷的生活方式，也有人一年到頭都在市鎮中生活。這些人

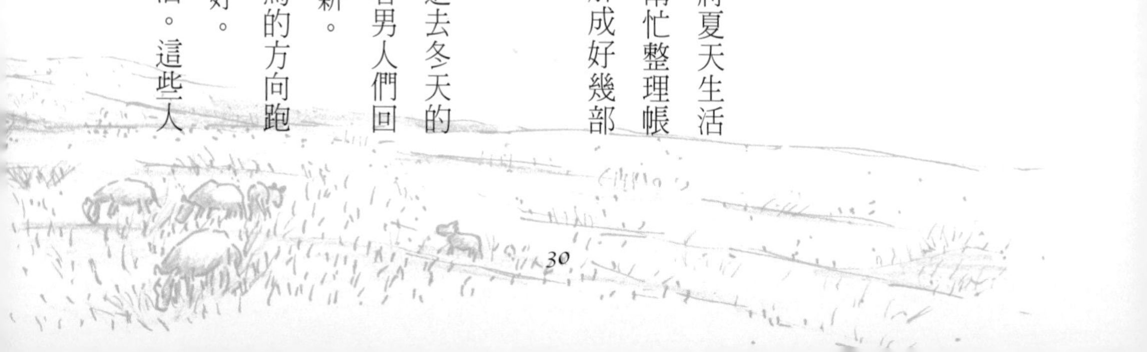

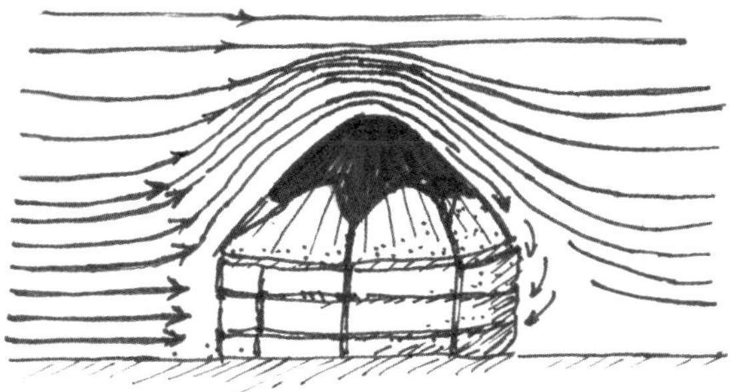

蒙古包抗風擾流圖

蒙古包的受力結構都有一定的彈性，可以將壓力均勻地傳遞到各部位。垂直面，直接受到風力的面積很小。背風面，風到了蒙古包的後部，形成了一種回推的力量。

煙囪

以前的蒙古包是沒有煙囪的，所以每次煮飯，蒙古包裡就煙霧瀰漫。

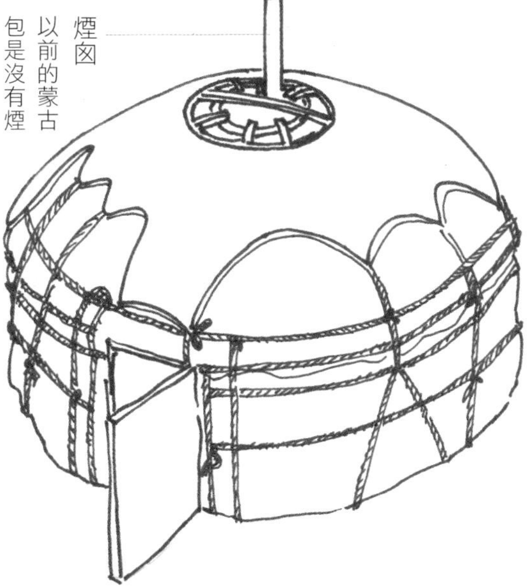

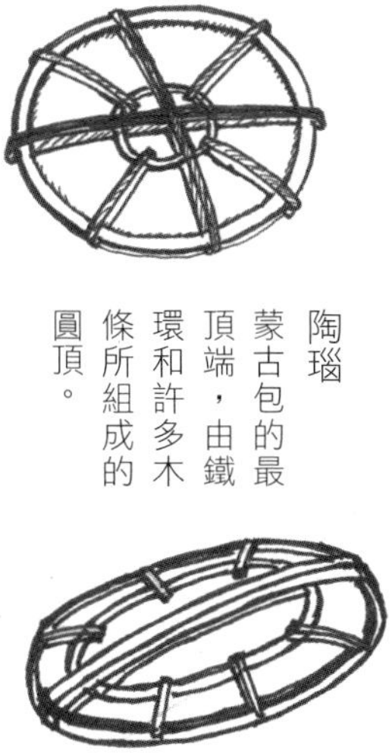

陶瑙

蒙古包的最頂端，由鐵環和許多木條所組成的圓頂。

移動式帳篷

塔克家冬天住的移動式帳篷，其實就是蒙古包。蒙古包是由哈那、烏尼、門、陶瑙所組成的，上部和外牆再覆蓋羊皮作成的毛氈、圍氈。蒙古包是一種高效率的住房民居，在一個小時就可以拆卸、組裝完成，即使是一名女子，也可以游刃有餘喔！非常適合游牧民族的生活。

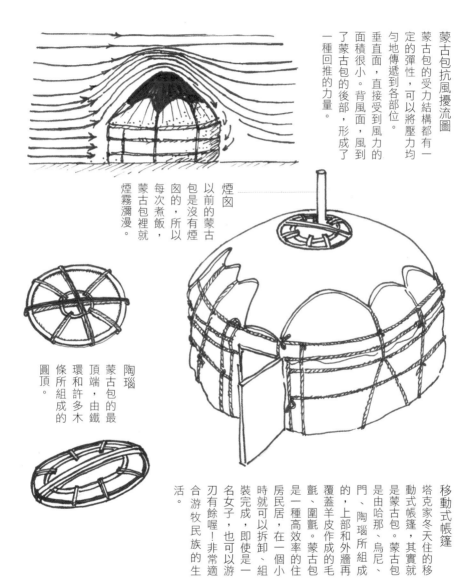

的生活方式對於塔克他們來說是非常可憐的。立春雪融之際，塔克他們都想立即過游牧的生活，身體也都期待著解放。

在帳篷過生活比起普通的住宿來說，大家的感情會比較親密和睦。不管任何事都互相幫忙，不管任何事情都充滿了輕鬆愉快的幸福氣氛。山海全家人都非常喜歡帳篷式的生活。春末到初秋數個月之間，生活在帳篷中可是一大樂事。沒有帳篷的夏天生活，怎麼也不能想像。

從此處到過冬的家大約只需要三十分鐘就能到達。

山海的家雖然建造模式與其他人的家相似，但比其他人的家都還要來的寬敞。寬敞的客廳連餐廳，是足以容納四十個人的空間。一角，有一個用磚塊砌成的暖爐。

回到冬天的家，男人們將行李放下，將帳篷和其他的行李一起放進一樓的倉庫裡，此時烤羊肉的香味撲鼻而來。塔克驚覺自己的肚子正餓得咕咕叫，眼前馬上浮現二樓的暖爐上，肉因爲烤得太熱，脂肪滴落在火上，正滋滋叫著的光景。

在二樓聽到放東西聲音的女人們，馬上準備上等的大麥啤酒、甜蜂蜜酒，還有裝馬奶酒的酒壺。裝著菜餚的大盤子也一定得準備。起司、還有爲了慶祝

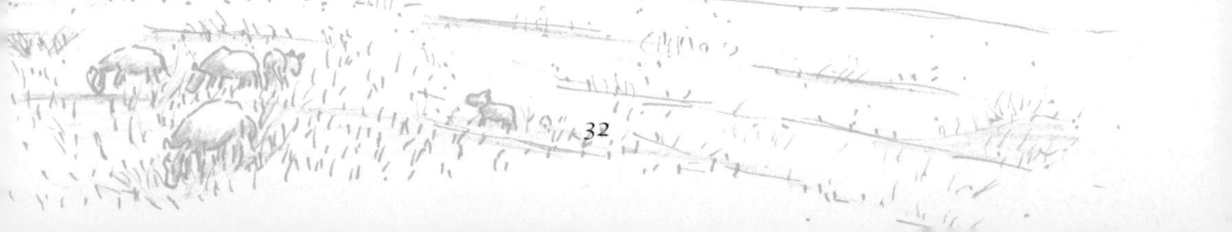

蒙古包剖面圖

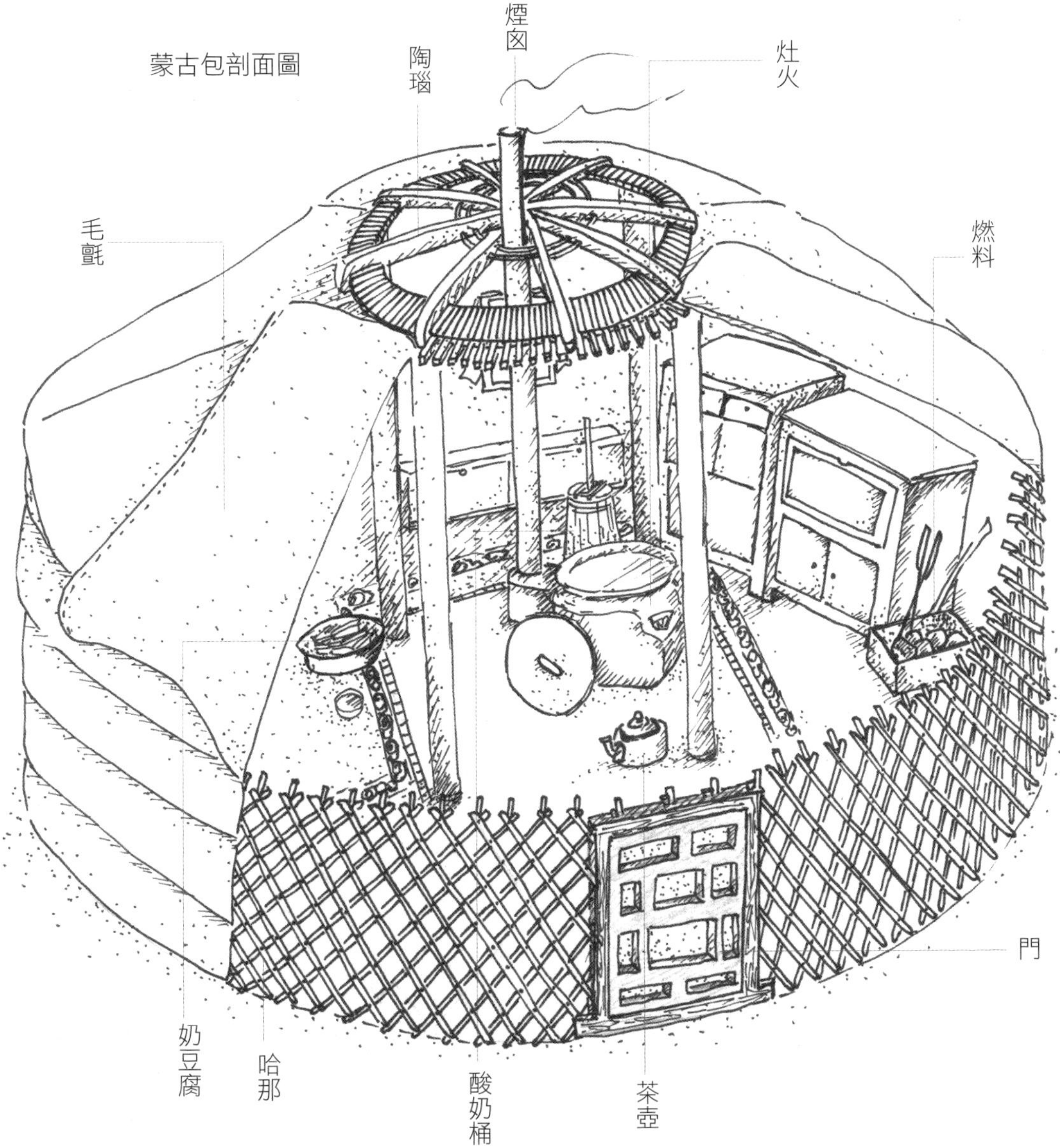

所需的白色食物、黑色的香腸、綜合炸雞蔬菜盤、從河川裡捕捉到的嘉魚和鱒魚的燒烤料理、鯉魚和鴨肉的燉菜等等，全都是山珍料理。大的木盆裡裝滿了熱氣四溢的白米飯。白米飯是除了今天這個特別的日子之外，不常吃到的食物。

只剩下塔克獨自一人在後面替馬兒把馬鞍卸下、帶進馬房裡擦洗身體，並且餵馬兒吃黑麥和乾草，順便更換飲用水。結束工作的塔克洗了洗手，脫掉長統靴走向二樓。

塔克的父親正背對著暖爐坐在熊皮上。那可是一家之主專屬的位子。暖爐中，每當烤羊肉串上的油脂滴落到火焰上時，就可以看到火「啪」地在跳躍著。塔克的叔叔正盤腿坐在父親的旁邊，正合著八津山海所唱的古老歌曲用手打著拍子。八津邊唱著歌，邊彈著樂器。

叔叔看到塔克便向他招手。他拿起角杯倒進少許的蜂蜜酒，加入冰冷的井水之後，交給塔克。父親邊看邊笑。塔克行了禮之後雙手舉杯。

「敬皇帝！」

塔克有禮貌的說了之後，舉杯敬皇帝。叔叔也將自己的杯子舉起，兩人同時一飲而盡。酒又甘甜又冰冷，一股說不上來的好滋味。因爲加了一點萊姆汁，所以有點微微的酸味，又有一點啤酒花的苦味。體內有一股莫名的力量似乎快要爆發。

「謝謝你的招待，叔叔。眞是好喝極了。」

「好！再過個兩三年，就可以不加水直接喝啦！」

如果讓塔克喝下沒有加水稀釋的蜂蜜酒的話，現在的塔克應該已經應聲倒下，馬上呼呼大睡了吧。

賓客們陸陸續續到達。倒酒、切肉，男女老少都拚命的大聲說話，拚命的

酸奶桶

塔克家中慶祝所準備的白色食物，指的是蒙古奶製品的食物，又稱白食。如奶豆腐、奶酪、奶皮子等。通常搭配奶茶食用。

奶豆腐

白色的奶豆腐，將牛奶或羊奶過濾發酵後，將奶水熬煮成黏稠，加入冷的酸牛奶，原來的奶水形成塊狀物。將奶塊壓擠瀝乾，切成一條條的塊狀。微溫的奶豆腐口感極佳，沒有奶臊味。

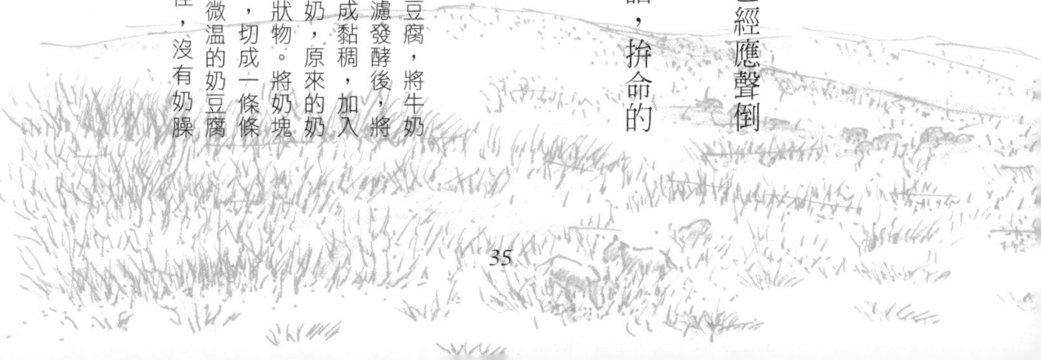

灶火
不管蒙古包的大小為何，灶火一定是放在正中央。灶火有著延續與傳承的繁榮意義。

喝酒吃飯，唱歌歡樂，氣氛十分熱絡。不久，樓下似乎傳來人聲。大家聽到了馬的嘶吼聲，彷彿在叫著有人來了。

「塔克，去看看是誰。」父親說了。

塔克一下樓就看到了不熟識的馬兒，旁邊還有一個男人正將馬鞍卸下。軍隊的帽子沿著耳朵戴著，是個高大威武的男人。雖然只看到背影，但是塔克立刻知道他是誰。他大聲叫著。馬兒們受到驚嚇，抬腳大聲嘶吼。

「阿信哥哥！」

牛糞燃料
牧民都會將牛糞曬乾當作燃料。

正將卸下的馬鞍往架上放的哥哥，一聽到塔克的呼喚，馬上毫無顧忌地往塔克走去，緊緊地抱住他。

「快把我放下！我又不是大猩猩！快點上樓吧，現在正在舉行派對呢！」

「這你不用說我也知道！因爲從城鎮的另一邊，就可以聽到了喔！」哥哥邊說邊笑。

「阿信，你什麼時候要回去？這次要待多久？這匹是誰的馬啊？」塔克連珠砲似地，接二連三提出一連串的疑問。

「先讓我上樓吧！要不然等一下我不是還要再重說一遍？好啦！先幫我拿外套！」

阿信一出現在客廳入口，整個房間一下子全安靜了下來，不過不一會兒馬上又喧鬧了起來。阿信走到父親的面前端正姿勢之後，必恭必敬地敬了個禮。身爲後備軍人的父親，位階比兒子還要高。

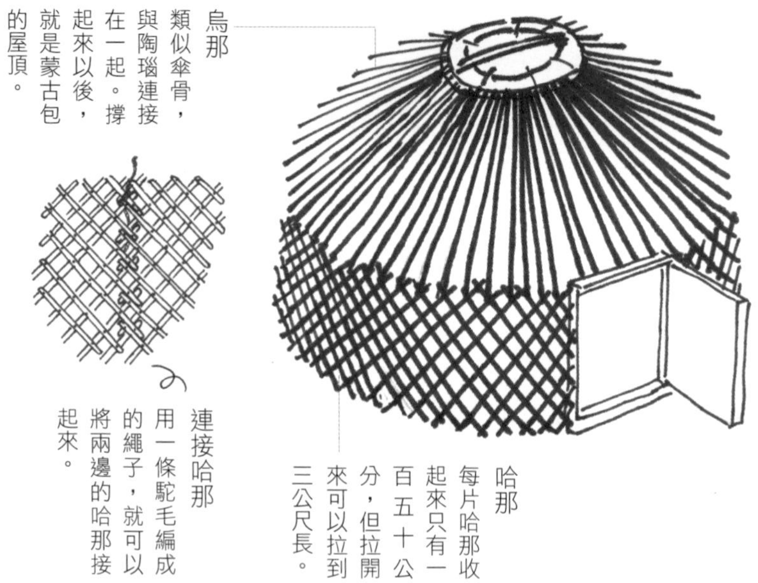
烏那
類似傘骨，與陶瑙連接在一起。撐起來以後，就是蒙古包的屋頂。
哈那
每片哈那收起來只有一百五十公分，但拉開來可以拉到三公尺長。
連接哈那
用一條駝毛編成的繩子，就可以將兩邊的哈那接起來。

「我是信山海。有十天的休假，請允許我登入艦隊！」

這是海軍式的爽朗說話方式。穿著銀鈕扣藍色軍服的阿信，真是風度翩翩、一表人才。

父親站了起來。雖然沒有穿著軍服不需要回禮，不過他馬上端正姿勢向兒子回禮。接著嚴肅的父親臉上露出了笑容，然後敞開雙臂，將兒子緊緊抱住。母親和嬸嬸也將阿信抱住。不知道是誰遞出了一個倒好蜂蜜酒的角杯。

「喝三杯！阿信，要喝三杯！」

阿信舉起杯子。

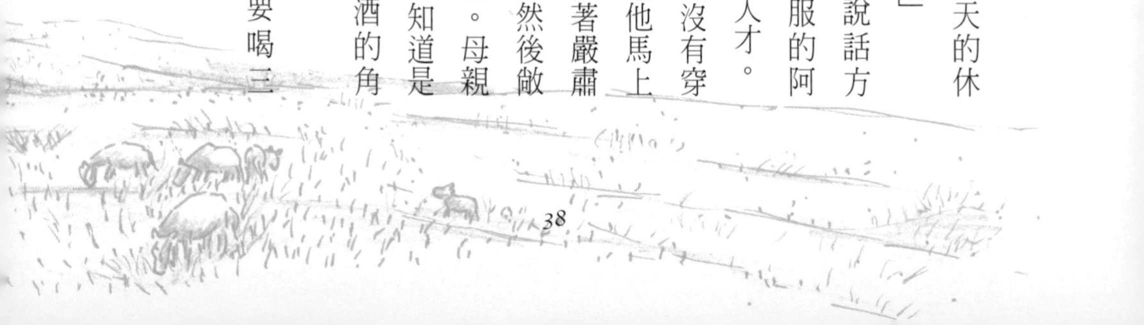

「第一杯敬皇帝陛下！」

一說完，他就一飲而盡。然後又滿滿地將酒杯斟滿。

「第二杯敬這個家！」

他又一飲而盡。這次父親遞給他的不是角杯，而是邊緣鑲銀的木雕小盆子，這次倒入會點燃火焰的烈酒，經過兩次蒸餾的高純度蜂蜜酒。阿信舉杯高呼。

「這杯敬在場的各位！」

掌聲四起。每個人各自拿起酒杯，一口喝乾。

「來這裡坐！」

父親一隻手拍著自己隔壁的位子，另一手將裝滿羊肉的大盤子拿到面前，並將裝滿的飯放到阿信面前，再次將酒倒滿。

「航海還好嗎？說來聽聽！」

接著阿信滔滔不絕地訴說當海軍走遍世界各地的見聞。大家聽阿信的航海紀實聽得入迷，塔克也聽得津津有味，心裡羨慕不已。

「說起鼎洲人，他們的騎馬術可是非常高竿。在那裡有很多很棒的馬兒。在那裡摔角很盛行喔！他們的選手們個個身強體壯，而且是從未看過的強壯喔！」

因爲摔角在男人當中是非常盛行的運動，所以這個話題馬上成爲熱門話

茶壺
蒙古人對茶壺的擺放有嚴格的規定，壺嘴絕對不可以朝著客人或灶火。

題。座位上再度熱鬧起來，到處都是充滿陽剛的討論議題。塔克崇拜地凝望著英俊的兄長，好不容易終於開口。

「阿信哥哥，後天的祭典如何？會有摔角嗎？」

「當然，塔克。如果明天一早早起騎過馬後，想把哥哥當作對手，可是不行的喲！如果你只吃這些食物的話，身體可是會不聽使喚的喲！」

「如果是塔克的話，那我可不得不小心喔！」聽了兩個人的對話之後，叔叔也搭腔說：「不管怎麼說，這傢伙可是曾經對付過熊喔！」

因爲叔叔的這一番話，大家都對塔克的遭遇充滿了好奇，想了解事情發生的經過。

3 騎射大賽

一邊哼著鼻子、一邊搖晃著頭，塔克的迷你馬用牠那雙前蹄，撩撥著地面上的塵土。這裡有一百二十頭迷你馬以及騎士們，眾人所呼出的氣息猶如白色雲霧般，漂蕩在空氣中。馬兒們每一隻都頭型碩大，脖子結實，前胸的部分健壯厚重猶如木桶，甚至連腿部也都很強健而魁梧。不論哪一頭迷你馬，身上都繫著馬轡及韁繩，卻看不見馬鞍及馬鐙。騎手們全部都是十八歲以下的少年，每個人手持獵弓，背上揹負的是裝有六支獵箭的箭筒。

塔克他們現在所處的位置，就在等候區的柵欄裡。這裡聚集著六支隊伍，大家都在等待競賽開始進行。每一隊有二十個隊員，全部總共有一百二十人參賽。雖然大夥全都七零八落地混在一塊，但是從弓箭羽毛的顏色及頭上所綁的領巾顏色來判斷，就可以清楚地知道誰是哪一組的隊員。

塔克那一隊的顏色是藍色。

那個站在柵欄前方，身體倚在起跑線柵門口的樁子上，一邊拚了命似的扯

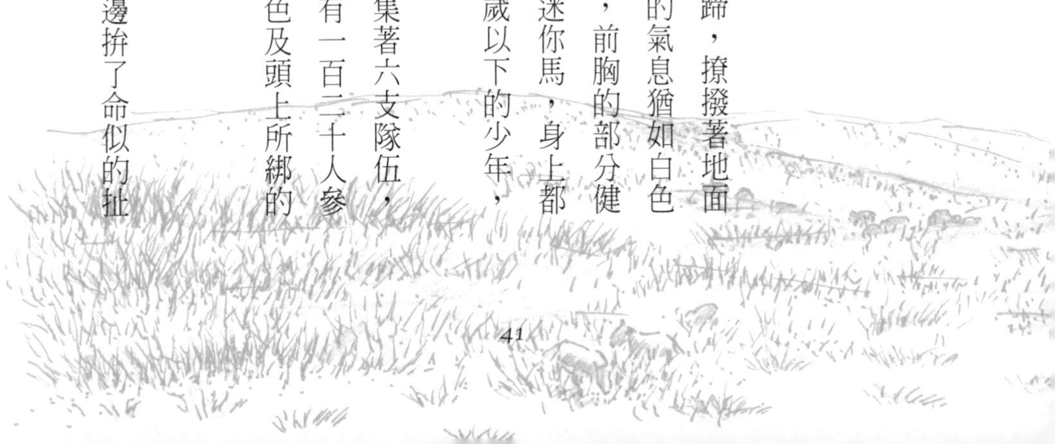

著嗓子大聲叫喊的，是塔克學校的校長。在這六個隊伍裡頭只有一個是在地隊，其餘的隊伍全部都是全國各地所聚集過來的孩子。

就和迷你馬一樣，塔克也已經耐不住性子等待競賽開始了。今天的競賽是一場決勝負的關鍵比賽。是睽違十二年之後，再次舉辦的全國決勝大會。不只是家族全員以及鄰近地區的人們全體出動前來觀賽，還有好幾位有名的人士也都列席參加。當然也有電視臺的工作人員前來採訪。其中最受矚目的，就屬優利塔卡皇太子在看臺上觀看整場賽事。

在看臺前方的位置，留有一段距離以防飛箭射偏標靶時，不會射到觀眾。六根當作是標靶的柱子就埋在地面上。每根靶柱上頭，都纏繞著一層厚厚的稻稈，感覺有點像是環形競技拳擊場上擺放的、供人鍛鍊拳腳用的樁子。那些樁子差不多有一個普通人身高。

「用布條隔開的跑道，分成三種。」校長手指著前方廣闊的草原，提高音量地講解著。「與箭靶距離最接近的是，用白色布條隔開的跑道。距離箭靶的射程範圍是十步遠。首先是由這個跑道開始射擊。」

從跑道這頭到標靶那頭全長有一千步遠，也就是說在這一公里的距離之內，選手們必須騎乘著迷你馬匹，以非常激烈的速度全力奔馳。而且是參賽的

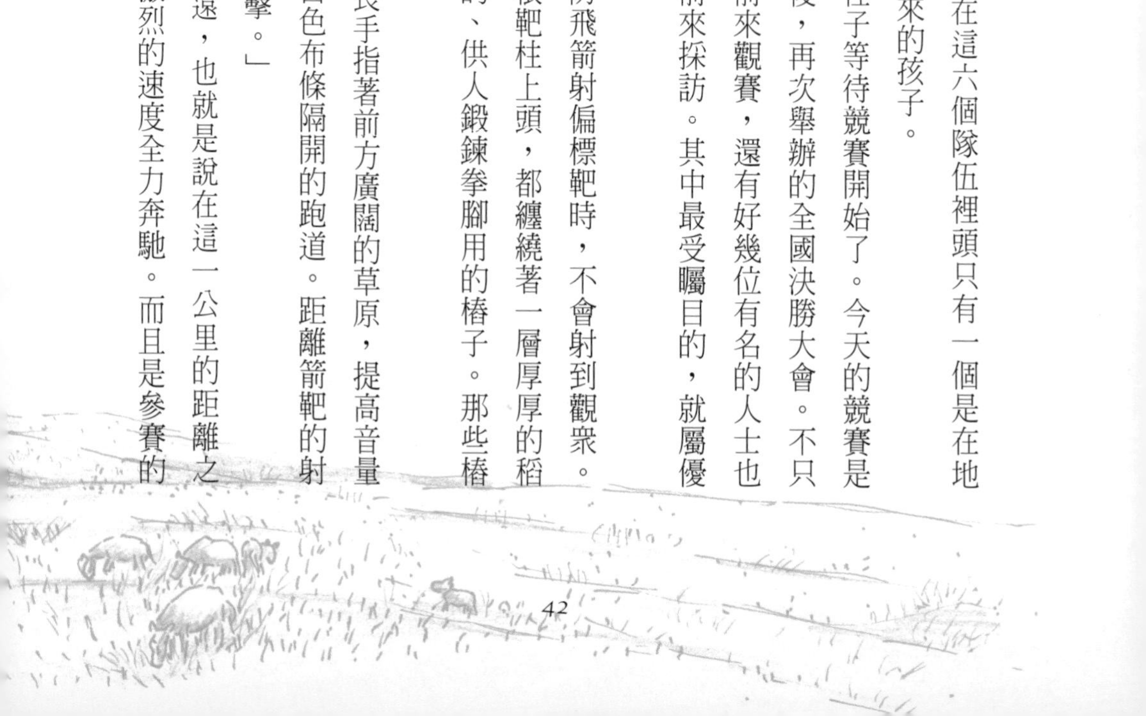

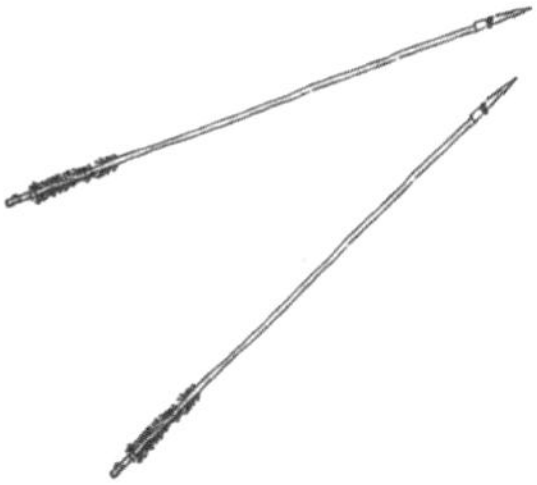

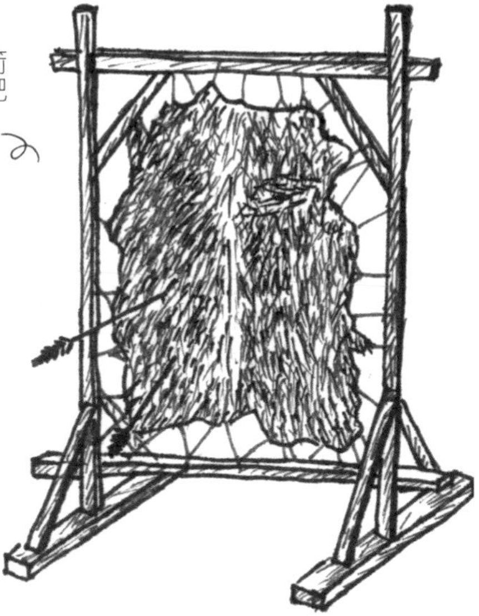

箭靶
通常採用草紮或以堅韌的獸皮製成。

古代有一些很誇張的弓箭手故事，在《列子・湯問》中，記載神射手甘蠅只要撥動弓弦，飛鳥聽到聲音就會嚇得自己摔下來。而紀昌與飛衛這兩位弓手，在決鬥中對射，可以擊落對方射出的箭矢。

一百二十隻馬匹全部一齊，從等候區的柵欄裡頭出來，一面相互衝撞，一面飛躍而出。

在這第一回合的賽程裡，是要一邊看著左邊的標靶，一邊奔跑。在這個時候，騎士們是不正著騎坐迷你馬匹的。他們在箭靶的正對面將身體斜側，緊緊抓住迷你馬的側腹部，以這樣子的姿勢奔馳。當然在看臺上的觀眾看不到這種坐姿。騎士們只管一味地緊貼著疾速快跑的迷你馬腹部，一旦來到箭靶附近，大夥就驟然翻過身子跨坐在迷你馬背上，拉開獵弓對準左側的標靶射出飛箭。這是自古以來所流傳，困難度相當高的馬術。

這最初所射出的一箭，射程範圍雖然很短，但卻需要相當程度的技巧。從標靶處開始側隱著身體奔走不僅相當困難，而且也非常危險。爲了得知我方的迷你馬已奔行了多遠，只能根據自己坐騎的速度，以及其他騎士們的位置來推測判斷。所以，從評估好適當的時機後，坐起身體、瞄準標靶，到射出飛箭爲止，差不多只有一秒左右。在一百二十名騎士之中，也有不少會錯失適當時機，沒能射出飛箭就這麼跑過頭，後來只好又回過頭來的選手。要是發生這種情況，因爲浪費了太多時間，所得的分數也不會很高。

一直到決勝大會開始之前，各個隊伍都在不斷重複練習，也研擬好各種作戰計畫。每組騎士一開始就會決定好瞄準的目標。六根標靶每一根上頭平均會有三個人所射出的飛箭。在二十人的隊伍裡，當前面十八位騎士開始朝向各自所分配的箭靶奔馳後，剩下的在後方等候的二名騎士，也會從容不迫地開始策馬狂奔，並選擇還沒有被我方隊伍射中的標靶射出飛箭。總而言之，最重要的就是要讓飛箭命中所有的標靶。標靶上面，用紅色顏料塗了二個記號。一個記號塗在代表著頭腦部位的較高處位置，另一處記號則塗在中央的心臟部位。只要射進這兩個部位就是「命中」，可以得一分。但若非射中這二處記號，而是射

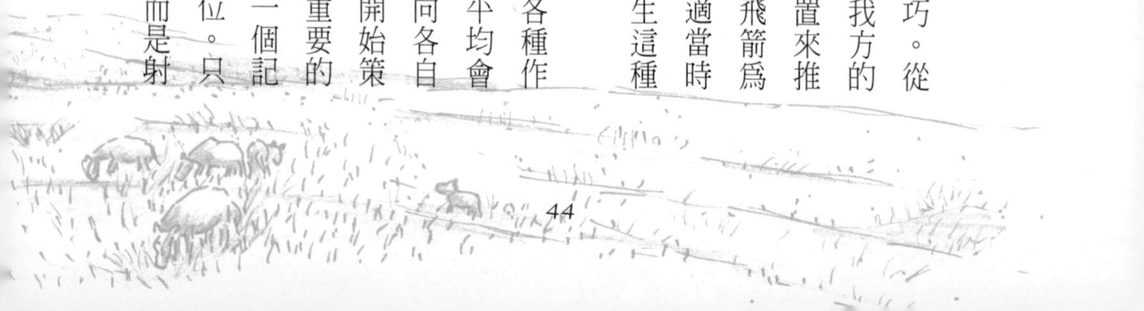

偏到其他部位的話，每靶三箭也只能算「命中」一次，即得一分。塔克算是藍隊最厲害的弓箭手，所以他被分配到的任務是負責在大夥之後，射擊還沒有命中的標靶。這項任務，除了塔克之外，還有另一名少年負責。

「距離標靶前方六百步遠的地方，是集合地點。有柱子豎立著，只要一經過那邊，請將迷你馬轉回頭。全體人員齊聚在一塊，直到裁判宣布自己所屬的隊伍顏色之前，都要待在那邊。要是隊伍的成員沒有全部到齊，或是在裁判還沒有宣布之前就開始走動的話，就會喪失比賽資格這點也請大家注意。從第二回合開始到第五回合的競馬射箭，是允許正坐著迷你馬背的。而這時候是在紅色布條所區隔開的跑道內舉行。」校長繼續解說著規則。

距離標靶二十五步射程範圍內，是用紅色布條隔開的跑道。布條靠著細長的樁子延伸展開。爲了爭取一點和箭靶之間的距離，大部分的選手都會盡可能貼近著布條跑，可是一旦不小心扯破了布條，也將會喪失比賽資格。

塔克的內心早已經開始賽起馬來。雖然天氣寒冷，裸露著的手臂上都起了雞皮疙瘩，但是握著韁繩的雙手卻冒出了汗水。穿著厚重羊毛夾克的身體，因爲汗流浹背的關係，早已經濕透。

在比賽進行中，要是從迷你馬背上跌落下來，是非常危險的。因爲可能會被其他迷你馬的馬蹄踏到。集體騎乘未裝上馬鞍的馬匹，一邊奔跑一邊射箭的這項比賽，的確是件危險性很高的事情，人們曾經在首都發起廢止這項比賽的抗議活動。但是，皇太子本人不只非常鼓勵這種比賽，而且還不時親自帶頭做示範練習，因爲這個原因，使得要求禁止這項賽事的活動被壓了下來。

塔克也知道這是相當危險的一件事情。不過此刻他只能選擇將恐懼的心態擱置一旁，朝著前方屈膝跨坐馬背，撫摸著迷你馬如絲綢般的頸部，任由細長而又直硬的鬃毛在指縫間滑過。

校長持續說著未竟的內容：「這樣一來，你們的箭筒裡面應該就只剩下一支箭了。那就是編號第六的最後一支箭。到比賽終了的時候，就是要用這支箭來射擊，這時候請躍下迷你馬，站在地面上射擊箭靶。距離箭靶的射程範圍是五十步遠。射完箭後請再騎乘迷你馬，回到這個柵欄裡面來。」

在比賽最後的這個部分，可以清楚的看出迷你馬的訓練是否嚴謹紮實、騎士與迷你馬之間的韁繩是否牢固等等。萬一到了比賽結束卻還追不回迷你馬的話，那麼之前所射出的箭數全部不予計分，那是非常沒面子的事。

從看臺那頭傳來訊號。校長忽然開始揮舞起黃色的領巾。相關的負責人員，用力地開啓二道柵門。

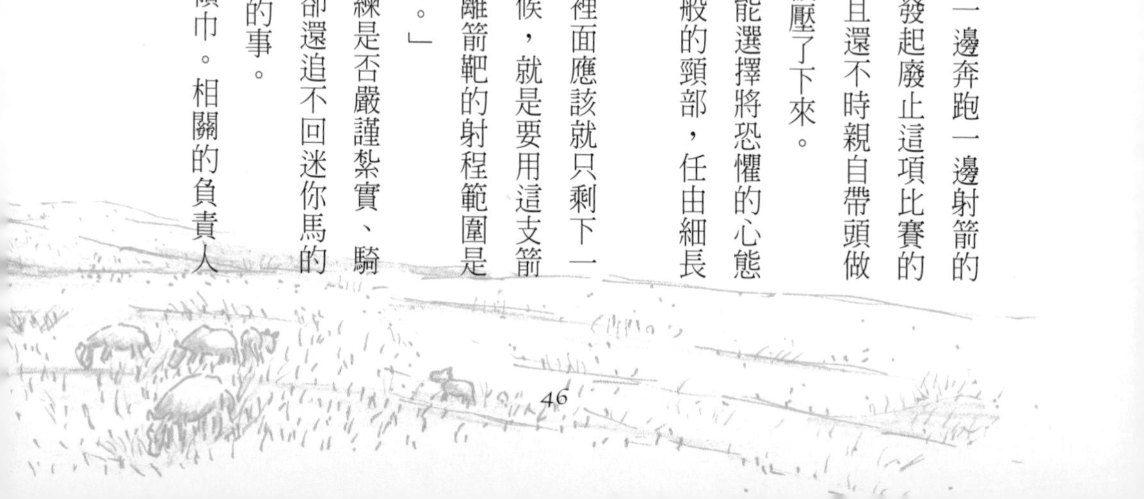

「開跑！」校長大聲喊叫，接著放下揮動著的手臂。

聽到喊聲後，塔克和隊員們一齊飛奔而出。擺脫了簇擁至柵門口的人群，塔克看著隊伍裡的十八名夥伴先他而去，手中仍緊緊握著韁繩不放。目送著最後一名頭綁藍色領巾的少年離開之後，他偷偷對另一位夥伴打了個暗號。兩人點了點頭，然後動作迅速地從迷你馬的背上滑了下去，宛如跳蚤般緊緊抓著馬兒的側腹部。雙腿使力，緊緊夾著迷你馬的腹部，左手握著獵弓、鬃毛，以及韁繩。因爲韁繩沒有勒得很緊，所以必須輕輕握住。右手則要保持平衡，準備隨時將身體拉上去。

如果沒有經常做練習的話，是沒有辦法展現這項技能的。雖說是在做訓練，但在剛開始的那段時間，也不會騎乘未裝上馬鞍的裸馬。而會在馬上裝配專供練習用而製作的馬鞍及馬鐙，盡量從不具危險性的訓練開始做起。塔克想起剛開始正式學習騎馬的時候，老師在傳授這項技能時所說過的話。

「……這項技能，原本所蘊藏的含意是什麼，可要牢牢地記住啊。不需要朝著箭靶直直衝上前去。因爲這是以前的祖先們爲了欺騙敵人所想出來的技能。知道了嗎？從敵方的角度來看，會覺得那只是一群沒有安裝馬鞍的馬兒向自己奔馳而來罷了，所以完全不會興起任何警覺心。就在此時，馬匹接二連三的不

馬術

馬術是古時候蒙古族男女老幼必備的基本生活能力，因此有「馬背上的民族」之稱。

斷靠近過來。一旦達到能夠百發百中，甚至不只是鎧甲就連盾牌也都能夠輕易射穿的距離，騎士才會在迅雷不及掩耳之際顯露身影。所以當你正緊緊攀附在迷你馬身上的時候，內心必須沈著冷靜，不慌不忙地讓自己和迷你馬結合在一塊才行，也就是要讓騎士和迷你馬融合成爲一體。不可以著急。因爲在敵人尚未看到你的身影時，就慌張失措、自亂陣腳是絕對不行的……」

話雖如此，在四百八十個馬蹄聲轟然作響的場面中，不覺得震驚是不可能的。何況當時，還得加上觀賽民眾的歡呼聲及掌聲，可以說整個周遭都被劇烈的熱氣所籠罩著。至於騎士，則是因爲側著身子，使盡渾身解數攀附在迷你馬的肚子上，所以根本沒有辦法放音吆喝。

看起來幾乎像是無人騎乘的迷你馬群在場上奔馳著。就在馬兒快要接近六根標靶的時候，站在看臺上的阿信找尋著弟弟的迷你馬，可是誰是誰根本就分不清楚。就在這時候，阿信才忽然意識到自己離開家人以及迷你馬，已經有多麼漫長的一段時間了啊！

地上的野草，近的幾乎都快要拂過臉頰。迷你馬的肌肉激烈地抽動著。每當馬蹄踢得地面上的泥塊濺起來，騎士就得小心地眨著眼睛，塔克感受著這種難以言喻的暢快感受，好似這運動一點都不可怕。他在腦裡盤算著數字，一推算好適當的時機，就動作迅速地爬起身子，巧妙的擺脫了迷你馬群，一點一點沿著分隔用的布條向前方逼近。一邊向前邁進，一邊將箭搭在獵弓上準備擊發，接著約略地放眼張望了一下左側的木柱標靶。是第二根柱子。只有二支末端附著藍色箭羽的飛箭插在上頭。朝著第二根標靶，塔克從獵弓裡射出了一箭。弓弦把箭彈射出去後，在他的手裡發出了嗡嗡的聲響。由於剛剛馬兒驟然一躍，就跑了過去，所以塔克根本來不及看到飛箭命中箭靶的樣子，但即使如

此，他在箭飛向箭靶的時候，著實感應到自己會一箭命中，那是種敏銳的直覺，不會錯的。

果然，塔克一箭正中紅心。就在塔克的箭命中標靶後的兩秒鐘，另一名隊員也射中了標靶，落處就在塔克所射出的那一箭的正下方。二人並肩朝著集合地點奔馳時，那位少年得意地揮舞著拳腳。

「六根全都命中耶！六根全部喲，塔克！」

在集合處，藍隊隊員們早就全都聚在一塊了。當二人一抵達那頭，裁判隨即大聲叫喊第二回合的競馬射箭即將開始。大夥再度朝向木柱標靶衝上前去。這回合，是跨坐在迷你馬背上射擊。

這仍然是一項高難度的競技。因爲這次箭靶在迷你馬的右側方，所以必須換另外一隻手持弓才行。塔克射出的這一箭，雖然說是命中目標，但是位置稍微偏低。

「如果把箭靶當作是人來看的話，那大概就是在腳趾頭的位置吧。」塔克一面焦躁不安地想著。不過在這回合裡，大多數的選手們都出現了失誤。

大部分的選手們，選擇直挺挺地向前狂奔後再折返回來。由於換手持弓、抽出另一支箭、再把箭搭在獵弓上這些動作都得耗費時間來完成，但是塔克非常大膽地，從背後的箭筒裡抽出了兩支箭，將迷你馬拉回頭，手持韁繩停了下來。就這樣子，他聚精會神的看著自己隊伍的成員以及其他隊伍的隊員們大聲吆喝，爲了爭取到好景點以便觀賞整場賽事的模樣。這次的射程範圍和之前相同，都是二十五步距離。塔克盤算了一下，將一支箭搭在弓弦上頭，另一支箭則用下巴抵著，接著踢了迷你馬的側腹部一腳，折返回跑道。

這會兒連阿信也清清楚楚地看到了弟弟。阿信看到塔克的作戰策略，不由自主地拍起手來。塔克朝著標靶射出第二支箭後，動作迅速地越過大部分跑在前頭的選手們，一邊使盡全力奔馳，一邊跑過柱子，然後再度折返回頭，跟著第三支箭射中第一個標靶的正中心、然後第四支箭也順利地命中了第六個標靶的正中心。

站在年輕海軍軍官身旁看著的叔叔，拍了拍軍官的背部高興地說道：「那個小傢伙，是不是和你很相像啊？阿信。」

「跟我比起來還要更厲害些吧。是個非常了不起的傢伙！」阿信回答道。

塔克回到集合地點。正當隊員們聽命隊長凱恩指示著下一回合要大夥瞄準好各個部分的箭靶的同時，裁判再次大喊「藍隊」。

他們這隊是跟在紅色隊伍之後出場的。塔克不想讓迷你馬跑的太快。因爲

在這回合，仍然要從右方射出飛箭，而且還是一樣必須換手持弓。在疾速奔馳的迷你馬背上做這些事情，是非常困難的。他拍了拍迷你馬的背部，然後緩緩地向前邁進。迷你馬的背，因爲流汗的關係，濕滑的不得了。

他以緩慢的速度策馬前進，來到距離箭靶約二十五步遠，靠近區隔布條的地方。這眞是一處絕佳的場所。塔克的箭射離了獵弓，筆直地穿越空中，射進竹靶的正中心位置。

稍後塔克開始加快速度策馬疾奔，正當跑在前頭的迷你馬匹們，因爲折返方向而顯得一團混亂的同時，塔克已經追了上去。接著，塔克打算使用之前哥哥傳授給他的那招實戰技巧。

其他的選手們爲了射第五支箭而折返。但是塔克的箭筒內，只剩下最後一支箭而已。這是因爲他在前一回合的競馬射箭中，射出了二支箭，而且都命中目標的關係。最後的一箭是要在相距標靶有五十步遠處的跑道內使用，而且得從迷你馬背上爬下來射擊。

塔克從迷你馬背上側著身子滑下來，然後在落地前緊貼著馬兒的側腹部。假如從觀衆席上眺望，只能看到一匹沒有騎士駕馭的迷你馬在跑道上奔馳的樣子。滿場觀衆全都摒息以待。

過了不久，塔克所騎乘的迷你馬放慢步伐，然後在分隔布條的附近停下腳步，接著觀衆就只見到馬兒蹲在一旁休息。就在這個時候，塔克突然從迷你馬的影子後面跑了出來。他站在那邊，擺出射箭的姿勢，朝箭靶的正中心位置射了過去。而其他的選手，根本尚未抵達集合地點。

依照競賽的細則，凡是殘留一支箭，而且在這之前全部的箭也都能準確命中標靶的選手，是可以不用聚在集合地點進行最後的競馬射箭的。塔克將獵弓向上高舉越過額頭，接著振臂揮舞著獵弓。同隊的夥伴們一齊發出了歡呼聲。

正當站在集合地點內的裁判要將其他選手們阻攔在該場地裡面的時候，有其他的工作人員走了出來，他們把六顆將近人類腦袋一樣大小的西瓜，一個一個放置在標靶木柱的上頭。站在中央的裁判吹起哨音，面向塔克揮了揮手臂。塔克身手敏捷地縱身一躍，坐上剛好想要站起來的迷你馬背上，然後跑到觀衆席的正前方。那裡插著一把鐵劍。塔克將獵弓揹在背上，駕著迷你馬跑到插著那把鐵劍的地方，彎著身子拔起鐵劍來，就在觀衆及同隊伍的成員們熱烈的歡呼聲中，快速地奔回標靶的前面。

這可是第一位將六支箭全部命中箭靶的選手才能享有的特權。在只能策馬跑一次的情況下，要是能夠將象徵敵人腦袋的六顆西瓜其中一顆，用鐵劍砍倒

的話，之前所獲得的分數，也將能夠加倍計算。

叫喊聲此起彼落不絕於耳，塔克衝了出去。鐵劍劃過風際，朝著西瓜砍了下去。如雷貫耳的歡呼聲及掌聲從觀眾席上沸騰起來。因爲塔克不只砍了一顆西瓜，竟然一口氣砍掉了三顆。

「藍隊！」站在集合地點的裁判叫出聲音。塔克的隊伍，出場準備射出最後的一箭。

夥伴們個個都很慎重的瞄準了箭靶，也都很熟練地操縱著迷你馬匹。塔克一邊大動作地揮舞著鐵劍，一邊和隊長凱恩策馬狂奔，得勝似地回到一開始的準備區柵欄裡面。第一個抵達這裡的隊伍，是塔克他們那一隊，加上塔克所有得分以二倍計算，藍隊獲勝的機率，可以說是相當的大。接下來，就全看夥伴們能將積分提升至多高了。

落後的選手們也都疾速奔回柵欄裡頭。準備柵欄區內的空氣，佈滿著亢奮的情緒。所有人的目光焦點全都集中在位於木柱標靶附近正在計算得分的裁判們身上。裁判們全都在箭靶那頭，針對射中標靶的箭，以及在這些箭裡頭，有些命中紅色標示部分的箭，還有那些射偏了的箭，一一進行確認的動作。不管是哪一支箭，都有屬於該隊伍顏色的箭羽附在上面，而且在箭柄的部分，還分

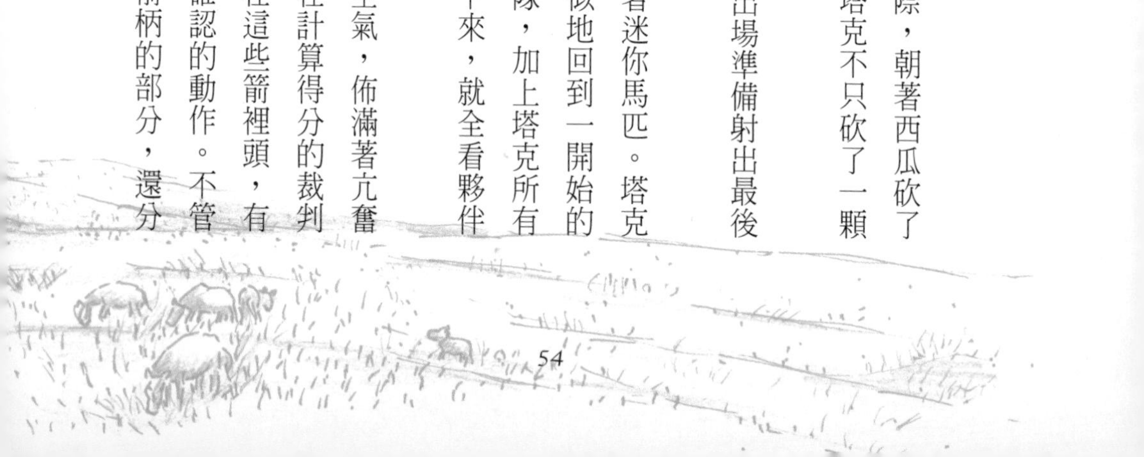

別標示著每一位選手的標記，以作爲辨認的記號。

裁判的審查終於結束了。衆人的目光全一致集中在飄揚著國旗的旗桿上頭。過了一會兒，各個隊伍的旗子會依照得分順序，緩緩地升起來。

可以清楚地看到旗子在最上方的隊伍，就是藍隊。

「藍隊，請向前來！」

校長大聲的宣布著。因爲是在地隊獲勝的關係，所以他顯得比任何人都還要高興。塔克將鐵劍交給了凱恩。凱恩站在排頭，全體隊員跟隨其後。通過標靶的時候，凱恩用手上的那把鐵劍，朝著剩餘的三顆西瓜刺了進去，之後，將迷你馬牽了回來的二十名騎士，橫向排成一排。塔克這組隊員們以小跑步調整好隊形，並在看臺前方列隊站好。此時，熱烈的掌聲及歡呼聲不絕於耳。

皇太子站了起來。在看臺上的民衆也都跟著站了起來。全場一片沈默。塔克他們揮汗如雨的笑容，正透過電視機播送到全國各地。

皇太子讚賞著藍隊的英勇事蹟，並要求選手們從迷你馬上下來。隊長凱恩把鐵劍還給塔克，然後走上前去鞠躬行禮過後，從皇太子的手中接獲貴重的冠軍盾牌。凱恩抱著盾牌回到迷你馬身旁，然後將盾牌交給站在隔壁的少年後，跨坐在迷你馬背上，接著又命令全體隊員坐上迷你馬。要是在普通場合之下，

於站著的皇太子面前騎上迷你馬這類舉動，是一種極爲失禮的行爲，但因爲塔克他們是獲勝者，所以被允許享有這項特權。然後隊長接過盾牌，把盾牌高舉過頭揮舞示衆。

觀衆們再度鼓掌叫好。

藍隊的成員們個個得意洋洋的羞紅著臉，接著退到一旁，觀看亞軍及季軍隊伍接受表揚。之後六隊成員列隊站好，脫下帽子，跨坐在迷你馬背上開始唱起國歌。

這項競賽是結合了騎馬與箭術的極致表現。接下來還有許多的馬術特技、騎馬持長槍的模擬戰鬥，以及最受衆人所喜愛的、騎馬的搞笑表演活動。

搞笑藝人還沒開始正式上場表演。正當選手們準備要把馬兒牽進設有馬廄的柵欄裡頭的同時，廣播聲響亮地放送著。

「插播最新消息。這是則非常了不起的新聞。獲勝隊伍所命中的標靶箭數、耗費的時間以及積分，全都刷新了國內記錄！」

全場不約而同地鼓起掌來。藍隊的少年們全都一副難以置信的表情，興奮地看著彼此。皇太子再度站了起來。一位高個子的外國人並肩地站在皇太子身邊。

「那是誰啊？」塔克輕聲地問著站在身旁的凱恩。

「聽說是從殷國來的一位了不起的人物，好像是貴族之類的，據說好像是皇太子的同學呢！」

皇太子開口說道：「有件事情要向各位宣布。獲勝的隊伍讓各位見識到這場卓越的競技。有幸目睹我國優良的傳統在此地得以完善地保存下來，本人深感欣慰。本人堅信由這個隊伍所奠定的新記錄，是來自於他們卓越的團體合作默契與箭術、馬術、還有運動家精神。而且，這位少年的優異表現爲隊伍的勝利帶來極大貢獻，是不爭的事實。他在這個隊伍裡面，是年紀最輕的三名成員中的一員。我想藉此機會，另行設立一座新的獎項，以茲鼓勵。」

觀衆又是一陣拍手一陣歡呼。接著，正當皇太子又開始說起話時，周遭回歸平靜，專注傾聽著。

「新設立的獎項就命名爲優利塔卡高原獎。」

看臺上，塔克的父親八津緊緊抓著阿信的手臂。他不只知道自己的兒子接受表揚，是件多麼榮耀的事，也知道皇太子設置這座獎項的用心，這一切他瞭若指掌。八津山海也是其中一名始終相信著，再也沒有任何東西會比這項古老的競賽活動對年輕人更有所助益的人。他曉得爲了禁止這類傳統競賽活動，全國各地發起了許多的反對遊行及抗議運動。然而年輕且擇善固執的皇太子不僅

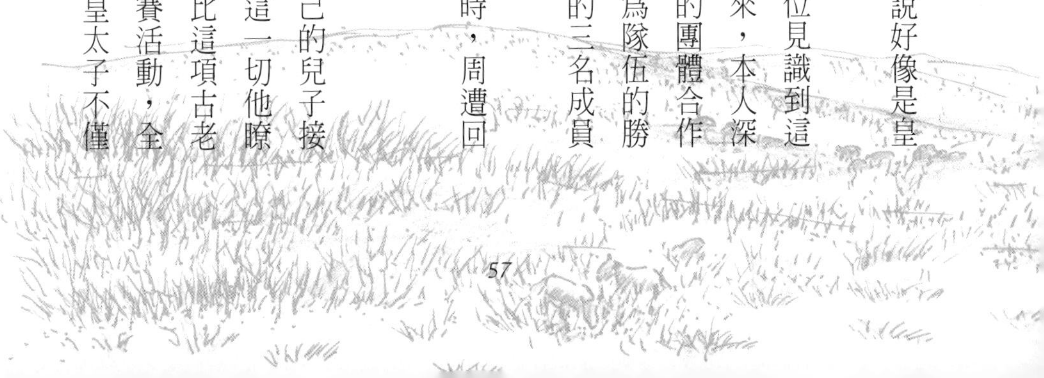

全都摒除於外，甚至還頒發這種獎項鼓勵這項活動。

「這個獎項還附加額外的獎品。」皇太子接著說道，「那是一年份的獎學金，由皇室提供。要在哪裡學習、學習些什麼項目，完全沒有限制。」

塔克的父親難以置信地倒吸一口氣，並且看著身旁的妻子。塔克母親的雙眼因爲興奮及自豪而泛著淚光。看到皇太子將麥克風遞給站在身旁的高個子外國人，觀衆席傳來一陣嘰嘰喳喳的私語聲。那個男子用殷語說話，每一句話都透過正式的翻譯人員，轉述給大家知道。

致詞長達五分鐘之久。葛洛斯塔侯爵一邊極力讚揚齊威，一邊又針對兩國之間的邦交做了許多的描述，接著終於進入主題。

「……因此，我想招待獲勝的隊伍到殷國來。當然所需的費用將由本人支付。」他帶著一臉微笑從後方退了下去。觀衆接著又是一陣拍手、一陣歡呼。不只塔克，就連其他同伴也都對剛才所聽到的內容感到難以置信。眞的可以去國外嗎？皇太子再度手持麥克風，並且瞥了一下從參謀官手裡遞過來的紙條。

「藍隊隊伍背號七號，年輕的戰士塔克山海，請前來這裡！」

塔克整個人不知如何是好，在迷你馬背上動也不動的呆立著。凱恩輕輕地戳了他一下。

「喂，快過去啊，塔克！」

塔克騎著迷你馬來到貴賓席前，然後在那邊下了馬。某人將他手上的韁繩接了過去，塔克將帽子拿在一隻手上向前方走了過去，然後鞠躬行禮。皇太子面帶微笑的走下臺階。一靠近塔克，便將圍在脖子上的金色領巾取了下來，掛在這個少年的肩膀上。

「做的很不錯喔！塔克。我相信山海家族的人們，勢必會以你爲榮才對。相同的，我也替你感到驕傲。我相信皇上也會這麼想的。」

話一說完，皇太子做出了一件令塔克感到驚訝的事情。他對著塔克，狀似親暱地眨了眨眼睛，暗示的模樣。

「我朋友理查，非常期待你能去一趟殷國喔！你可以邀請你的隊員們一塊同行嗎？」

「是的，這是當然的，太子殿下。實在是非常感謝您的邀請。」

皇太子搭著塔克的肩膀向後望，接著對好朋友葛洛斯塔．理查侯爵揮了揮手。塔克抬起頭，看向那位高個子金髮的外國人。看著那位外國人一邊親切地微笑著，一邊朝著自己這頭揮手，塔克不知所措，滿臉通紅地再度鞠了個躬。

回到馬廄的途中，全體隊員們都興高采烈地聊著天，唯獨塔克還陷在興奮

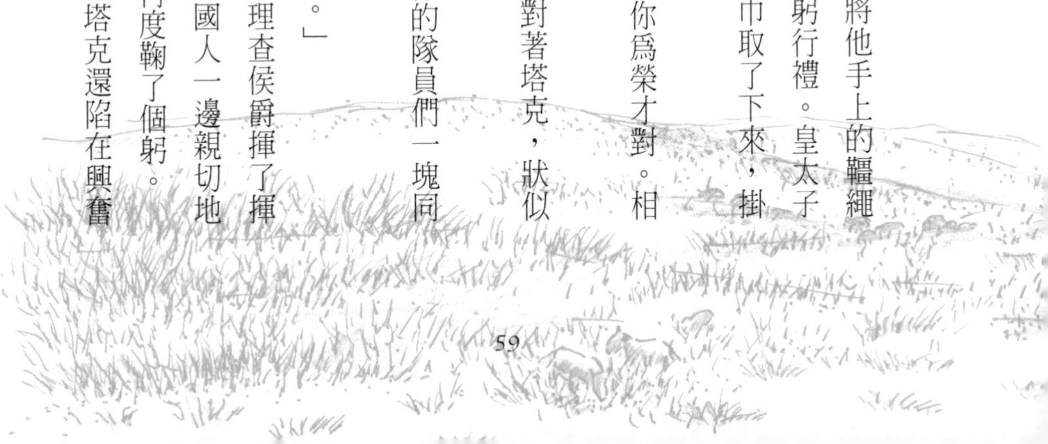

以及難以置信等複雜情緒中，尚未恢復平靜，因此顯得一臉茫然。塔克一抵達馬廄，便從迷你馬背上跳了下來，隨即拿了一塊乾的布巾開始擦起迷你馬的身體。當然在此之前，首先要給馬兒品嚐一顆美味的蘋果，還有舔食一些鹽巴。

當塔克擦著馬身的時候，哥哥阿信跑了過來。父親以及叔叔也都尾隨其後。三個人撲了過來，抱住塔克。同隊的夥伴們、親戚朋友們以及附近的人們全都歡呼著，接著朝他們周遭聚集過來。塔克被大夥架了起來，高高地拋向空中，足足有七次之多。

高空拋接結束後，一大群人個個都搶著跟塔克說恭喜，而將他圍了起來。看見這個情況，站在左手邊的凱恩說道：「照料迷你馬的事，就包在我身上吧！」

「謝謝你，不過不用了，凱恩，因為這隻迷你馬一向比較喜歡由我來照顧

蒙古馬

牠。」

塔克的父親一邊胡亂地撥弄著兒子的頭髮，一邊說道：「就是這樣，很了不起喔，塔克。你自己的迷你馬，不論什麼時候，都得要你自己去照顧才行。這就是戰士的作風。很好，幹得好！」

「不過要快一點喔！不然會看不到搞笑藝人的表演喔。我們特地爲了你找了個好位子呢！」叔叔說道。他轉身向後，將那強健的手臂搭在阿信的肩膀上。

「那麼，明天的競賽，就換這位大兒子得勝囉，對吧，八津？」

「或許是吧。」父親笑著說道。他得意洋洋地看著兩個兒子。「要好好地擦乾淨，記得之後還要蓋上毛毯。不要給牠太多水喝。要快一點才行喔！你媽媽拿著你的外套，正在等著你呢，因爲天氣還蠻冷的。」

白天的大太陽射出強烈的日光。受到強光照射的影響，四周的山峰宛如從空中被切下來的綠色寶石般，璀璨地峙立在周圍。

那一整天，塔克身上始終繫著皇太子所賜予的領巾。而且那一整天，他臉上那個愉快的笑容，不曾消失過。

4 狩獵季開始

「啪啦！」

使盡全力將斧頭這麼朝下一砍，圓木頭頓時被劈成二半。塔克拾起劈掉半邊的木頭，放回大樹的殘根上頭。這殘根剛剛好適合拿來做劈柴用的臺子。再一次。吸一口氣，舉起斧頭，爲了壯大聲勢而發出一聲吼叫，接著再往下方一劈。

「啪啦！」

塔克很喜歡劈木柴。雖然是無聊了點，但這可是非常重要的一項工作。因爲在劈柴的時候，若沒有把神經繃緊一點是不行的，要不然有可能會身受重傷。集中精神專注於工作，內心也會感到一種難以言喻的輕鬆舒暢，甚至可以安靜地沈思許多事情，這樣才是所謂工作的最高境界。

正在專心劈柴的塔克，此時聽見母親叫喚他的聲音。

塔克沒有做任何回應，自顧自地舉起斧頭，吸一口氣，低低發出一個吼聲，然後狠狠地往下方一劈。這時客廳的大窗戶裡頭，出現母親的身影。

劈柴

木柴有粗有細、有長有短，生火時需要用長短粗細合適的木頭才能順利引燃。劈柴是需要技巧的，要先將原木橫鋸成一定長度的木樁，然後順著木柴的生長紋路豎著劈，把粗的木頭劈成細木條，最後再將木條橫劈成小段，橫劈時，一般會在下方墊一塊木頭或石塊，劈起來比較省力。

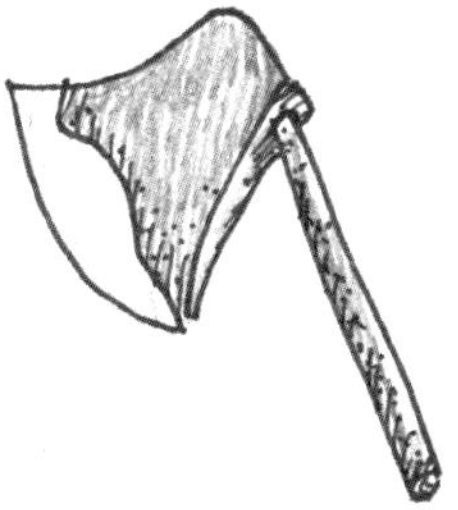

「你過來這邊喝杯水，我有話要和你說。」

「嗯，我知道了。我待會兒過去。」

塔克將木柴砍到一個段落後，便上了樓梯，進到屋內。低矮而寬大的桌子周圍，坐著母親和嬸嬸，以及兩位堂姊妹，大夥一邊喝著奶茶，一邊剖著堆積如山的核桃。塔克啜飲著溫熱而甘甜的紅茶，不發一語地等待著母親開口說話。母親彷彿是要宣布一件非常重大的消息。

「今天，從皇宮裡頭寄來一封信喔！」母親說道，「上頭署名是給爸爸和我的。」

嬸嬸及堂姊妹們一臉非常驚訝的樣子。

「雖然我打算明天等你爸爸回家之後，再和他商量這件事情，但是我想在這之前先考慮清楚會比較好吧。下個月你就滿十三歲了。時間一晃眼就過去了，要是你滿十八歲的話，就必須去服役兩年。所以仔細想一想，不趕快做決定是不行的。好不容易有這個機會，要是白白浪費掉的話就不好了，所以我不希望就這麼糟蹋掉這個機會，而且……」

「媽媽，那麼信裡面有寫些什麼嗎？」塔克問道。

「對了、對了！」母親喘了一口氣，接著說道，「因爲信封上頭不只寫著你爸爸的名字，還有寫著我的名字啊，所以我就打開來看了一下。信現在被我放在神龕上面，畢竟那是皇宮寄來的信嘛。嗯，對了……」

「拜託啦！就快點說重點嘛，媽媽！」

「不外乎就是褒獎你，還有獎學金的那件事情啦。對了，這孩子在那場比賽裡，是得了第一名對吧？」

母親對著那些女孩們說道。三個人都點了點頭。當然她們全都知道這件事，因爲這件事情是舉國皆知的。

「據說不論是什麼項目，只要是有興趣的東西都可以去學，而且皇室還會出錢提供呢！不過，首先要學些什麼東西，得在這半年內盡快決定好才行，另外還得在信紙上蓋上家人的印章後再寄出去才可以。雖然說等到高中畢業之後也沒有關係，不過你得自個兒先下決定，而且聽說皇太子本人會親自給你一個忠告喔！」

稍早由於太過震驚而有兩、三秒沒辦法開口說話的嬸嬸和堂姊妹們，又有如河水潰堤般，嘰嘰喳喳地說起話來。

「我話還沒有說完哦！」

塔克的母親說道。這下大夥又全部閉上嘴。

「雖然寫信的人是參謀官克巴拉克上校，不過依照這位上校信裡所寫的內容，皇太子好像對你在馬術及箭術上的本領感到相當佩服的樣子。而且還說如果爸爸那邊也同意的話，希望能夠在適當的時機內，盡早讓你開始使用步槍做練習。」

塔克的眼睛瞬間爲之一亮，不由自主地提高了說話聲調，聲音變得像孩童般尖銳。

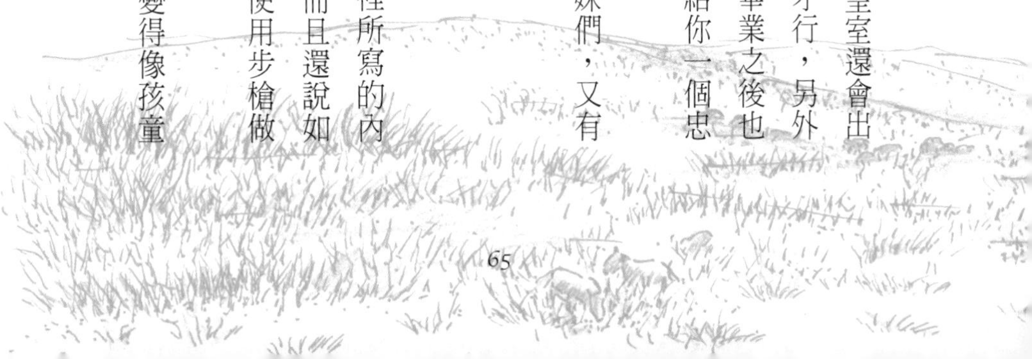

「步槍？盡早？萬歲！」

一般來說，男孩子們在未滿十五歲之前，是不能進到步槍的射擊場裡面的。當然，在滿十八歲之前，所有的男孩子都必須接受完所有基本的武術訓練才行。而女孩子們也是這樣。

「信裡面也有提到正在辦理要讓你所屬的那支藍色隊伍，明年到殷國去的申請手續呢！據說皇太子也會一起去喔！你們那隊好像要在杜威參加公開競賽之類的吧！」

出乎意料地，塔克獨自嘟噥了幾句。因爲早在競馬射箭的時候，迷你馬就已經成爲塔克的一部分了。

「你已經決定好了嗎？塔克。」嬸嬸問道。

「雖然我還沒有很確定啦。不過我是比較喜歡生物學和歷史。除此之外，也很喜歡地理。」

「那些科目雖然都很不錯啦，可是去唸些法律呀、政治的課程，不是也很不錯嗎？有了那筆獎學金，說不定可以因爲和皇室有關係，而找到一份與政府有良好互動的工作呢！」

塔克一句話也沒有說。待在大城市的那種難以呼吸的辦公室裡，終日被工

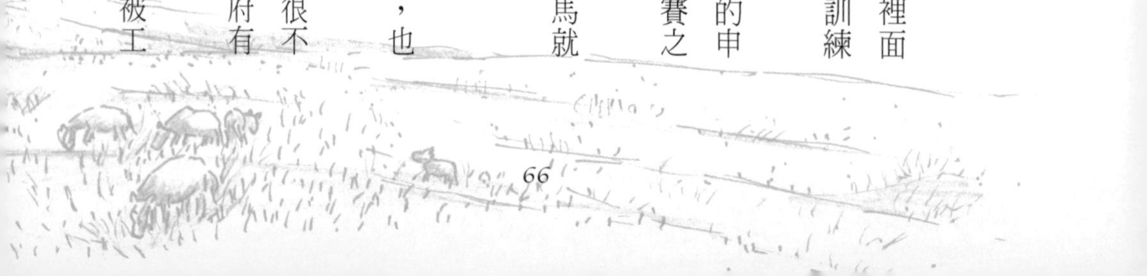

作綁得死死的這種生活模式，是塔克最不想要的生活方式。就在其他女生們相互聊著什麼對塔克才是最好的之類的話題時，塔克自己則是一邊吃著美味可口的煎餅，一邊想著自己的事情要自己決定，而且必須要做打從心底渴望做的事情才行。

到目前爲止，塔克從來沒有一次認眞考慮唸大學這件事。雖然他認爲只要肯用功唸書，在學校裡保持相當不錯的成績，就可以考進大多數的大學。但是如果一旦決定要上大學的話，不只升學競爭很激烈，也必須要靠獎學金才行。

如果有了皇太子所提供的獎學金，就算不能領到普通的獎學金，也是可以去唸大學的吧？只是這筆獎學金的期限只有一年份而已，上大學至少要唸四年才可以。如果像哥哥阿信一樣去海軍軍官學校受訓，會不會比較好呢？塔克一直思考著。

一年之中有四個時機，可以在高原地帶及山上追捕狩獵野兔。在塔克他們所居住的村子裡，第一個追捕狩獵季是在十二月初。那一天，地上積著一層薄薄的雪，聚集的人數超過一百人。這裡面有男性的大人們，也有男孩們。早在前一天晚上，就已經有人在那個第一個被允許捕捉獵物的山谷最高點，先架設好獵網了。

因爲下雪的關係，所以只要跟著獵物的足跡走就行了。走進森林裡，慢慢地接近長著石櫟樹那類的草坪，就可以很明顯地看到草皮上殘留著雉雞和野兔的足跡。

塔克的叔叔從小就是個優秀的牧童，他擁有無人能出其右的好本領，而且他也是個熟悉狩獵相關技能，並且能追蹤獵物足跡的行家。因此，他這次也獲選爲追捕狩獵季的隊長。離開了村民的林地區，叔叔對著大夥下達停止前進的指令。因爲從這邊開始就要下馬步行。大夥所騎乘的馬匹則交給十名牧童看管，他們會把馬兒牽回村裡的馬場。

十個班長圍在一塊，塔克的叔叔攤開這座山林的地圖，用手指著昨天晚上架設好獵網的地方。除了地圖上原本印著的許多處峽谷以及河川之外，另外還記錄著一些沒標示出來的山谷。接下來要前進山谷，沿著寬闊的平原向上爬行，會越變越狹隘而且險峻，最後周遭就像是一個天然形成的風箱似的，越來越窄小。順著像是山緣的山嶺走到最上頭，可以發現那兒正架設著獵網。

隊長叫著同行十人的姓名。在這之中，有兩名隊員擔任步槍的射擊任務。隊長和這十個人與剩餘的所有人員不同，他們要悄悄從山谷的南端進入，從後面包抄並朝向架設獵網的地點前進。靜悄悄而又不動聲色地接近，將收捲著的

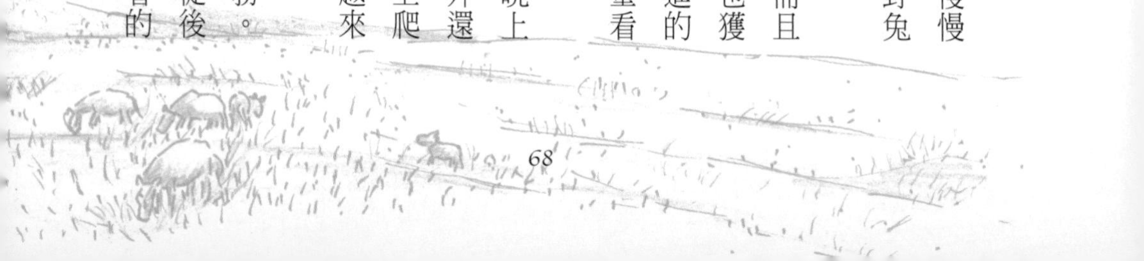

獵網解開並垂吊下來，然後迅速地固定在地面上。獵網上的樁子是以事先削好的木頭所製成的。

這些步驟都完成後，隊員們會沿著張開有八百步長的獵網，再次不發出任何一點聲響地分散開來，藏身在樹蔭或草叢裡。就這樣手持棍棒摒住呼吸，等待著獵物上網。手持步槍的那兩個人，也會躲在獵網兩端等待著。

就這樣，在確認過這十個人各自固守的方位之後，隊長吹了一聲口哨。那是象徵行動開始，給在後面準備要追捕獵物的組員們的信號。

塔克是追捕獵物組的右翼隊員，而且位置是在最角落。因爲今年開始使用起弓箭，所以心中暗自得意的不得了。在追捕獵物組中，使用弓箭的人被安排在左右兩邊，一邊各有五個。如果不這麼安排的話，那麼弓箭在中央相交飛射，會是非常危險的一件事。也因此，只有被公認爲有眞本領的人，才會被允許使用弓箭。

塔克這組的隊長是凱恩，他是位體格健壯的十七歲少年。他走到塔克的身旁，拍拍塔克的肩膀。

「昨天我們在架設獵網的時候，有看到很大的足跡唷！雖然腳印有野狼那麼大，可是聽說走路的方式和野狼有點不一樣。該不會是你在秋天時說過的犬狼吧？總之一發現的話就要獵殺唷！因爲有獎金可以領啊！」

從一個月前開始，羊隻就經常遭受某種動物的攻擊而遇害，至今仍不甚清楚究竟是什麼動物。

此時從前方處傳來尖銳的口哨聲，連續兩次。班長們大聲的叫喊著要班隊的成員們全都成列排好。聽到班長們齊聲喊叫後，全體隊員們都一邊賣命地叫喊著，一邊開始朝山頂前進。

「嘿咻、嘿咻、嘿咻、嘿咻……」

右手拿著獵弓，左手握著飛箭，塔克喊著。

「嘿咻、嘿咻、嘿咻、嘿咻、嘿咻……」

跑過身旁的男孩還在大聲的叫喊著，這邊早就已經把箭搭在獵弓上準備著了。沒有拿弓箭的人手中握著棍棒。他們一邊用棒子敲著樹幹，一邊向前方邁進，將野兔從隱密的窩裡趕了出來。

「那邊有一隻！」

「這邊也有一隻！正直直的向上跑喔！」

「往右跑了！右邊！」

塔克也看到了野兔的身影。有一隻野兔斜斜地橫過坡道，朝對面跑了過

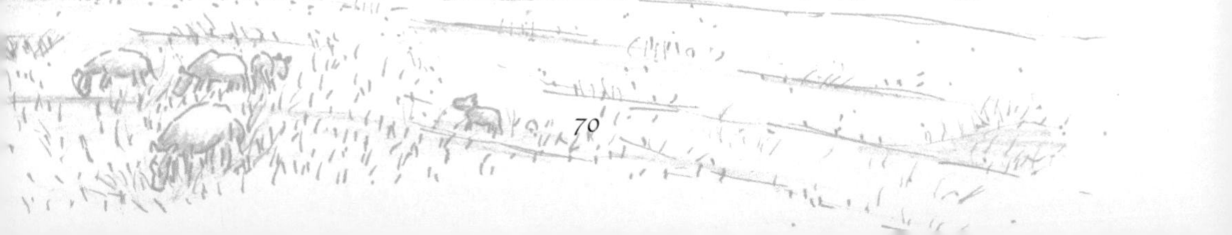

灰狼

灰狼體強健，是很具攻擊力的掠食者，往往給人神秘凶猛的印象。

去。不知道是誰以那隻野兔爲目標射出了箭，不過卻因爲射得偏高而落空了。野兔接著稍微改變方向，朝後方塔克所在的地方跑過來。塔克吹了一聲高音口哨。一瞬間野兔停了下來，用兩隻後腿直立了起來，接著耳朵抽動了幾下。

塔克的箭射了出去。

「一箭命中喲！小子！」

行經塔克左側的一名男子大聲喊著。塔克走了一段斜坡，把中箭的野兔取了下來。一名沒有拿獵弓的少年，從塔克的手中接過那隻野兔。

「嘿咻、嘿咻、嘿咻、嘿咻……」

塔克一邊大聲地叫喊著，一邊又開始向前邁進，並且不時地朝左邊觀看，是否正和大家整整齊齊地並列前進著。

對聲音感到恐懼的野兔，一般都會朝向斜坡的前方逃去。塔克他們隨之向前方邁進，越往前，奔跑的野兔就越來越多。雪地上，幾十雙腳印從四面八方交錯在一塊。在這之後，塔克雖然三次瞄準了野兔射出箭，可是三次都沒能射中目標。然後又有一支箭不見了。只是現在沒有時間可以停下腳步找尋遺失的那支箭。

突然之間，大夥所製造出來的聲音起了一些變化。因爲刻意要在目前爲止

像唱歌般的叫喊聲，以及木頭和木頭相互撞擊而有節奏的響聲裡頭，忽然之間加入較高的音調。這樣的聲音頗令人驚慌，帶著某種壓迫感。

現在，隊伍的前方出現了一個茂密而又昏暗的杉樹叢，應該是非要穿越這個樹叢不可。雖然不清楚會有什麼東西跑出來，不過塔克知道自己心臟跳動的速度開始變得激烈起來。

他把箭搭在獵弓上準備。

「是野狼！朝右邊跑去了！是右邊！」

聽到了喊叫聲。塔克的左側傳來弓弦擊發的聲音。緊接著又是一次射擊。然後聽見一聲咒罵，好像是沒有射中的樣子。現在塔克所在的位置是在陡峭的斜坡中央，腳步搖搖晃晃站不太穩。爲了找個比較好站的地點，塔克跑到附近一棵外型碩大的山毛櫸古樹邊，背倚著樹幹，一隻腳踩在樹根上面站著，塔克做好準備，隨時等著那傢伙出現。

距離塔克約有十五步遠的前方，另外有一根山毛櫸古樹傾倒在地上，在那邊形成了一小塊空地。灰色而乾枯掉的樹幹就斜倒在地上。

那傢伙走近這裡的聲音，就連塔克也沒有聽到。雖然不清楚究竟是狗還是狼，但是無論如何，他總算留意到那傢伙就在面前。那傢伙站在灰色古老的樹

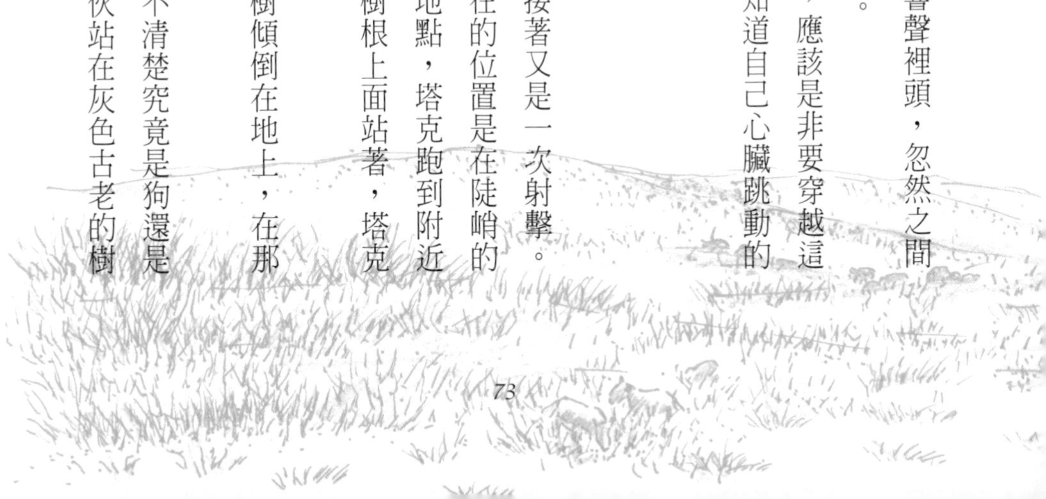

幹上頭，體色和樹幹相同，都是灰色，看起來體格非常高大。

牠一動也不動地停了一會兒，差不多過了一秒鐘，耳朵突然豎了起來，從嘴裡伸出來的粉紅色舌頭無力而鬆弛地下垂著，呼出來的氣息有如白色雲霧一般。塔克拉開獵弓。才正想著牠可能要朝這邊跑過來的時候，那傢伙已經一溜煙地沿著樹幹跑掉了。

山毛櫸樹傾倒的時候，連帶壓倒了一些小樹木，那些被折斷的樹枝纏繞在一塊，形成一個草叢。跑到那裡的那頭動物，好像爲了躲避飛箭的射殺而扭轉著身體，瞬間向高處一躍而起。就在這一瞬間，那傢伙的身影宛如幽靈般，消失地無影無蹤。

塔克所射出的箭沒有命中目標。明知這是一隻多麼重要的獵物，想不到竟然會射偏掉。因爲太過失望，甚至連振奮精神開口叫罵幾句的力氣都沒有。塔克步履蹣跚的走上斜坡，仔細地在那傢伙消失無蹤的山毛櫸樹上，尋找著弓箭的下落。弓箭好像是消失不見了。接著前方傳來步槍的聲音。

「砰！」

緊接著又是兩發。

「砰！砰！」

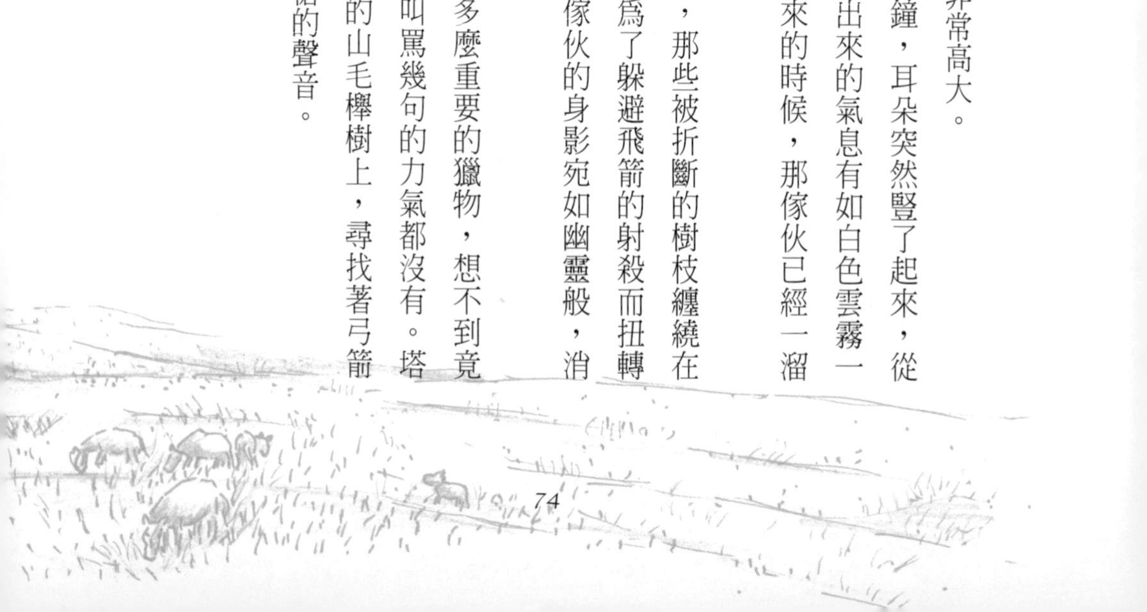

野兔
野兔的適應力很強，從疏林、灌木到矮樹叢的半沙漠地區，都可以見到牠的蹤跡。

手持獵弓的塔克和並行前進的一位年長男性嘟嘟囔囔地說那應該是沒射中。塔克點了點頭。要是一槍命中的話，所聽到的槍聲應該是明確的一發，清楚而響亮才對。在第一聲槍響之後，假設還有時間可以擊出另一發子彈，剛開始的第一發子彈必須射中目標，然後再用第二發子彈，將身受創傷的獵物置之於死地才對。

可是像現在這樣，

連續擊發了好幾顆子彈出去，想必是獵物迅速脫逃了，所以才會持續瞄準獵物，不斷掃射。這種時候，要瞄準獵物本來就很困難了，想要一槍命中，機率更是低。

同行的人已經越過半山腰，往前方走得更遠了。道路變得更加狹窄，而且更爲險峻。塔克一夥人一邊大聲咆哮、一邊敲打著樹幹，盡量製造出吵鬧的聲響，向前邁進。前方可以見到上百隻野兔的足跡。忽然，大夥看見樹幹旁邊有一隻野兔佇立著。下一秒鐘，塔克的箭就射離了弓。那支箭筆直地飛了過去，射穿兔子的頸部，然後扎在樹幹上頭。這會兒塔克眞的展露了優秀的好本領。塔克拔出插在樹幹上的飛箭的同時，發現箭頭有點彎曲，雖然如此，但至少這讓心情輕鬆了不少。塔克將壞掉的箭放回箭筒裡，一手抓起

麋鹿

兔子那笨重而無力的後腿。這是隻蠻肥胖的兔子。這一隻大概就足夠分給全家八個人吃，而且還綽綽有餘呢！

山頂上傳來清晰的叫聲，而且聲音越來越大。野兔接二連三地跳進獵網裡面。到獵網那邊大約還有二十步遠，遠遠地就可以看到黃綠色的獵網掛在那邊。白色的野兔纏繞在獵網上面並且扭動掙扎著，隨後手持棍棒的男性們從四面八方撲向前來。一旦被困在獵網上，野兔想要逃跑的機會可眞是微乎其微。

後來只聽見木棒對著野兔一棍重重打過去的聲響，還沒被打死的野兔們一隻隻都發出了哀鳴。塔克不由自主地打了個哆嗦。塔克負責幫忙大人清除野兔的內臟。就在大人們忙不過來時，塔克也必須一邊按住野兔的後腳，一邊取出牠的內臟。今天第一回合追捕狩獵，成果總共是七十三隻野兔。

沒在今天狩獵的這座山谷裡，發現屬於這個季節之外的麋鹿，是很幸運的一件事。因爲麋鹿只要一纏上獵網，情況就會變得很棘手。儘管到頭來終將把麋鹿從獵網裡放走，可是要設法讓橫衝直撞的麋鹿從獵網裡頭逃脫，是件相當危險的事情。除了取得特別的許可證，一般來說狩獵麋鹿是被禁止的行爲，因爲麋鹿是皇帝的獵物。

塔克的叔叔下令大夥休息一下。現在是午餐時間。每個人都從家裡帶了自製的便當，並開始交換著菜餚。負責步槍射擊的隊員之一走到塔克的身邊，一屁股坐了下來，並伸長手過去拿插在樹枝上的肝臟。

「塔克，聽說你也看到那傢伙了？」

「雖然不知道是不是犬狼，不過的確是看到了。我朝牠射了一箭，箭卻消失了。」

「我射了三發子彈，好像也全部都偏掉沒有命中。那傢伙現在應該是拖著受傷的腿在行走吧，因爲足跡上沾染著血漬。如果有隻狗在就好了，因爲這樣子就可以跟著足跡尋找獵物了。那傢伙現在該不會逃向遠處了吧？」

他一邊吃著烤好的肝臟，一邊摸著口袋，從裡頭拿出一小包東西，然後打開來，接著切了一塊裝在裡面的醃漬黃蘿蔔乾，遞給塔克。

「那麼，你應該也沒有命中目標吧？」男子問道。塔克點了點頭。

「嗯，那傢伙追趕過來的時候，速度快得好像連大黃蜂都追得上似的。總而言之，不是我們這群人，每天追趕就可以捕捉到的啦！」

「的確是這個樣子。」

「你爸爸何時要帶你去射擊場做練習啊？」

塔克驚訝地瞪大了雙眼。收到那封信，不就是這幾天而已嗎？這消息散播

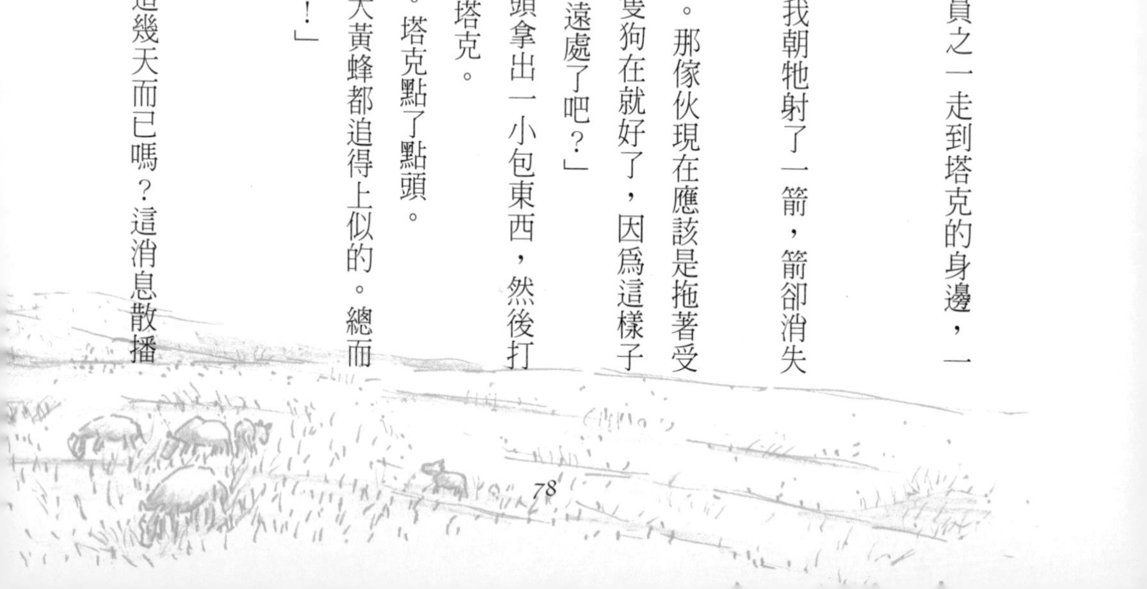

的速度還眞是非常迅速。

「步槍這種東西，你之後一定會愛不釋手，喜歡得不得了的。就像貓喜愛捕捉老鼠一樣。塔克，你和我並肩一齊射擊步槍的日子，應該不遠了吧！」

那男子說完話，露出一個和藹的笑容並站了起來，走上前去幫忙捲收獵網。差不多到了該撤收的時間了。

班長們再度被召集過去，是爲了要重新選出架設獵網的十名隊員，只有那兩個負責射擊步槍的人員和之前相同。這次也是一樣，由這十個人先去探查地形並架設獵網，接著等待著追捕獵物的組員來臨。這一回合的狩獵行動，地點安排在從這個山谷再過去兩個山頭的地方。如果順利的話，再努力一點，在天色變黑之前，或許還可以再追捕個兩三次，甚至四次的獵物。

好不容易一夥人又開始移動起來。身後的炭火因爲天氣寒冷而熄滅得很快，只剩灰燼而已，地面經過衆人踐踏，沾染著泥土及血漬。這時候，樹叢中出現一名男性的身影。

那張爬滿深刻皺紋的臉龐，沒有任何表情，但是那雙散漫著瑰麗斑點的金黃色眼睛裡，透露出一絲傳承自古老年代，沈重而憂鬱的氣息。

村裡的人們在剝野兔皮的時候，大多會事先將頭部砍掉。因爲這樣一來，

剝皮的工作就會比較容易進行。這個住在山裡的男人將散落在地上的野兔頭一個也不剩地全撿了起來並集中擺好。他將野兔頭排成一列，而且讓每個頭都面向被大雪覆蓋的山頂。這個男人就這樣靜靜地站在那邊，虔誠地祈禱著。烏鴉在高空鳴叫著。不久，男人轉過身子面向後方，緩緩地離開，身影就消失在山嶺的那一邊。男人單手握著兩支箭，是兩支末端鑲著藍色箭羽的弓箭。

5 野兔爺爺來訪

塔克的雙親只要一找到機會，就會互相討論兒子的未來。雖然在塔克家裡，父親擁有極大的發言權，但是面對兒子的未來，八津山海完全不打算強制兒子接受雙親的想法。

父親希望能讓塔克依自己的意思去做決定，但是唯獨步槍射擊這件事，他並不打算做任何退讓。譬如那個上校所提到的，現在就讓塔克去步槍打靶場做訓練這事，他是絕對不會答應的。至少在塔克還不能夠駕輕就熟地使用大人的獵弓之前，是絕對不可行的。

塔克對這件事有點不諒解，他看著父親的眼睛，雖然不由得想要回幾句話，但是他知道現在這種時候保持沈默，才是最理想的解決方式。

「步槍這東西，具有很驚人的破壞力。如果連這種事都不知道，怎麼可能控制好槍枝的威力呢？還是先把大型獵弓練到駕馭自如的地步再說吧！對了，還有件新工作要交待給你去做，就是幫爸爸保養步槍及手槍。要把槍磨的亮一

點，並完整地拆開來。可是，絕對不可以靠近放彈藥的架子。在我還沒有說可以之前，也絕不能夠接觸上了鏜的槍枝。總而言之，必須先將拆解槍枝及組裝訓練這兩項技能，練到閉著眼睛都可以做得很好的程度才行。」

話一說完，父親站了起來，朝著武器架走了過去，然後拿給兒子兩本書。這兩本書都有反覆讀過的痕跡。

「紅色封面的那一本書，寫著有關槍枝的各種法規，以及安全使用槍枝的方法。褐色的那一本書，則是針對步槍及手槍等小型槍械的歷史及製造方式做說明。剛開始先給我好好讀這兩本書吧！我們國家在全世界裡算是對槍枝管制相當嚴格的國家，但即使如此，每年還是一定會傳出某些人因爲搞不清楚槍枝的使用方式而喪命的案例，最嚴重的是甚至導致別人喪命或身受重傷。這麼說，你瞭解了吧？」

「是的，爸爸！」

「好。那麼將桌面收拾乾淨後，就去幫媽媽擺晚餐要用的餐具吧！」

就在全家人就座準備開始吃飯的時候，門口傳來一陣敲門聲。塔克心中一陣疑惑，一邊想著是誰會在此時此刻來訪，一邊打開門扉。

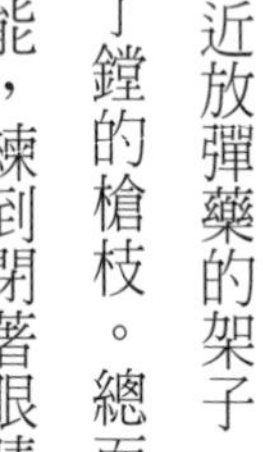

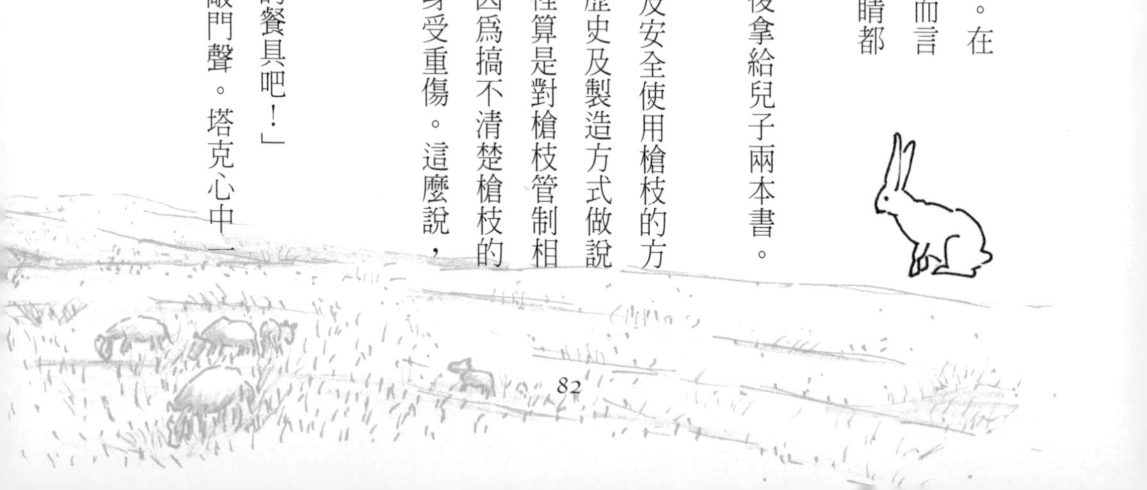

「野兔爺爺！」

他大聲喊著。只見有個手持拐杖，肩上披著一件狗毛斗篷的老人出現在門邊。他身上斗篷的顏色猶如霜雪般雪白。這個山林老人，滿臉笑容地打著招呼。

「眞是抱歉來打擾你們。外頭可是既昏暗又寒冷呢！因爲聞到從你們家的煙囪飄出來的一陣陣香味，所以就前來打擾。」

八津山海站了起來，對著那位老人很愼重地點頭行禮，這是自古以來所流傳的一種招呼對方用餐的方式。

「我們的帳篷、爐火，全都可以讓您任意使用，請別客氣。」

聽到八津山海這麼說著，老人臉上又再度露出笑靨。他的肩膀上扛著一袋東西，腰帶上則插著一把很大的刀子。

「歡迎歡迎，快進來！快請進來裡面坐。塔克，快去幫客人準備餐具，然後再斟一杯馬奶酒給客人飲用。剛才我們家兒子稱呼您爲什麼來著？是「野兔爺爺」吧？事實上我們今天的晚餐碰巧就是野兔料理呢！」

塔克把餐具拿了過來，並在山林老人的身旁蹲跪下去，斟了杯馬奶酒。老人的身上，有一股類似柴薪燃燒時所產生的煙燻味，那是森林的氣味。冒著熱氣的大鍋子就放在老人的面前。

老人用湯匙挖了一瓢燉肉放進口中。

「啊，小雅紀，變得很會煮菜了喲！做得和我妻子煮的一樣好吃呢！」

塔克的母親，因爲被喊出小時候的名字而羞紅了臉。

「野兔爺爺，你平常都煮些什麼菜啊？」

「塔克，怎麼可以那樣子稱呼別人的名字。這位可是……」

「噓，八津，是我要這孩子這樣子稱呼我的。」

他對著少年微微笑著。

「現在，因爲就只有我一個人過日子，所以我只是把許許多多的東西都丟在一起燉煮。只是煮一些就連我這種老人家都咬得動的、柔軟的東西罷了。」

塔克的父親發出一聲驚嘆並且說道：「完全看不出來您已經有這麼大的歲數了，您和大樹同壽。不久，也將與大樹合而爲一吧！」

塔克看到父親和山林老人這麼親密，感到很不可思議。鎮上有時候會有山裡的人拿著竹籃子或木雕工藝品、木炭等東西去販售，但是塔克也只和這個人見過一次面而已，根本就沒有在鎮上遇見過。奇怪的是，這個老人好像看穿了塔克的心思似的。

「你爸爸十九歲那年我們就認識了喔！因爲那個時候，你爸爸總是在野生森

林裡頭四處探險。」

「是啊。」八津說道，「塔克，以前有讓你看過爸爸所收藏的化石吧？這當中有幾件可是歷經千辛萬苦才收集到的呢！我記得那個時候是初冬吧！爸爸在那座山裡頭走著，一邊尋找化石，可是途中因爲跌倒摔了一跤把腳骨給折斷了。而且當時非常寒冷，要不是老師……不，野兔爺爺沒有發現我的話，可能早就已經凍死了吧。

老爺爺背著爸爸攀登懸崖，把我帶到他的家裡去。那時候老奶奶人也還在呢！雖然她已經過世了，但她眞的是一位溫柔的好人喔！後來，他們兩位替爸爸把已經斷掉的骨頭給接了回去，並且仔細地照料我。差不多過了三個禮拜，爸爸才好不容易可以回到家裡來。

回家之後，又到了醫院求診，不過醫生說我這個傷勢一定曾經讓城市裡的某間大型醫院裡看診的專門醫生給醫治過，儘管爸爸一再反駁說沒有，可是醫生就是不肯相信呢！而且在那之後，傷口始終一點疼痛都沒有喔！」

「那是因爲當時你還年經，人又強壯、健康的關係。將你治癒的是大自然的力量，並不是我和瑪莎的關係。」

「瑪莎？」

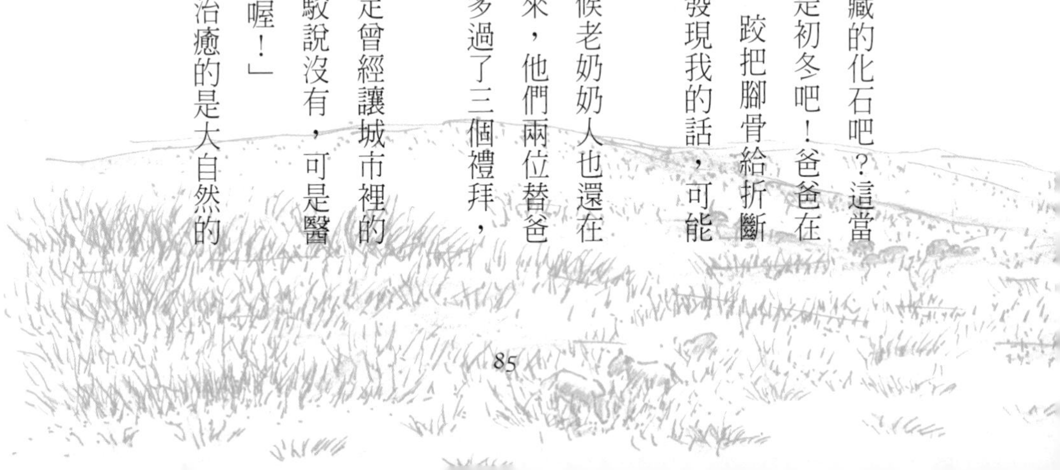

因爲這個名字聽起來就有很濃厚的洋味，塔克不假思索，鸚鵡學舌似地反問起來，接著他對自己這麼沒有規矩的行爲感到慚愧而羞紅了臉。「瑪莎就是我妻子的名字啊，她是艾格蘭人呢！」老人用著一副很理所當然的語氣回答道。「因爲我年輕的時候相當喜歡旅行，曾經去過多許許多多的地方。」

「您現在也常在齊威各地旅行不是嗎。」八津笑了起來。

塔克驚訝地張著嘴。雖然他有著堆積如山的問題想要問眼前這位謎樣般的神秘老人，不過後來父親話鋒一轉，就著天氣、山林、接下來即將來臨的冬季等等之類的話題，和他聊了起來。

「啊，對了，關於獎學金的事，恭喜你了！」老人忽然想起似的說道。

「您也知道啊？」塔克問道。

「對啊，新聞這玩意兒也是會被散播到山林裡的喲！」

不過有件事情讓塔克感到相當疑惑。和野兔爺爺初次見面的時候，正好是在山裡碰巧遇見母熊那天。總而言之，當時這位老人說話的口音相當奇怪，就和那些來到村裡的別的森林住民持著相同的口音。可是現在，老人說話的方式卻大不相同，感覺上有一點像是學校裡的老師。

老人將放置在柴刀及拐杖旁邊的那個袋子給拿了過來，從中間取出一個像西瓜那麼大，而且用樹葉包裹著的東西，遞給塔克的母親。母親把那個東西打開一看，發出興奮的叫聲。

「是舞菇耶！」

舞菇是一種和森林裡的大樹共生的野生菇類，據說因爲非常美味可口，凡是吃到的人都會興奮地手舞足蹈，所以命名爲「舞菇」。

老人接著又再度翻找著袋裡的東西，這回取出了兩支箭。是兩支有著藍色箭羽的箭。

「是你將這兩支箭遺落在山裡的吧？」

塔克回答說是，接著老人對著八津說起話來。

「這孩子所射出去的箭裡頭，其中有一支箭射中了犬狼喲！」

「不過我聽說是被步槍所射傷的。」

「不，不是這樣的。才不是步槍的子彈呢，是被這孩子的箭所射傷的喔！從足跡來研判，應該是射中右前腳的肌腱吧。只是，這孩子還不曉得自己應該要做些什麼事情，必須對森林負些什麼責任吧？」

「是的。」塔克回答道，「獵人如果射傷了獵物，卻讓獵物逃掉的話，就必須把那獵物追回來，並且親手把獵物殺了才行喔！」

「如果是這樣子的話，不就得立刻出發才行？那就明天去吧！我也跟著去，順便去幫忙尋找那傢伙的蹤跡，好讓你可以用弓箭射殺獵物。到目前為止，已經不知道有多少隻羊被這傢伙給殺死了。大家經過種種調查發現，這傢伙的母親原本是隻迷了路的狗兒，好像是在發情期的時候遇到一隻公野狼的樣子，要不然，可能早在被狼發現的時候就被殺害了吧。聽說後來出生的好幾個孩子裡，似乎就只有這個傢伙僥倖存活了下來。這是個非常狡猾而且頑固的傢伙。」

「要是能夠在這傢伙年幼的時候就發現牠的話，那就太好了。因為這樣一來，就可以好好地馴養牠。現今狼幾乎都已經絕種了，就算是只有一半狼的血統也沒關係，因為牠們身上還是有相當多的事物是值得我們學習的。只是現在看來為時已晚，因為大家都知道那傢伙會殺害羊隻了。總而言之，野生動物只要一到村子裡頭搗亂，就會立刻被視為壞東西。若不趁早把這件事情解決掉是不行

灰狼

的，而且還有可能會因此而受傷呢！

「可是這孩子明天還得去學校上課呢！」塔克的母親用極爲擔心的語氣說道。

「不，這是自古以來流傳的規定，不能不遵守的。」八津說道。「塔克不去不行。而且，老爺爺承諾要幫助我們的那席話，眞是太感謝了。我也會跟去的，順便帶著步槍去。」

山林老人微微笑著。那是一種平靜又帶著悲哀的微笑。

「那樣子不行喔，八津。不可以帶槍枝，就帶著這孩子和獵弓，以及兩隻狗兒去就行了。就算有突發狀況，我也會趁著狗兒在追逐獵物的時候使用長矛槍的，所以沒有問題的。而且到黎明之前，這場雪還會再下一陣子，剛好可以沿著雪地上的足跡來追蹤獵物。距離冬雷開始作響，好像還會有四天左右的好天氣。山裡如果開始響雷的話，雪就會下的更厚，屆時什麼事也做不成了。要是不趁現在追趕的話，就不太能再找到了。」

塔克的父親取出大型地圖，攤開放在桌子上。老人和八津，還有塔克一邊看著地圖，一邊討論著犬狼會在什麼地方出現，會怎麼移動之類的話題。討論結束過後，塔克開始整理明天要帶去的物品。打包好要帶去的東西之後，塔克

蒙古馬
蒙古野馬比一般的馬相比，脖子較粗，頭部較大，四肢較短。

坐在火爐旁邊，把小型磨刀石拿了出來，將箭頭磨得尖亮。

隔天早晨，他們就出發了。八津牽著兩匹馬兒同行，朝著村民林地的盡頭騎去。野兔爺爺騎乘的是八津家所飼養的馬兒。在塔克的眼裡，老人的騎馬技術實在是無比高超。輕輕握住韁繩，直挺挺地伸長著背部，以優越的騎馬技術向前方邁進。老虎及地衣高興地追在馬兒身邊跑。不久，三個人

離開了被早晨陽光照亮的草坪，進入安靜的森林裡頭。這裡宛如一座魔法的世界。不論在哪一根小樹枝上頭，都有雪花堆積著，森林裡灑滿綠色的光芒。今天是個晴朗又溫和的好天氣。

塔克一行人，通過曾被麋鹿踏平過的道路。一抵達村民林地的盡頭，他們便跳下了馬背。八津將兩人騎來兩匹馬兒的韁繩拿在手上，塔克則是再一次檢查自己攜帶的物品。

父親好像有什麼話要說似的注視著兒子，但卻只是不發一語地從自己的腰帶上抽出狩獵用的刀子，接著默默地把刀子遞交給兒子。狗兒們知道要和年輕的小主人一同出門狩獵，所以興奮地繞著跑。

「總是一而再、再而三地受到您的照顧，一直承受您給予的恩惠。」

八津這麼說道。山林老人笑了起來。那個笑聲猶如急速流過岩石間縫的小河流聲般，大聲而又爽朗。

「沒這回事，八津。相較於山林及野生的森林所給予的恩惠，我想最瞭解人世間『恩惠』這事兒的就屬你了，不是嗎？村子裡的人懂得這種事的人不常見啊！這孩子的事就交給我來照料吧！這孩子既勇敢又強壯，應該是不會發生什麼太危險的事情才對。」

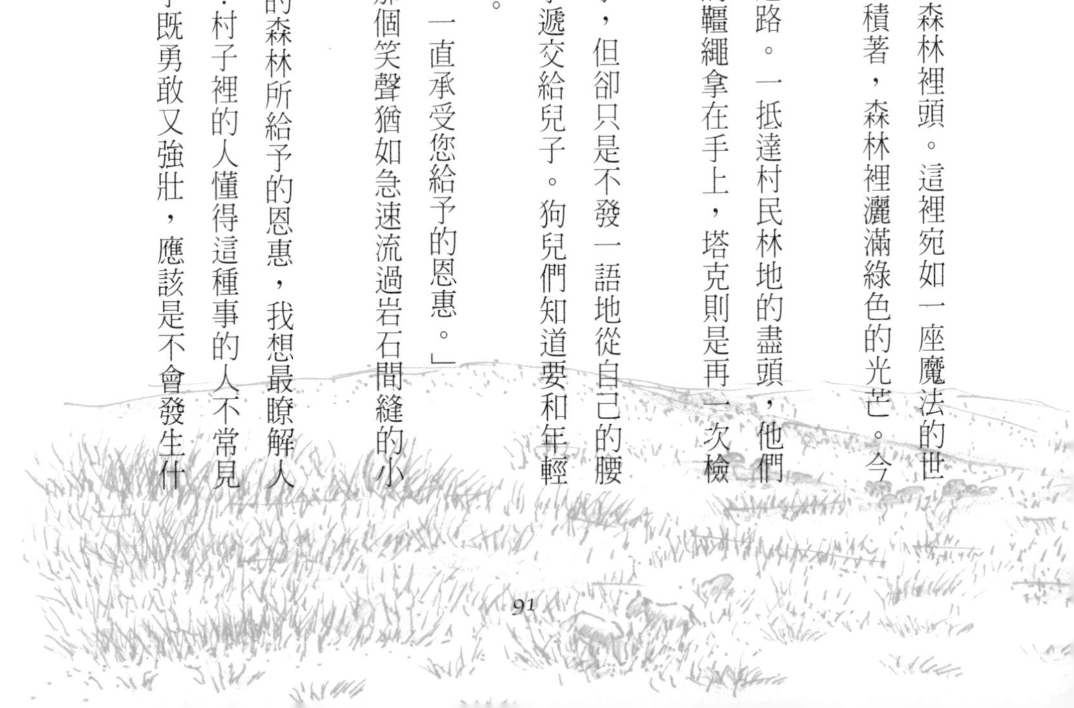

猴子
猴通常分布於熱帶森林，多數猴類具有短而扁的臉部，和人類相似。牠們的手腳具抓握力，各有五指，猴是具有智能的哺乳動物，學習能力快。

父親對塔克點了點頭。

「記得要對校長先生交待說是因爲射傷了襲擊羊隻的犬狼，所以得去把這事情做個了結。回家之後要自己寫份報告書喔！如果有捕捉到那傢伙的話，就把尾巴帶回來！」

「如果捕捉得到那傢伙的話，就可以把牠的毛皮穿回家囉！」

山林老人如此說道，一邊抬著頭仰望著山頭。山林受到黎明的旭日籠罩而閃耀著銀色光輝，顯得多麼壯觀而又威風凜凜啊！

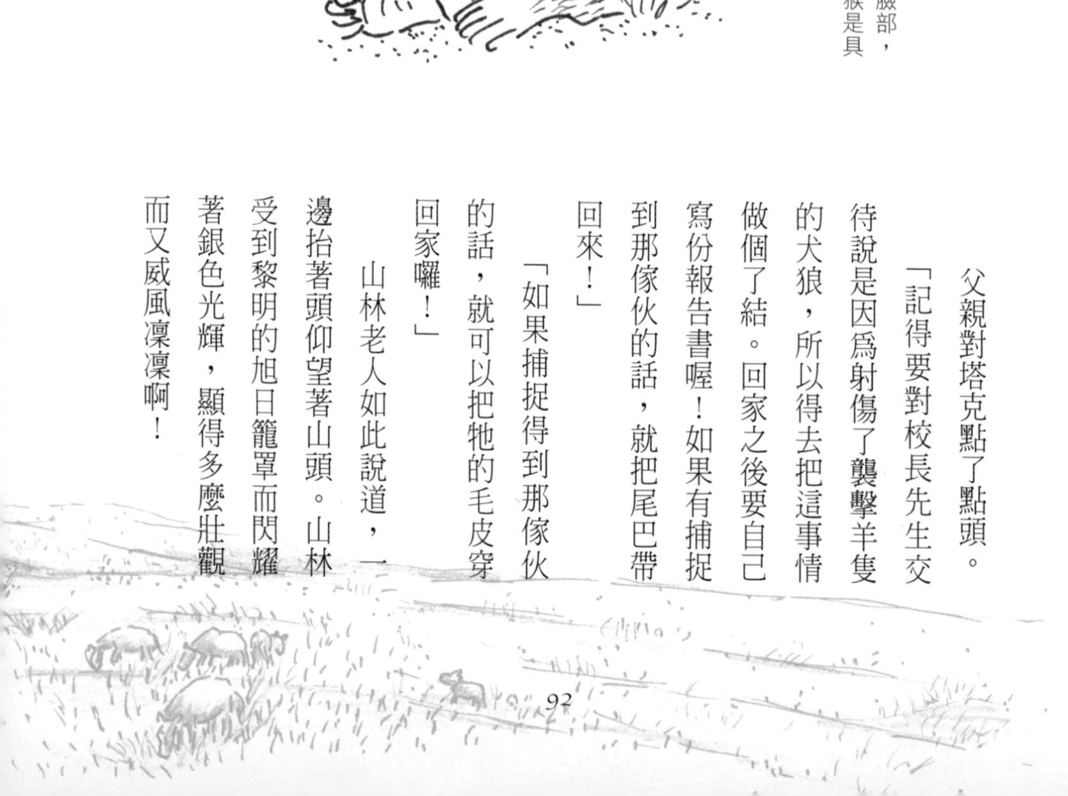

「那麼走吧。先到我的地窖去，明天再從那邊出發，開始尋找犬狼的足跡吧！」話一說完，老人以穩健而又輕快的步伐站在前頭，接著開始登上幅度狹窄而又險峻的山路。塔克朝父親點了頭示意，揮手過後便跟在老人身後離去。狗兒們也立刻追了上去。

就算是持續步行了很長的一段路，野兔爺爺的步伐絲毫也不曾紊亂過。一句話都沒有說，兩個人走了一段時間的山路。隨著越登越高，光輝閃耀的原野就在眼前開展著。

走了好一陣子，野兔爺爺停下腳步，用手指著上方。被身上厚長的冬季毛髮所覆蓋的猴群們，從樹木的這頭跳到那頭去。老人用難以想像的奇怪言語呼喚著牠們。那是一種塔克不曾聽過的語言。聽到呼聲，猴群們停止移動，動也不動地朝這邊注視著。

「這些猴群們，正朝著火之山的山麓前進。因爲那裡有溫泉啊！在這麼高海拔的地方還見得到這些動物，可眞是不容易啊！因爲猴群有預知天氣的能力。你累了吧？肚子餓了吧？」

「不，老爺爺，我還可以。」

「那麼繼續走吧。還有好長一段路途，不走不行呢！」

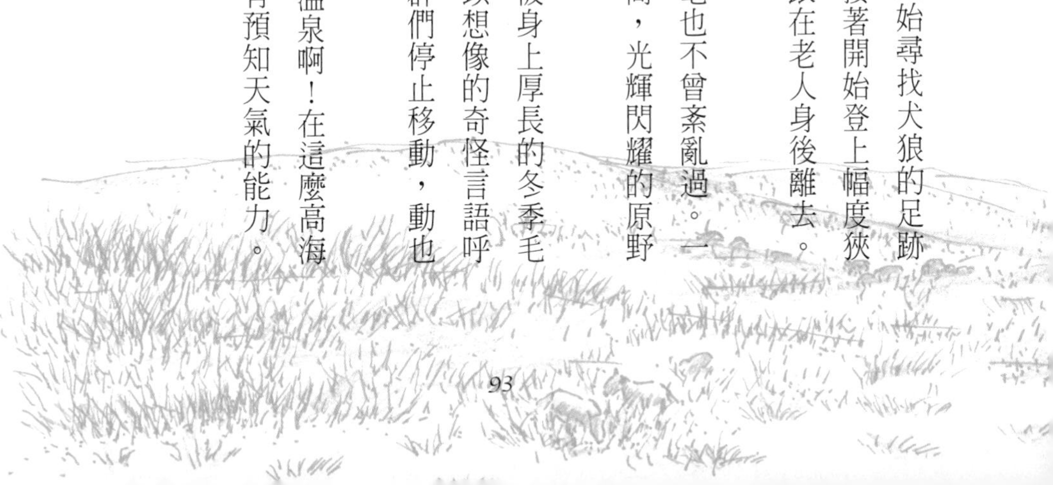

地爐

在房屋中央挖一炕地爐，這是極具日本風味的設計，通常低於地面，旁邊鋪上坐墊。以木柴、木炭為燃料。

地爐上方懸掛著惠比壽，距離地爐最近的鐵勾，掛著烹調的容器，如鐵水壺、鍋具等。

惠比壽

地爐上方懸掛著惠比壽，由木頭及鐵鍊串起，中間的鐵器雕刻成魚，有增添福氣、添智慧的象徵。

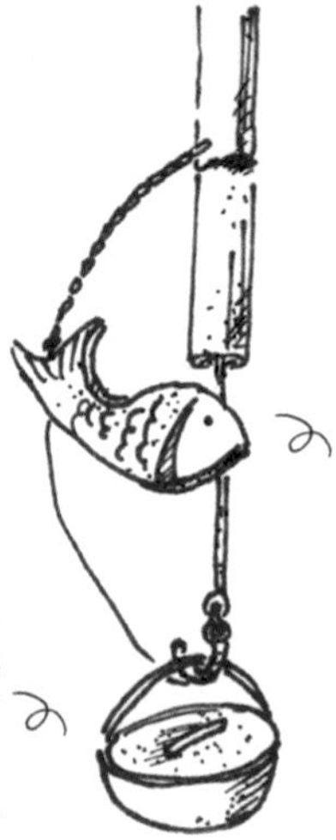

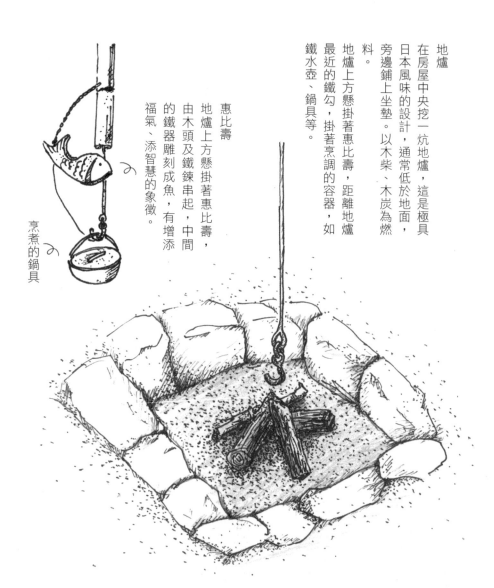

到了傍晚，兩個人已經越過山峰，向下行走到古老的山毛櫸樹林中。道路順著河川延伸著。

突然之間，眼前豁然開朗，兩人走進一個小空地。有一座差不多是塔克家的兩倍高的懸崖矗立眼前，河水流經其中形成瀑布，發出劇烈的水聲朝下方的深潭沖刷而去。潭水的深度乍看之下，頗有一點規模。要是在夏天，恰好可以做爲一個游泳的好地方。

空地上有一幢奇妙的房屋，孤零零地搭建在那裡。又因爲山毛櫸樹及核桃樹等參天的大樹圍繞著四周的關係，房子相形之下看起來非常渺小。沒有牆垣，只看得見一座相當傾斜而又高大的、茅草搭蓋的屋頂式房屋。上面除了小小的房簷之外，就連一根煙囪也沒有。

房子的入口處，掛著一種垂吊式的門簾，形狀類似裝在手工雕刻的柱子上，以杉樹皮製成的東西。野兔爺爺將門簾勾在一根柱子上使門口敞開，然後彎著腰進入屋內。

「歡迎光臨老獾爺爺的巢穴！」

話一說完，老人揮手招呼著塔克進入屋內。圓木頭階梯直接通到地底下。從外側看好像沒有牆壁似的，其實是豎穴式的住宅。泥土的牆面藉用圓木及石材力量予以強化固定。地板上鋪著用茅草編製而成的蓆子。

只有一個人住的房間，差不多有位於鎮上的塔克家客廳那麼大，房屋中央則挖著一坑地爐。橫樑上隨處掛著可以任意移動的掛鉤。竹竿連接著雕刻著大魚形狀的橫木，用鉤子和鎖鍊巧妙地銜接在一起，因此可以任意地上下移動。在平坦石塊打造而成的地爐中間，飄著許多細小的銀白色灰燼。

野兔爺爺在地爐裡升起火來。沒多久，火焰就猛烈地燃燒起來了。原本昏暗且陰森的房屋，頓時充滿著溫暖的黃色及橘色光線。塔克坐在地爐旁的墊子上，雙手放在火上烤。野兔爺爺則是外出到剛才所看到的水潭旁，將整個鐵製水壺盛滿水之後帶回來。接著，老人把那個鐵水壺掛在鉤子上，爲了讓火燒得更旺盛，又多添了一些木柴。

「對、對，就是那樣！這樣身體才會暖和起來喔！對鎮上的小孩子而言，這可是一段相當累人的旅程呢！」

四面牆壁上牢固地安裝著成排的木製壁櫥。角落有一張書桌及椅子。書桌上有硯臺和插放著許多毛筆的筆筒，文件和書本堆積如山地疊在上頭。其中最特別、最惹人注目的是一台黃銅製的舊式顯微鏡。

這位野兔爺爺究竟是怎樣的一個人呢？塔克實在是無法想像。不管怎樣，

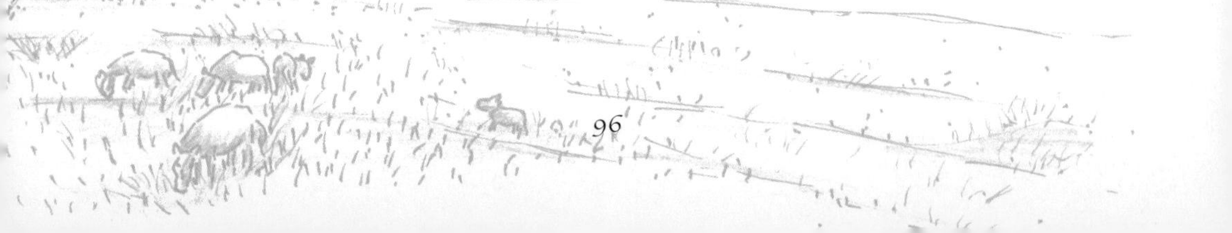

至少可以確定他不會只是一位單純撿柴來燒的老人。

塔克注意到房屋角落的棲木上，有一隻經過剝製處理的貓頭鷹標本。咦？爲什麼那個標本會朝向這邊眨一下眼啊？原來那是一隻活生生的貓頭鷹啊！突然之間，屋外傳來烏鴉的叫聲。塔克驚嚇之餘，聽到那動物如此鳴叫著。

「嘎啊、嘎啊！吃晚餐囉！吃晚餐囉！」

接著，那隻烏鴉從敞開的門中飛了進來，停在野兔爺爺的肩膀上，戲謔似地啄弄著老人的一隻耳朵，接著又催促地叫著吃晚餐。

「我從來就不曾聽過烏鴉說話的聲音，雖然之前曾經聽過九官鳥或是鸚鵡說話。」塔克說道。

「看樣子，你應該還沒有仔細地聽過吧。烏鴉這種鳥類是相當愛說話的喲！有時候會自語自語，有時候則是和同夥的烏鴉群一塊喋喋不休呢。」

「咦，您是說以人類的語言來說話嗎？」

「人類的語言？錯了，不是這樣的啦！自然界中不是只有人類所使用的語言而已喲，另外還有許多種語言呢！對吧，小黑？」

「吃晚餐囉！」

烏鴉再度叫了起來。老人站起身子，從一個大容器裡拿來一些茶杯、湯

匙，以及雕刻精緻的木箱及陶製的壺罐，放置在地爐旁平坦的石頭上。然後他將茶水滿滿地倒進杯子裡。茶水散發著不可思議的香味，老人撈了一瓢蜂蜜放進茶杯裡頭。

「來，喝喝看加了蜂蜜的高山茶。這喝完之後就會有精神了喲！還可以預防小腿抽筋呢！」

散發著香草味及花香的那杯茶，是塔克到目前爲止喝過最好喝的茶。塔克一邊啜飲著那杯茶，一邊再次仔細環視著整間房子。對面的角落裡有個低矮的檯子，上面放的除了厚重的大熊毛皮之外，還有麋鹿以及綿羊等動物的漂亮毛皮，更有幾塊顏色鮮豔的毛毯。

檯子旁的屛風上，直立著一把約有一丈長的獵弓。那把獵弓跟塔克及塔克他父親所使用的那種後彎式獵弓不同。那把獵弓旁邊放著箭筒，箭筒裡插著各式各樣的長箭。另外，也有獵熊用的長矛槍。一旦被這種槍的槍尖給刺住，熊隻就會勃然大怒直撲過來，爲了應付這種情況，長矛槍上的柄是鐵製的橫柄。

「啊，那個是因爲能到處打獵的，就只有我們這些住在山裡的人而已。我雖然不是專門的獵戶，但是因爲年輕的時候和妻子兩個人過生活，所以只有在非常想吃肉的時候才會去狩獵。現在已經很少做這件事情了。現在大多數是捕捉一些雉雞及野兔之類的動物，有時候會去河裡釣一些小魚。除此此外，就是採集一些野生的蜂蜜等。我就像這樣子，從如母親般的大自然中，獲得許多食物。」

「老爺爺您都用獵弓狩獵，並非使用槍械，對吧？」

「槍械這東西該怎麼說好呢？感覺上像是一種會給予人類更強大力量的東西，聲音也非常大聲。當手裡持有槍械的時候，就算原本是一位技術不怎麼高明的獵人，也可以變得很厲害。不過我還是喜歡使用古時候先人們所使用的工具來狩獵。」

「老爺爺，這樣子我會很擔心呢！如果發現了犬狼，就算用箭射牠，頂多也只能讓牠身上再多一道傷痕罷了，根本就殺不了牠，不是嗎？」

「話是這樣說沒錯。你會想到這一點是件好事。射箭的時候，如果處在沒有自信讓對方一箭斃命的情況下，當然是會射不好的。像你之前那個樣子就不行啊！這次，當犬狼走近身邊的時候，就用塗上毒藥的箭去射吧，讓牠不會痛苦掙扎馬上死去。」

「是用烏頭草嗎？」塔克試說出自己所知道的劇毒植物名稱。

「是啊，是用那種和其他好幾種毒藥混合製成的。」

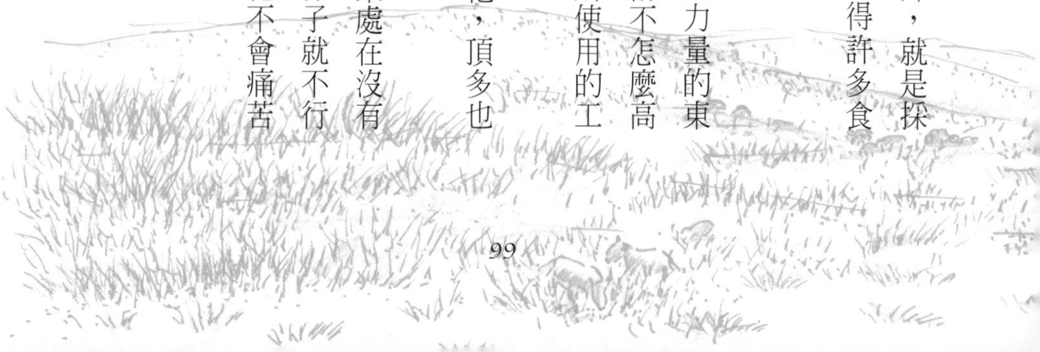

「老爺爺您也會帶著弓一齊去嗎？」

「不，因爲這次射擊是你的任務啊！不過我會帶著長矛槍一齊過去的。這是爲了預防萬一，假使那傢伙不幸朝狗兒們衝過來的話，需要長矛槍來制止他。因爲那傢伙體型很碩大，力道也很強勁。」

接著塔克把手伸到自己的背包裡。

「老爺爺，這是母親要我帶來的東西。」

塔克把背包打開首先拿出睡袋，之後還把經過仔細包裹的臘腸和肉乾、乳酪、鹽巴、砂糖，以及味噌全都拿了出來。也有父親給的禮物。那是一罐裝在大瓶子裡、濃度極高的山林特產——蘋果白蘭地酒。野兔爺爺很高興地將禮物給收了下來。

「你揹著這些東西走到最後，一定累得精疲力盡了吧！那就跟背上被綑綁著一大堆行李走路的驢子一樣辛苦吧！眞是太謝謝你了。」

塔克又再喝了一杯味道芳香甘美的茶之後，就起身走到戶外汲了一些水，並砍了一些木柴回來。塔克在屋子內外進進出出，把木柴搬到屋裡放好。屋子裡，地爐中的柴火熾熱地燃燒著，有幾條魚插在竹籤上，豎立在地爐周圍。

「這是您今天剛釣來的魚嗎？」塔克問道。因爲魚隻看起來都頗新鮮，猶如

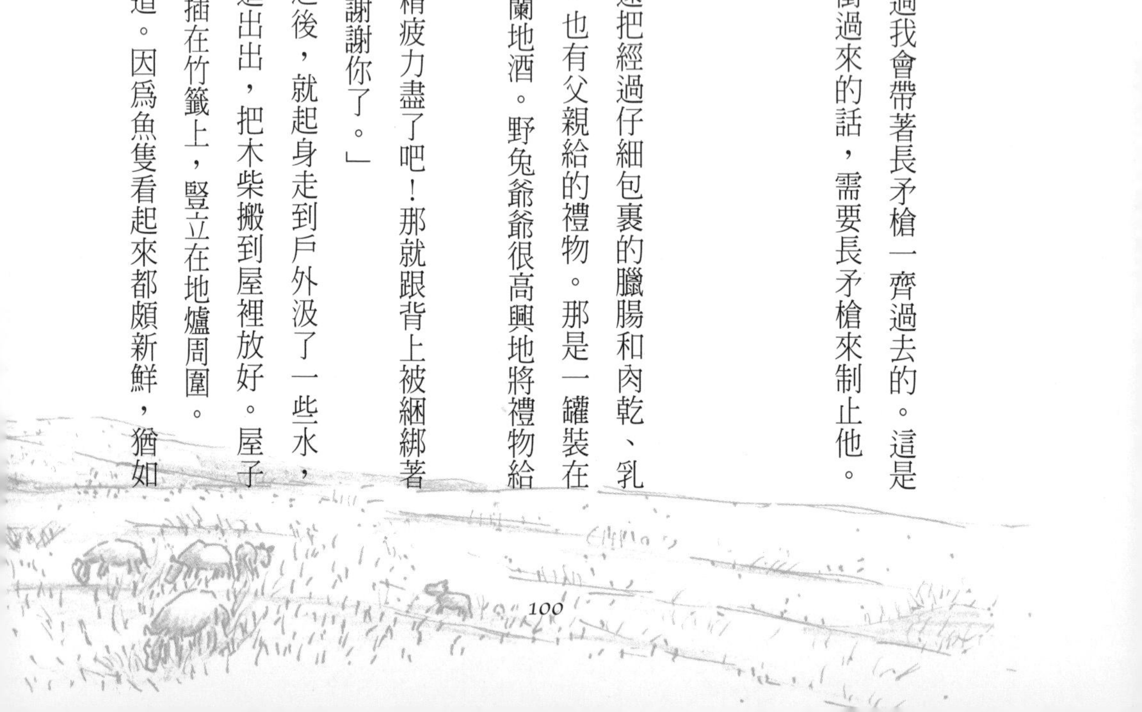

現抓的。

「不是。這個季節魚的數量很少，所以我將活魚放在籠子裡面，飼養在那個水潭裡。到了像現在這種沒空去釣魚的時候再撈起來，這樣不是很方便嗎？」

野兔爺爺將地爐中的鐵瓶子拿掉，取而代之擺放著一個大型的鐵製鍋具。接著，野兔爺爺將長尾雉肉，還有香菇、香草、山藥，以及類似曬乾的蔬菜之類的東西，通通都丟了進去。最後還加進乾燥的豌豆，並和了一些塔克所帶過來的味噌醬料。

攪拌一下，試了一口味道之後，野兔爺爺把鍋子從地爐中取了出來，放在地爐邊的平坦石頭上。老人只盛了一些食物在自己的盤子裡，卻在塔克的盤子裡頭，盛了滿滿的、差不多有自己份量兩倍的食物。

燉鍋裡的食物，不只濃郁、溫熱、美味可口，還有一種難以言喻的奇妙滋味。看到塔克把盤裡的食物吃光後，野兔爺爺拿起了一隻串在竹籤上的烤魚遞過來給塔克。這烤魚的味道也是相當美味可口。

塔克不客氣地，又再盛了一盤燉鍋裡的食物。野兔爺爺一邊笑著，一邊用湯匙指著兩隻狗兒。狗兒們用哀怨的眼神一動也不動地注視著塔克，嘴角滴滴答答地流著口水。野兔爺爺拿起吊掛在地爐上方架子裡的兩條乾魚，丟給狗兒們吃。

「不管多少都讓你吃，塔克。吃完之後，再讓老虎及地衣清光鍋裡的剩菜！」這回，狗兒們同樣也像聽得懂人話似的，因爲老人話都還沒有說完，兩隻狗兒就好像非常興奮似的猛甩尾巴，啪啦啪啦地拍打著地板。

野兔爺爺在餘燼上面，又多添了一些柴薪。火焰又再次猛烈地燒了起來，屋裡也變得明亮許多。

「我好喜歡這裡喔！」塔克眼裡閃耀著光輝，如此說道。

「眞的是這樣子啊？會那樣是因爲你的血液裡頭流著過這種生活的氣息啊！」老人笑著說道，「大約在一萬年以前，我們有一部分的祖先居住在這裡，狩獵長毛象爲生。這裡曾經是蘆葦繁盛的廣闊大平原呢！大型麋鹿也是他們的獵物。他們以狩獵爲生，世世代代傳誦著開天闢地的神話。」

原本冒著黑煙燒不起來的兩根木柴，突然之間又冒出熊熊火焰，開始燃燒著。野兔爺爺的影子大大片地映在牆壁上搖曳晃動著。塔克在極爲短暫的一瞬間，從在棲木上站著的貓頭鷹黃色的眼睛裡面，看到反射的火焰。

「是啊，我們是獵人，同時也是將被捕捉的獵物。我們獵取並射殺自己所需要的東西，有時候我們反而會成爲更強大生物的獵物！在大自然中雖然有競

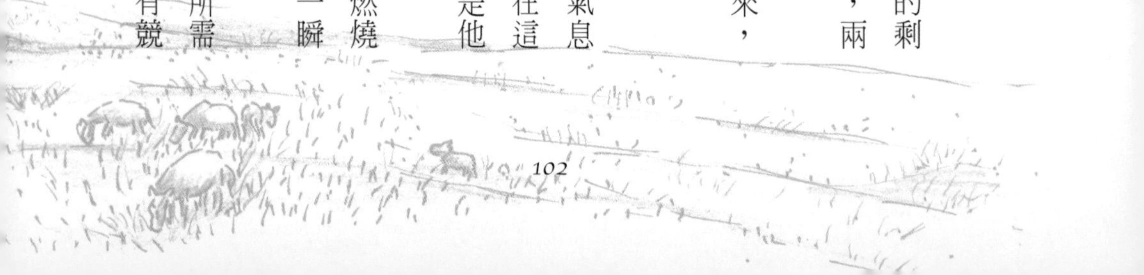

爭，但是卻沒有戰爭。」

此刻，老人的神情嚴肅。

「過去是沒有戰爭的喔！在人類的歷史裡，沒有戰爭的時期是很悠久的。戰爭是從農業和牧畜時期開始的。那是從人類開始有了佔有慾而引發的。看著我的雙眼，仔細聽著我所說的話。此刻開始，我將帶你回到上古時代。讓我們回歸到人類可以和靈魂、鳥獸、動物溝通的時代，回歸到可以和涼風、河水、山林說話的時代吧！可以嗎？很久很久以前，這裡有著一片寬廣遼闊的草原……」

山林老人的聲音，宛如在編織一段時空的綴織布似的。塔克感覺自己的身體彷彿飄蕩在天空之中。飄著飄著……，不久，他知道自己被吸進一個充滿各式各樣的色彩以及火焰所交織而成的地方中擺盪。

看得到長毛象。塔克幻想著。看得到野生動物們一大群、一大群地走著。不，這不只是幻想，不就實實在在地在眼前發生嗎？他看到古代的獵戶們四處奔跑，丟出長矛槍、狂歡的祭祀、手舞足蹈的樣子。他聽到太鼓的聲音。在眾人的身影裡，塔克看到自己的模樣。他也看到阿信的面容，還有父親的面容。

山林老人小心翼翼，就怕驚醒對方似地將體格健壯而且被烈日曬得黝黑的少年抱了起來。塔克已經在狗兒們中間完完全全地沈睡了。老人將塔克抱到床

上，讓他橫臥著入睡，並且替他蓋上了毛毯。

被塔克稱爲野兔爺爺的那個人，在燃燒的火爐上又添了一些柴薪。然後老人盤起腿坐了下來，背部直挺挺地伸展著。接著雙手交叉擺在前面，環顧前方、上方、還有遠方，最後目不轉睛地凝視著眼前發著啪啦啪啦爆裂聲的烈焰。

6 獵殺犬狼

雖然說發現了犬狼的腳印，野兔爺爺卻沒有直接跟著那個腳步前去，因爲要採用更審慎而有效率的方法。被塔克的箭射中的犬狼，身上的傷尚未痊癒。那是無法逃過野兔爺爺經驗老道的眼睛的。

因爲在雪地上，只有一個腳印比其他腳印陷得都深。這是爲了保護受傷的那隻腳，所以把體重施加到另一邊的腳上的緣故。不過即使是受了傷，犬狼的步伐也絲毫沒有變得沉重。按照野兔爺爺的說法，有些狐狸和貍貓，在被陷阱困住時，會自己咬斷前腳逃跑，而即使牠們只有三隻腳，奔跑的速度和有著四隻腳的同類也幾乎是相同的。不過這隻犬狼的情況也並不是說完全地失去了一隻腳。但不用說也知道是傷到了腱，而且相當地痛吧！

兩個人並沒有魯莽地追著犬狼的腳步，而是採用估算對方的步伐，並且繞到前面去埋伏的這種方法。他們事先考量敵手的動作，並預測牠的下一步，然後捷足先登。從出發開始算起，三天之內，塔克只有看到那小子的蹤影兩次。

而且那也都只是一瞬間，驚鴻一瞥地看見牠像箭一樣跑過去而已，距離也不是近到可以射擊的程度。

「沒有同類嗎？狼群呢？」塔克問。

當然，由於只有一個腳印，所以能夠知道並沒有同伴之類的。

「去年，大概是和迷迷糊糊地跑到森林裡的雌犬交配了吧。雖然也生下了小孩，但由於大家都太小了，也沒有吃的食物，所以在冬天的時候全部都死掉了。應該是凍死或者是被吃掉了吧！在那之後沒多久，那母親被牧羊人的同伴襲擊了。總而言之，那小子從一開始就是孤零零的喲！這個地方已經沒有狼群這種東西了。你瞧，你的同類，飼養著馬和牛羊的村落裡的人類，連最後一頭狼都殺害了。狼要生存下去的話，需要廣大的土地。同樣地，眼前出現鹿和羊的話，牠們會想要襲擊羊是理所當然的，不是嗎？鹿逃跑的速度又快又聰明，與其去追牠，還不如襲擊人類飼養的傻羊群來的快。到目前爲止，那小子也被人類用來福槍瞄準過兩次。在你的箭傷到那小子之前，應該也發生過被子彈擦過之類的事情吧。雖然說是擦過，但應該還是

山羊

會痛吧？而且應該也已經明白不小心人類的話是不行的了。」

到目前爲止，塔克一直接受著當一個優秀獵人的教育，可是現在，卻打從心底覺得犬狼很可憐，深陷在自己的同情心中無法自拔。跟蹤犬狼腳步的這段期間裡，塔克有好幾次都想著，那個時候如果沒有射箭的話就好了，如果沒有使牠受傷的話就好了。總會有辦法的，希望牠逃得遠遠的，別座山也好哪裡也好，希望牠趕快逃走。他發自內心這麼祈禱著。不過，塔克也知道，光是那麼想是不會有任何幫助的，不論是何處的山谷、能成爲牧草地的土地，全部都已被開墾了，那裡有人類和羊及山羊，還有小牛和小馬在徘徊著。

塔克在稍作休息的時候，想著這些事情。

野兔爺爺看了一下塔克後說道：「那小子現在肚子應該正餓著。我們先繞到牠的目的地前面，驅散那些和狗一樣小的動物們。就在今天晚上設置誘餌吧！而且還是要讓餓到不行的那小子一看到就會想要撲過來的那種餌。還得先把狗給拴起來。如果放開牠，讓牠任意跑到誘餌那裡去的話就麻煩了。」

塔克大吃一驚。

「不管是老虎還是地衣，我們家的狗是絕對不會殺害山羊那種動物的喲！」

「你還眞是傻，在這附近怎麼有可能發現山羊之類的動物呢？喂，快過來

吧，我們去捕誘餌囉。」

野兔爺爺轉身走在前頭，兩個人出發了。目的地是深邃險峻的小山谷。雖然山正穿著冬天的衣裳，但在那衆多的下襬縐褶裡的其中一處，是個充滿著美麗樹木和零落灌木的山谷，那裡，也就是他們的目的地。

在還看不到山谷的時候，老人折了一根長約九十公分左右、微彎的樹枝。他稍微做了個投擲的姿勢，好像很滿足似的點了點頭，然後面向塔克，暗示他不要動，然後一個人朝著山谷中央走去。爲了不使踏雪套鞋吱吱作響，謹慎地踩著雪前進。

老人前進到能夠俯視山谷的地方。由於風勢猛烈，風吹成的雪堆在四處刻成了各種形狀。塔克把箭搭在弓弦上，老人卻舉手制止了他。塔克緊跟在老人身後，終於也來到了俯視山谷的地方。在距離對面三、四十步的地方，有一隻野兔。

突然間，野兔爺爺把手中的樹枝丟了出去。樹枝以極快的速度旋轉著，飛過了樹叢和草木茂密的地方，發出了不可思議的風切聲。三隻野兔跑了出來。老人欣喜若狂地往雪堆跳了下去，跌落到斜坡上。塔克也緊跟在老人後頭。兩腳的踏雪套鞋撞在一起，絆到了自己的腳。

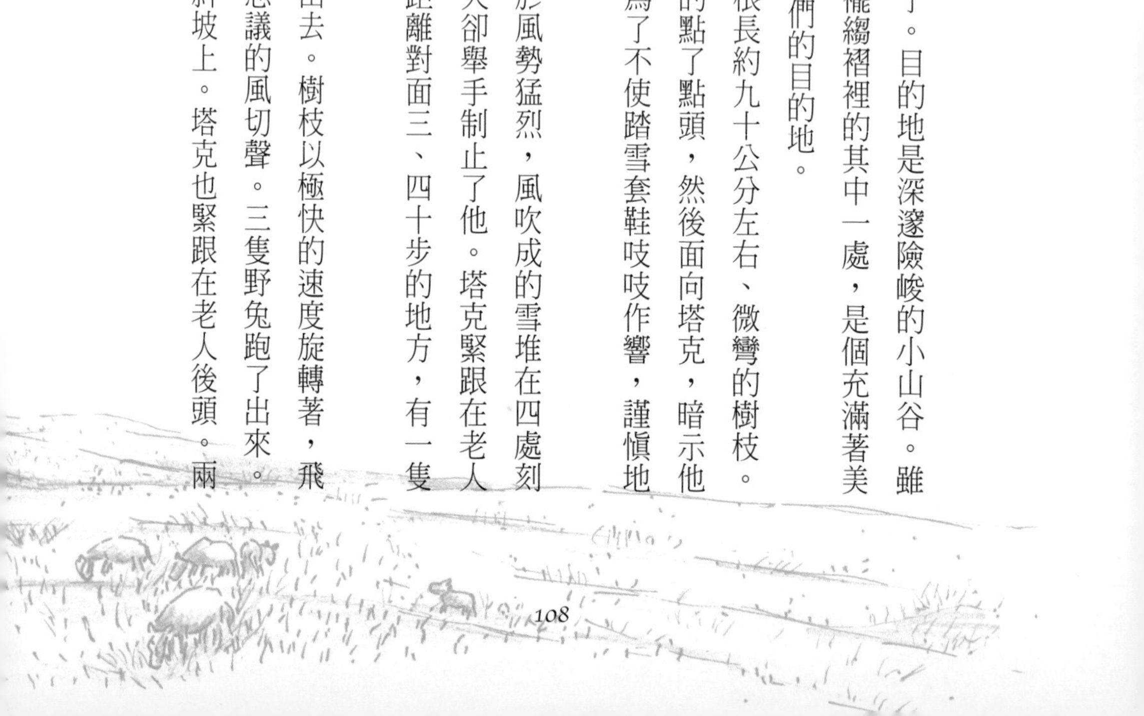

野兔的腳印非常清晰。兩個人飛也似地在雪上筆直的奔跑，好不容易才抵達了巢穴。這個巢穴位在樹的根部的深雪堆裡。雙手戴上手套的老人，拿著柴刀挖掘著巢穴，把雪掏出來，然後把掏出來的雪胡亂地往外拋，就好像一隻正在挖巢穴的獾不久之後，老人起身，用雙手捉著一隻野兔。那隻野兔吱吱地叫嚷著，啪噠啪噠地揮動著腳，但老人用純熟的技巧壓著頑皮的野兔，單手用藤蔓把牠的前腳和後腳綁在一起。綁好後，他開始溫柔了起來，好像在哄野兔似的，用低沉的聲音對著牠嘀咕著什麼。野兔也停止了掙扎。深咖啡色眼睛裡的恐懼神色，似乎也少了幾分。野兔爺爺把兔子放進背包裡。

「這樣就行了，找到誘餌了喔！」

老人爲什麼沒有把野兔給殺害呢？塔克覺得不可思議。到底是用什麼方法，能在不使用任何道具的情況下，徒手捉到野兔呢？還有許多其他想問的事情。山林老人把袋子揹在肩膀上。塔克走下山谷，去尋找剛才被他丟出去的樹枝。樹枝掉到了斜坡的最底下。當兩個人回到狗兒所在的地方時，野兔爺爺說明了剛才的做法。

丟出去的樹枝在空中旋轉地飛舞時所發出的聲音，和角鷹威風凜凜飛翔時的振翅聲很像。聽到了那個聲音，野兔會以爲是可怕的敵人從空中來襲，但野

兔不會就這樣奔逃，而是跑進距離自己最近的巢穴裡。這是因為角鷹和狐狸、貂或白貂不同，是不會挖掘洞穴的。

「這是一種從很久以前就有的狩獵方法。好像從人類最初開始定居在這個列島的時候，就被使用了。」野兔爺爺說明著。

兩個人從大樹的樹幹上折下了許多樹枝，搭了一座小屋，作爲當晚的野營地。拿大量的鮮綠色杉樹樹枝，稍微傾斜地插在雪地上，做成了床鋪。因爲有了又香又鬆軟的杉樹樹枝當墊子，整個過程中睡袋和毛毯都沒有濕掉。完成之後，把附近一根被風吹倒的樹，拖到兩個人蓋的小屋前面。那是用來替火堆擋風的。

在小屋前面，兩個人煮了茶，把所帶來的食物裡最後的魚乾與兩隻狗一同分享了。雖然塔克曾有一瞬間，心想如果那隻野兔可以吃的話就好了，但他沒有怨言，反而有禮貌地說了聲「謝謝你的款待」，並把剩下來的茶喝了。

狐狸

「可以給我一支箭嗎？」野兔爺爺這麼說著。

塔克把一支最頂級的箭給了他。那是一支裝有像剃刀一樣銳利的箭頭的上等好箭。老人從背包裡，像彈奏水一樣耍花招地取出了一個竹筒。他從那個裝有軟膏等物品的竹筒裡拿出來的，是個刻有令人毛骨悚然的骸骨圖案，且附有蓋子的容器。老人把蓋子打開，給少年看裡面黏糊糊的咖啡色東西。

「這是混合了五種草做成的藥喲！全部都是有毒的草，不過如果用這種比例混合，再以特別的方式調和的話，就會變成可怕的劇毒。只要接觸到一點點，即便是健康的大人也會在數分鐘之內喪命的喲！」

老人將鐵箭頭的尖端浸到那個液體中，然後用小樹枝把整個箭頭塗抹均勻。完成後老人把那小樹枝丟到火裡，拿了一片矮竹葉，小心翼翼地把箭頭包了起來。

「今晚就只帶這支箭去吧！還有，也把狗拴起來，要牠們不要發出叫聲。」

野兔爺爺在前面帶路，兩個人往下風的方向前進了一會兒。四周幾乎都是一片黑暗。好不容易終於到了森林裡的小空地上。老人把事先削好的椿插到地面上，再把兔子的後腳用金屬線綁在那裡。那是設陷阱用的極細金屬線。然後，把到目前爲止一直綁在兔子腳上的藤蔓給切斷。完成後，野兔爺爺把塔克推到大樹的樹枝上，讓塔克橫跨在樹枝上，再從底下把弓和箭遞給他。使了個保持安靜的眼神後，老人迅速地離開了那裡，身影消失在一片漆黑之中。

一開始，塔克的心情是輕鬆愉快的。背靠著粗大的樹幹，雙腳正好像是騎著無鞍馬一樣地搖搖晃晃著。樹叢裡雖然很暗，不過野兔的模樣倒是看的很清楚。椿的四周、被踩得亂七八糟的雪地裡，柔軟蓬鬆的白毛閃閃發光著。雖然拚了命地逃跑，卻總是立刻被金屬線給拉了回來。瘋狂地掙扎著，這次朝著另一個方向跑，然後又被拉了回來。瘋狂、掙扎、亂踢、咬住，而且還不停地做著徒勞無功的猛衝。塔克無意中拉起了弓，一瞬間就完成了這個動作。

現在射出去的話，野兔的痛苦就能解除了。透過枝頭望向夜空，滿月緩緩地升上來了。現在在這昏暗的樹叢裡，只有那片空地，像是被一排昏暗的柱子包圍的、光的沼澤一樣，被明亮的光芒照耀著。塔克突然間意識到，不經意地叫了出來。野兔爺爺連這個都計算進去了。一定是這樣沒錯。不管什麼時候，他總是相當精明。

也許是被金屬線弄傷了後腳吧！又或者是因爲過於恐懼，突然間，野兔開始發出了震耳欲聾的悲鳴聲。那是一種聽到會讓人感到心碎的悲悽聲音。兔子不斷地、不斷地悲鳴，痛苦地折騰著。折騰、發出悲鳴、再度折騰、痛苦。

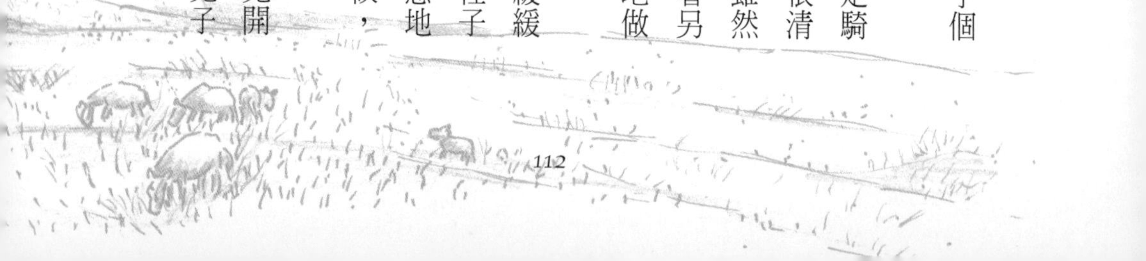

塔克意識到，現在周遭完全只有自己一個人，感覺十分難受。整個森林就好像漂浮在宇宙中一樣。突然，降下的雪落在後頸項上。手冷到都凍僵了，塔克意識到握著弓的手因爲太過用力而發痛。塔克換了握弓的手，把手指頭彎了起來，對著裡頭吹氣。

悲鳴仍持續著。自從和野兔爺爺一起到野生的林地以來，塔克第一次感覺到自己有些害怕。好像有某個人在等著抓住自己，好像有某個人在監視著自己，越想越不對勁。倒不如從樹上跳下去並且放了那隻野兔，然後逃到野營地去好了。那裡有令人感到舒適的營火，狗兒們也在那裡等著，如果能回到那個溫暖又安全的搭建小屋去的話……。

身體開始打起了哆嗦。其中一隻腳抽筋了。必須做些什麼來轉移這個恐懼感。不知道爲什麼，塔克突然間意識到自己的肚子餓了。胃喀吱喀吱地翻攪著，接近可怕的空腹感，把腸子揪得緊緊的。眞的有一瞬間，塔克覺得自己的靈魂好像離開了身體，進入那隻犬狼的身體裡似的。自己不是塔克而是那隻犬狼，用那雙眼睛眺望著這片空地，注視著野兔。空著肚子，一邊流著口水，一邊聽著那個悲鳴，就是這樣的感覺。

突然間，牠出現在眼前了。就是牠沒有錯！巨大的灰色身影，以驚人的速度，敏捷地飛躍到空中。一瞬間，野兔被咬碎了，悲鳴消失了，牠的前腳拉了一下，兔子的身體就和金屬線分離了。快點！不快點的話，那小子就要跑掉了。跑掉的話，就永遠地消失在塔克面前了吧！如果是這樣的話，世界上的所有人就會知道，我塔克山海只不過是一個懦夫，一個膽小的愛哭鬼。好吧，就射吧！拉起弓射吧！

時間靜止了。

那是一種從未有過的、強烈的恐懼感。能夠戰勝那種恐懼感，要歸功於塔克這些日子以來所接受的射手訓練。把弓拉彎，放開了弓弦，箭朝著不遠處的空地正中央，筆直地飛了過去。塔克感覺到，這就好像是騎在奔馳的小馬背上，射擊眼看著越來越靠近的目標一樣。發出聲響的箭不偏不倚地命中了。犬狼發出了喘息般的悲鳴，掙扎地跳躍著，把野兔掉在地上，然後踉蹌地往前走了兩三步，回頭咬住鑲有羽毛的箭身。腳幾乎不動了。塔克懷著恐懼和害怕交錯的心情，目不轉睛地看著犬狼，一邊掙扎，一邊往地面倒去。

「快下來！把弓交出來。」

樹枝下方傳來了渾厚的聲音。塔克往下一看，野兔爺爺就站在那裡。塔克完全沒有聽到他往這裡走過來時的腳步聲。由於塔克的身體完全僵硬了，下來

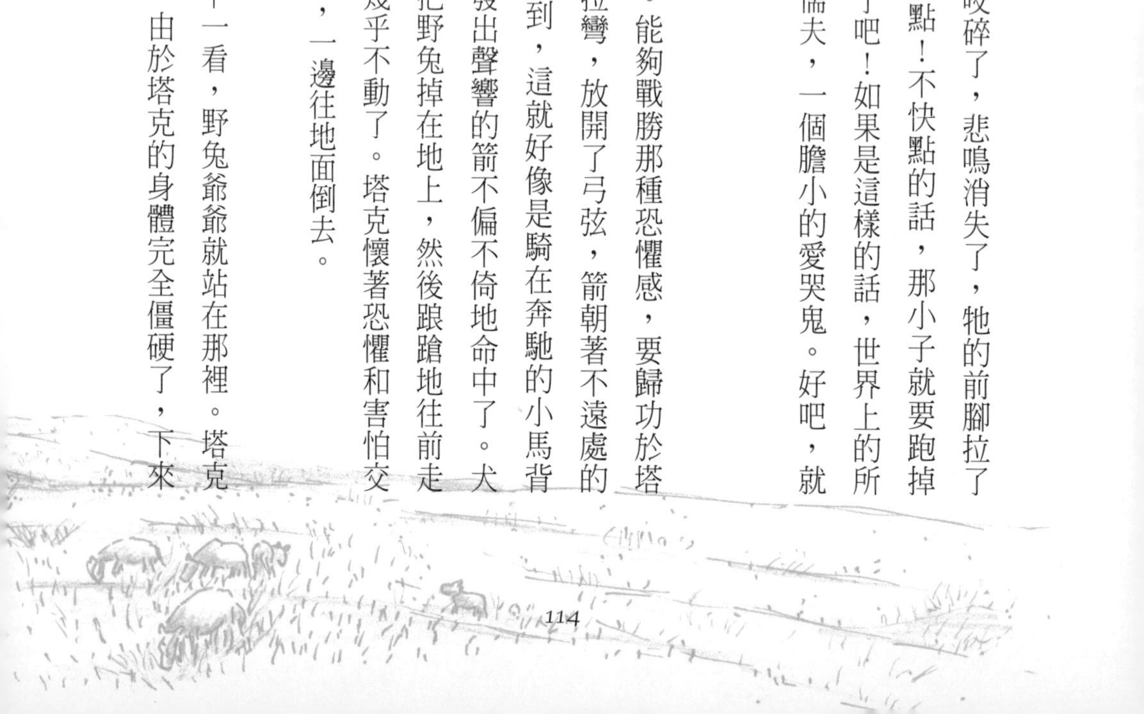

的時候還需要老人幫忙才行。野兔爺爺用健壯的手腕牢牢地把他抱了下來。塔克搖搖晃晃地跟在老人後頭，往犬狼橫躺著的地方走去。野兔的血一點一點地到處散落，不過沒看見犬狼的血。眼前的雪地上，犬狼的身子非常地大，就好像某塊灰色的石頭橫躺在那裡。

兩個人蜷身在那旁邊。老人舉起了手，在犬狼的身上，割下了某個印子。

「弔唁你死去的弟弟吧！」

老人的聲音十分溫柔。動物的胸，無力地下垂。

「牠的眼睛把你看進去了喲！你瞧！」

塔克注視著山林老人說的犬狼的黃色眼睛。儘管已經覆蓋著薄膜，但有種好像是光的東西，從牠眼裡透射出來。雖然有點危險，但塔克伸出手，撫摸著犬狼如天鵝絨般的鼻尖。

「真是對不起！」塔克嘀咕著。

野兔爺爺把手放在少年的肩膀上。

「你剛剛射的很好。現在，他不會原諒你，對吧？但你一定要原諒你自己才行！」那些話有種不可思議的重量。對塔克來說，那是他所無法承受的重量。

他試著不讓眼淚奪眶而出。

「連爺爺你都這麼說嗎？說這樣做很好，是這麼說的嗎？說殺害牠是我的義務，說法律上有規定嗎？」

老人長嘆了一口氣。

「沒有錯。是因爲義務的關係，也是因爲法律的關係。」

老人從背包裡拿出一條看起來很牢固的皮繩，把牠的前腳綁了起來。再把身體牢牢地綁起來，好讓犬狼的頭，在搬運的時候不至於搖搖晃晃，然後將皮繩的一端交給了塔克，自己則握住另外一端。

「兔子就留給森林裡的其他同類吧！」

塔克一句話也說不出來。他沉默地點點頭，彎下身體，拾起了繩子。

當兩人離開空地，朝著搭建的小屋前進時，黑暗中響起了另一個令人毛骨悚然的悲鳴聲。塔克站在原地不動。恐懼感直上喉嚨。

「是狼！」他叫道。

野兔爺爺停下了腳步，雖然聽著遠方的吠聲，但不久後，他卻指著塔克頭頂上的遼闊夜空。

「是狼嗎？是的，牠們以前也流著狼的血液。不過，這些狼是你的朋友喲！不會來攻擊你的。」

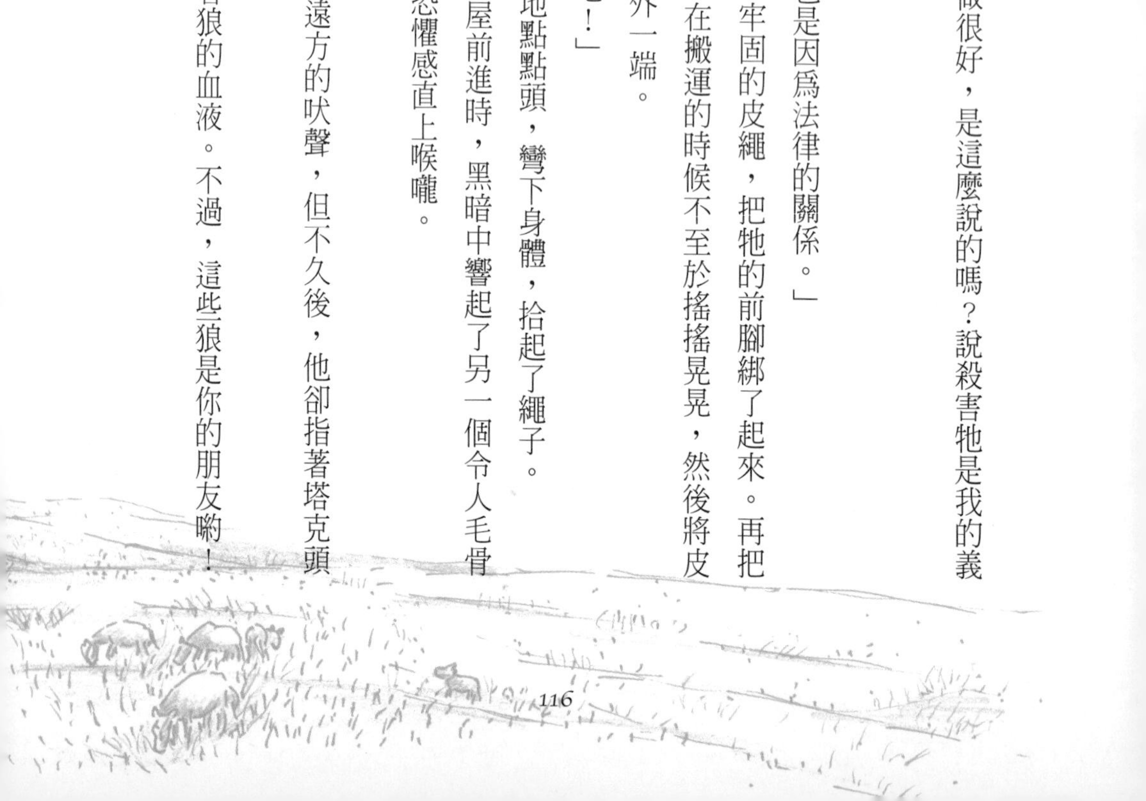

發出叫聲的原來是老虎和地衣。不過牠們以前從來沒有像這樣子叫過。牧羊犬如果這樣叫的話，一定會被主人修理的很慘，因爲這是會讓家畜感到害怕的。「嚴格的訓練，讓牠們變成不會遠吠的狗。」野兔爺爺不屑地說道。

兩隻狗的遠吠，有時候在黑暗中合成一體，有時候相互交叉，演奏著原始的和聲。而且有種在爲現在死去的同伴唱輓歌的味道。那個「同伴」，原本卻是牠們的敵人，是爲了保護羊群必須和牠拚命的對手。

這個時候，野兔爺爺和塔克兩個人汗流浹背地拖著遺骸。剛剛到那個空地去放餌的時候，大概只花了半個小時的時間，但拖著獵物的遺骸回來，卻花上更久的時間。看到了兩個人的影子，狗兒們停止了遠吠，變成一種驚慌的叫聲。是種半呻吟半撒嬌的聲音。

「不要害怕喲，老虎！好、好，地衣，是我喲！」塔克叫著。

「先去把狗放開吧。我們該讓牠們也看看這個，讓牠們也能理解。」野兔爺爺說。塔克把繩子鬆開，狗兒們飛撲過來舔著塔克的臉，那力量幾乎讓他快要跌倒了。被鬆綁了之後，牠們靠近犬狼的遺骸，聞著牠的味道。野兔爺爺用很多乾柴生起了爐火。

塔克心想，老虎和地衣看到犬狼的遺骸，一定會呻吟或是咬住吧！對手如

果活著，並且靠近家畜的話，狗兒們理應會奮戰到死。不過牠們卻完全沒有呻吟。野兔爺爺輕輕地撫摸狗兒們的耳後，把犬狼的遺骸拖到爐火的光可以照到的地方。

「來幫我的忙。」

他從袋子裡拿出了細細的捲尺和鉛筆，還有一本小筆記本。塔克壓著捲尺的一端，野兔爺爺拿著另一端，測量身體的大小，然後依序做了筆記。從鼻尖到尾巴的長度、腰圍、四肢的長度、從爪子到關節的長度、頭圍、鼻子的長度等等。突然，老人的手停止了測量，指著前腳某處尚未治癒的傷痕。塔克點點頭。野兔爺爺站了起來，抓著四隻腳，把遺骸從地上提了起來。

「嗯。這小子比你的朋友大上許多呢！全身只有肌肉和骨頭。有機會的話，不管對手是鹿還是獵犬，牠應該都能擊倒。」

塔克使用父親給的獵刀，兩個人開始剝皮了。雖然在塔克使用獵刀的時候，野兔爺爺會幫他把皮拉起來，不過頭和腳等比較困難的地方，野兔爺爺則是自己準確地用刀子小心地處理。被箭射到的地方是胸部下面一點點、側腹的部分。野兔爺爺把側腹部突出的地方切了下來，放在旁邊。作業完畢後，野兔爺爺雙手握著剛剝下來的毛皮。這張毛皮還眞的是非常地大，幾乎和熊差不多

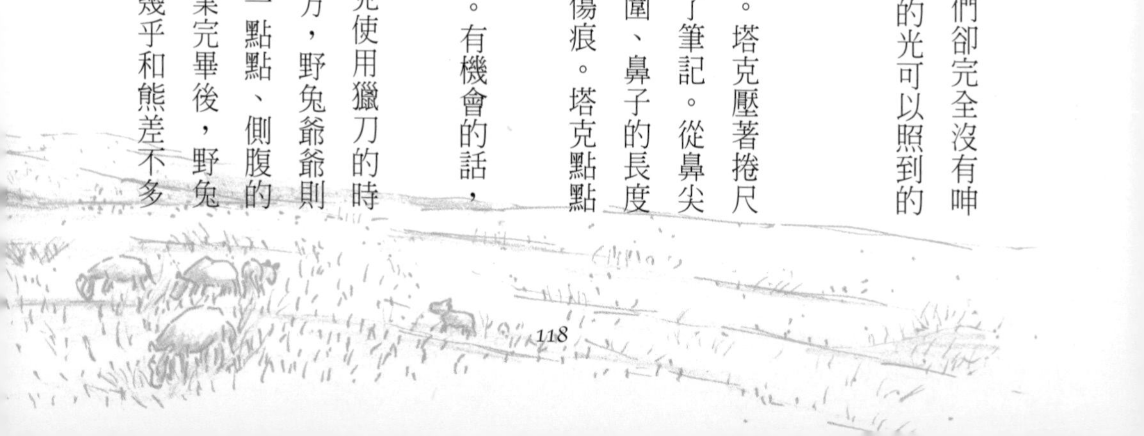

了。老人在不讓濕掉的內側碰到表面毛皮的原則下，把那張毛皮捲成一團，不弄傷它地把毛皮掛在橫越搭建小屋的樹枝的分岔處上。然後，野兔爺爺要塔克好好看著，然後拿起了刀子。

一會兒的功夫，老人切開了剝皮後的身體。然後靠近火光，仔細檢查被箭射傷的地方，他指著那支箭擦過心臟割斷動脈，傾斜地刺進了橫隔膜裡的傷痕給塔克看。犬狼的胸膛滿滿地都是血。

「眞是致命傷呢！塔克。不過這有時候也不見得是致命傷。在這之前，我也曾經看過，被來福槍的子彈連續三發打中心臟，還有大動脈，你看，就是這個地方，然後又被擊中一發子彈，在那之後還能跑近五十公尺的北極熊呢！之所以會有這麼多獵人被灰熊襲擊而死，就是這個原因。必須一發打穿心臟，絕對不可以猶豫。因爲即使心臟被打穿，牠們還是會猛撲過來，打碎獵人腦門的。這隻犬狼應該也不會輸給牠們喔。再加上牠的肚子是那麼的餓。如果只是普通的箭，即使命中，牠也還是會逃走的。打倒牠的，是塗在箭頭上的毒藥。雖然我很不喜歡使用毒藥，但我更不喜歡看到動物們繼續承受著痛苦。我覺得讓動物們繼續承受痛苦，是不可饒恕的罪。那小子其實知道你在牠附近。不過因爲牠的肚子已經餓到不行，再加上野兔不停地喧鬧，才使牠一下子失去了防備。」

「犬狼很痛苦吧，爺爺？」塔克問道。

「就好像是胸部被人用拳頭打到和踢到的感覺。之後大概會像痲痺了一樣，感到呼吸困難，然後就什麼知覺也沒有了。那小子解放靈魂的時候，或是說當靈魂解放那小子的身體時，就應該不會再感受到痛苦或是恐懼了喲！」

老人取下心臟，把它切開。「你來看看這個心臟，完全沒有任何一隻絲蟲。而且這小子從來沒有喝過藥或什麼東西。如果是狼的話，幾乎很難不被絲蟲寄生。這小子和狗混種，好像還混的不錯，不過呢……」

不過法律是絕對不會允許放過這個襲擊羊群的殺手的，這點老人和塔克都很清楚。

之後野兔爺爺剖開了胃，裡頭只有草和樹皮而已。

「沒錯，這小子果然是餓壞了。雖然牠也知道我們正靠近牠、瞄準牠，但牠就是無法抵抗野兔誘餌的誘惑。那小子之所以會去襲擊羊群，也是因爲飢餓的關係。如果自然界的生態平衡的話，這些小子就能和同伴們聚成一小群，過著追逐鹿的幸福生活。年老或身體衰弱的鹿，就這樣自然而然地被淘汰，狼和鹿的數量應該也能保持平衡。可是現在，只有皇帝和貴族，還有他們的朋友可以殺鹿。也就是因爲這樣，他們想把礙事的狼給解決掉。」

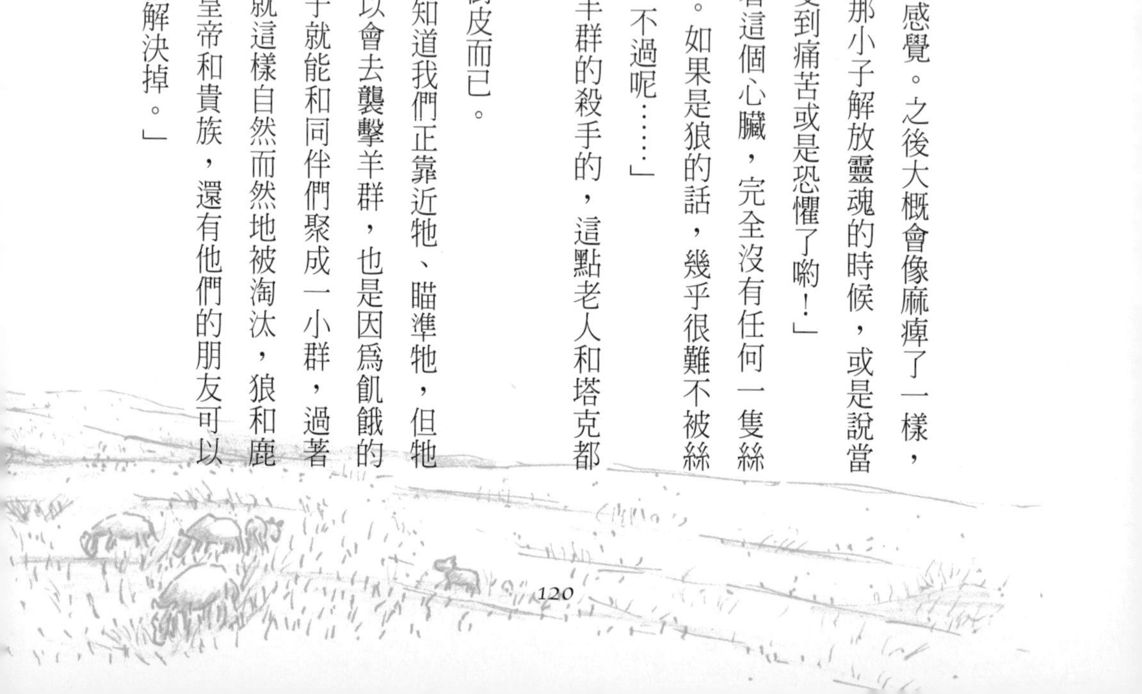

老人用激動的語氣和兇惡的態度對著爐火吐口水。這樣的野兔爺爺，塔克還是第一次看到，他感到非常驚訝。老人把殘留在犬狼體內的箭取了出來，丟到爐火裡面去。然後，他一句話也沒說，繼續默默地觀察其他內臟。調查結束後，老人命令塔克放更多的柴到火裡去，用那些火把內臟都燒個精光，然後用雪洗了洗手，又坐下來開始作筆記。塔克把刀擦了擦，然後把雙手也洗乾淨，再用水壺裝了許多的雪，煮用來泡茶的熱水。之後，塔克蹲在爐火旁邊，一直注視著爐子裡的火焰。突然間，老人抬起了眼睛，看著爐火對面的塔克。

「今晚要一直醒著喔！」老人說道。

「是要處理犬狼的頭嗎？」塔克問道。

「不是。雖然說也是有人會那樣做。大概是當成戰利品來裝飾吧！對我來說，戰利品除了拿來炫耀之外，完全沒有其他用處。不像毛皮可以用來保暖、或是像普通獵物的肉可以拿來吃。不過這次完全沒有那種打算對吧？也不想把狗兒們處理掉。除了餓死沒別的辦法！」

老人站了起來，摘了一片香草放到水壺裡，攪拌了一下。「今天晚上我們兩個人就徹夜不眠吧！」

從小就是游牧民族的孩子，到現在已經成爲一個獵人的塔克，整個晚上，

箭

就靜靜地坐在冰冷且逐漸僵硬的犬狼屍體前面。一回神，天已經開始亮了，東方的天空裡開始散發出光芒。

兩個人一起把那個遺骸拿到樹的高處，讓牠的臉對著太陽升起的方向。在那一瞬間，塔克確實感覺到一隻犬狼的靈魂消逝而去。向著無限寬廣的平原和冰原，是的，向著擁有無數子孫的熱鬧的遠古森林，向著無數的鹿、馴鹿和大鹿群聚的荒野，那隻犬狼繼續地追逐著。

由於太陽升起，天空中出現了光柱。高山上冰的結晶反射著光，雖然知道這只是自然的現象，不過塔克因爲感受到了某種特別的徵兆，而感到十分高興。在離開搭建的小屋之前，塔克將剝皮時切下來的半支箭丟到火裡去。那是射中犬狼，用藍色羽毛裝飾的箭。

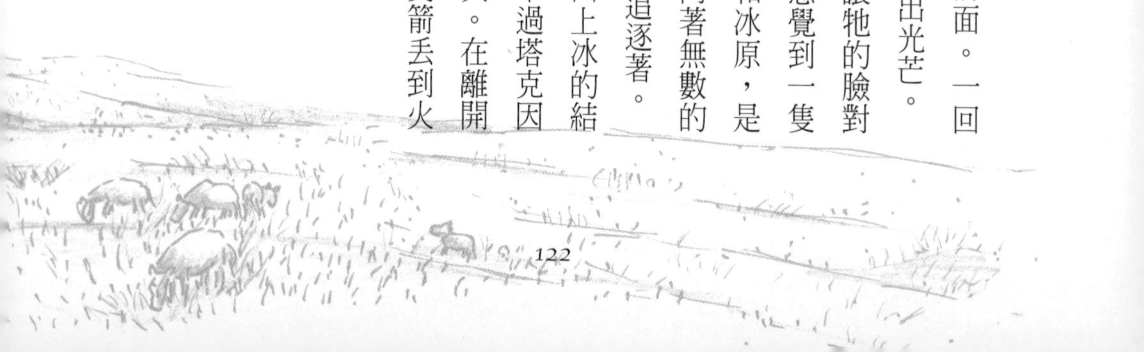

7 神谷上校

從野營地到野兔爺爺的家，有段很長的距離。抵達瀑潭旁邊的空地時，塔克眞的是累壞了。肚子餓到不行，腦子也咕嚕咕嚕地轉著。不過塔克還是繼續幫野兔爺爺的忙，努力地搬著柴，並且從深潭裡把水打上來。喝了茶之後，稍微提振了精神，但無法解決肚子餓的問題。光是想到炕爐上呼嚕呼嚕地煮著的燉物，塔克的肚子就咕嚕咕嚕地叫了起來。那美味的雜燴是在大鍋裡加入栗子和大豆、野生的山藥、肉乾等東西燉煮而成的。

剛剛到河的下游去的野兔爺爺，手裡拿著形狀像籠子的細長形陷阱回來了。裡面有好幾隻小小的澤蟹。塔克和狗兒們各得到了一條燻製的紅點鮭，在他們啃著魚的同時，老人立即著手進行澤蟹的料理。用熱油炸得漂漂亮亮的澤蟹很有嚼勁，非常好吃。

炸好東西後，老人把野生香菇切得薄薄的放入鍋中，加了一點點醬油，這樣燉物就完成了。好吃的晚餐終於開始了。飯後，老人津津有味地喝著從塔克

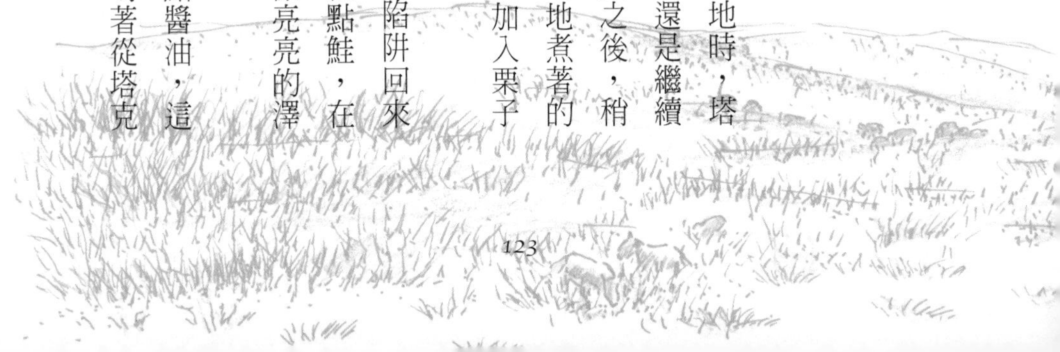

的父親那裡拿到的蘋果白蘭地，不過好像有點喝太多了。老人喝醉後心情變得非常好，開始唱起了各種滑稽歌曲，並且用搞笑的肢體動作跳起舞來。由於老人跳的舞蹈實在是太滑稽了，塔克忍不住捧腹大笑。因爲笑得太厲害，感覺好像連自己也喝醉了一樣。

那晚最先睡著的，是野兔爺爺。他發出了可怕的鼾聲。老人的喉嚨響起了笛子般的聲音，塔克看了還是覺得很滑稽，拚命地憋住想竊笑的念頭。不久之後，塔克也開始有了睡意。在炕爐搖曳的火光中，剛開始像是被施以催眠術般的坐著，不過不久後，便在墊子上的狗兒們身旁蜷曲起身體，不知不覺地陷入深深的睡夢之中。

當塔克醒來的時候，野兔爺爺早已經起床泡好了茶，把剩下的燉物加熱好，並且到外頭去了。流到瀑潭裡的瀑布水尚未結冰，水花在劇烈的聲響中飛濺著，不過野兔爺爺卻讓胸部以下都浸在那個像冰一樣冷的水裡，讓瀑布沖打著他。看到這個景象，塔克不禁抖了起來。不久後，全身赤裸的野兔爺爺從瀑潭裡起身。這次，他以一種奇妙的姿態，開始動起了身子。應該是某種運動吧！水氣從身體往上升。塔克不發一語地看著這一切。

過了不久，塔克他們開始準備下山。野兔爺爺把浸了鹽後，一圈一圈捲起

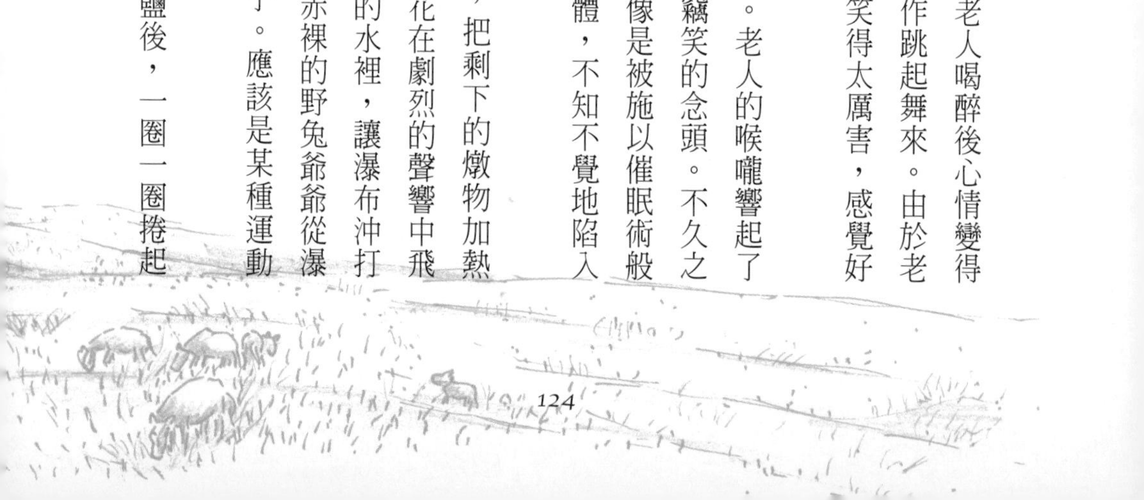

來的犬狼毛皮，交給塔克揹著。由於前晚下了雪，兩個人穿著雪鞋，老人在前頭開著路。

接近城鎮的時候，野兔爺爺囑咐塔克直接到鎮公所去。因爲打敗了殺害羊群的野獸這件事，是必須要先報告的。法律有規定，除了山裡的居民以外，任何外人在野生林地裡從事狩獵活動，都一定要報告才行。老人則是帶著兩隻狗，往塔克家的方向去了。總而言之，不讓這兩隻狗吃點什麼東西的話，牠們也未免太可憐了。而且也必須讓塔克的雙親知道，他們的兒子平安無事地回來了才行。

揹著上頭捲著毛皮的沉重行李，手裡握著弓箭，塔克就這樣走上了樓梯。從辦事員和書記官，到前來鎮公所的村民，每一個都上下打量著他。朝著櫃檯迎面走向塔克的一位辦事員，質問他身上武裝著弓箭到鎮公所來有何意圖，以及爲什麼翹課跑到這種地方來溜達？塔克卸下背包，把弓放在地上，摘下毛皮做的帽子，對著辦事員行了個禮。

「我，制伏了殺了羊的犬狼，是來這裡報告的。是在野生的林地裡收拾牠的。」旁邊的兩位辦事員站了起來，靠近櫃檯，好像很疑惑似的把眼睛瞇的細細的，上下打量著塔克。

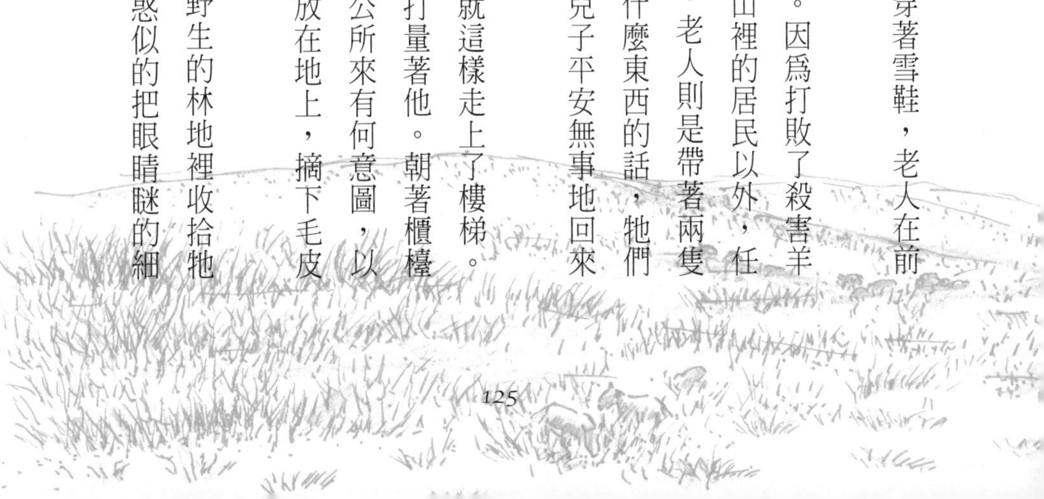

「山海家的孩子嘛。是不是拿著弓跑到野生的林地裡去鬼混了?你不知道這是被法律禁止的嗎?」

「是,我知道。不過,我們一路追著殺羊的野獸,最後終於制伏了牠。牠就是犬狼。」

「犬……什麼東西來著?」

「犬狼。一半是狼,一半是狗的混血動物。這是牠的毛皮。」

「叫警察過來!」辦事員說。

塔克拚命地解釋著。說明前幾天在追捕的時候傷了那隻動物,而如果使動物受傷的話,就一定要追著牠,直到做個了斷爲止,這是法律上所規定的。但是,辦事員們根本就不想聽塔克解釋。當中最心術不正的,就是負責狩獵事宜的辦事員,是個總是不把這個小鎮看在眼裡,淨說些諷刺話的討厭傢伙。

塔克解開毛皮,用兩手捧著。由於實在太大了,即使把兩隻手伸到最長,尾巴的部分還是垂到地上。辦事員們和村民們都聚集了過來,目瞪口呆地看著那張毛皮。在閃閃發光的、長長的粗毛底下,密密麻麻地長滿了新毛,整體接近純白色,閃耀著帶有光澤感的灰色。

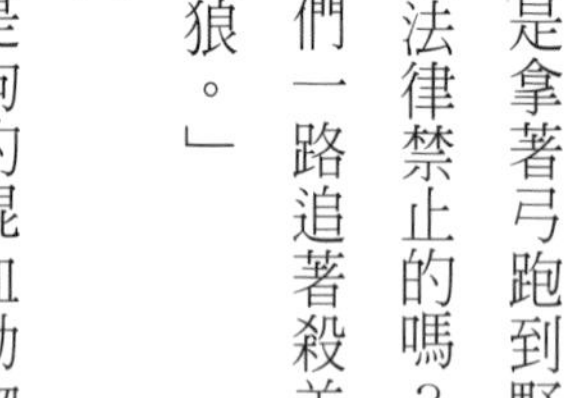

「這個東西你是在哪裡拿到的？」成年男子辦事員，用可怕的聲音問道。

「是狼的毛皮。」另一個辦事員輕聲說道。「野生的林地裡應該是禁止狩獵才對喔！」

「不是狼，這是犬狼。是殺了羊的傢伙。」

可是，辦事員們完全沒有把塔克的話給聽進去。

「未經許可拿到狼的毛皮可是重罪。快點！不要再編些無謂的藉口，快從實招來。是在哪裡拿到這東西的？用什麼道具？是捕獸器，還是鐵絲網陷阱？」

「不，不是那樣的。是用弓射的。還有，這是犬狼，殺了羊的傢伙。我之前曾經傷過牠，所以……」

「有關羊被害的部分有許多的報告……」一位辦事員懷疑地說道。

「是狗喲！」另外一位說道。

「報告上說羊群是在捕捉野兔的時候，被大狗攻擊的，對吧？」

「這不是狗，而是狼的毛皮。這傢伙犯了重罪。如果有什麼想說的話，等警察到場的時候你再說吧！」負責人說道。

「這個，我已經說過是犬狼了吧！是殺了羊的傢伙喲，我用箭射死的！」塔克堅定地說道。

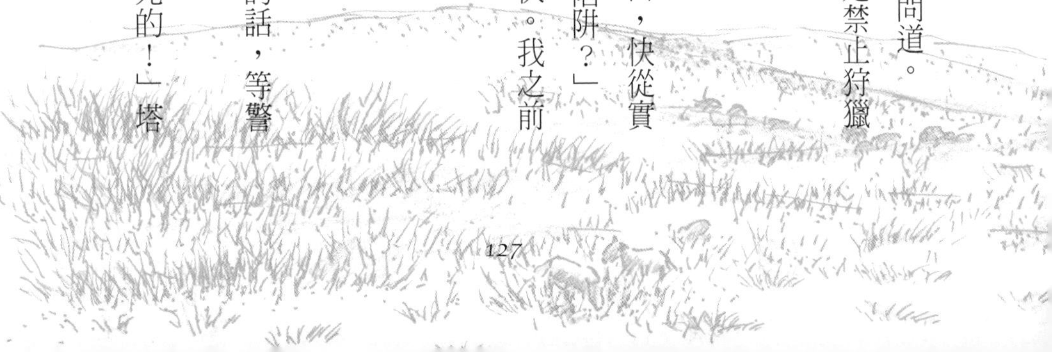

「住口！你這愛說謊的混蛋！」負責人怒氣沖沖地說著，並且將毛皮拉了過去，交給部下。

「這個要沒收。來個人去叫這個騙子的父親，到這裡來出庭！」

塔克從來沒有被人說過是騙子。還有連父親也被侮辱了，這讓他不由得怒火中燒。塔克漲紅著臉，生氣地吼了回去。

「我才不是什麼騙子！你們根本就什麼都不懂。你也不過就是個大塊頭的笨蛋不是嗎！」

負責人的臉變得通紅，脖子像牛蛙一樣地鼓了起來。他打了塔克一耳光。被打的塔克應聲撞到桌子，仰著倒在背包上。這個時候，窗口傳來了另一個聲響。那是山林老人的、有著奇妙腔調的說話聲。

「虛張聲勢的笨蛋！如果你們想對這個少年動手的話，就先過我這一關。我會把你的手給折斷喔！你的腦子裡到底裝了些什麼東西？要不是豆腐的話，大概就是羊糞了吧？」

負責人怒氣衝天，對著山林老人，罵他是老糊塗，還說了許多更過分的話。「如果我是老糊塗的話，那你就是從拉車的馬的屁股裡放出來的屁。剩下的只有熱空氣和臭味而已。塔克，站起來把毛皮拿回來。那是你的東西！」

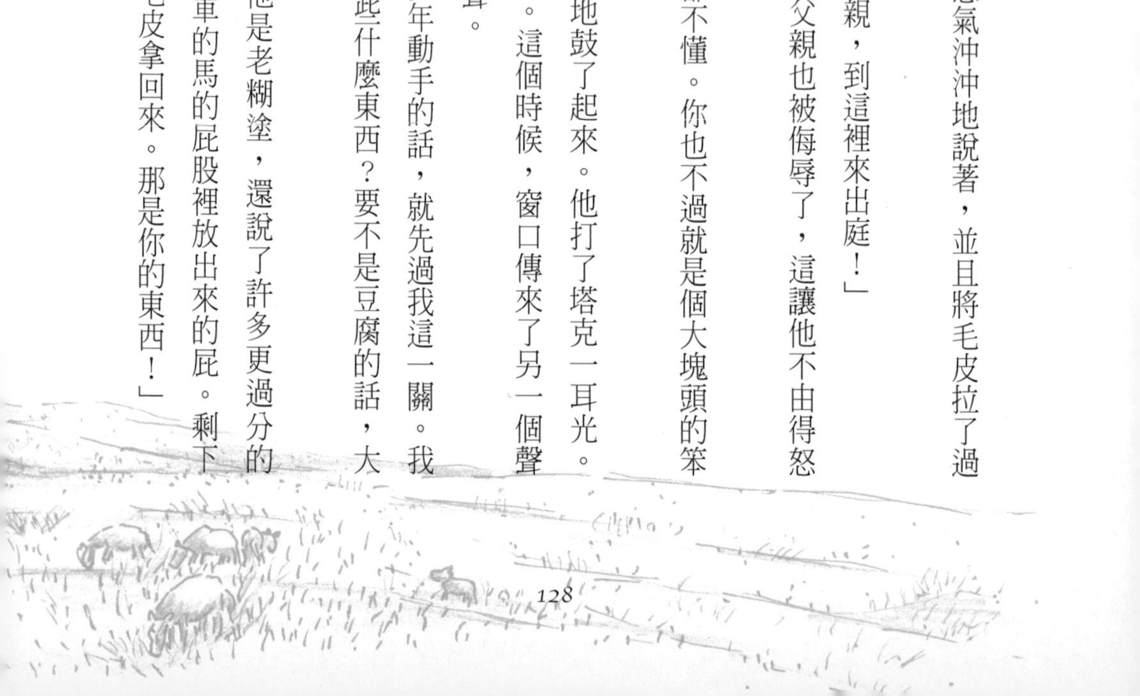

負責人抓著塔克的領口搖晃，回頭看到老人朝這裡走了過來。

「放開那孩子，你這個笨蛋！」

負責人對老人出拳。說時遲那時快，老人已抓住了他粗壯的手腕和領口，把他摔了出去。雙腳像割草的鐮刀一樣在空中描繪出弧線，下一秒鐘，男子已經摔在地上了。野兔爺爺一邊對著掙扎著想要站起來的對手投以輕蔑的目光，一邊往後退，等待已經站起來的對手，以摔角的架勢朝他攻擊。男子從臉到脖子，全都氣得通紅。

想要攻擊的瞬間，男子好像破布一樣地往空中猛飛，墜落到櫃檯的對面。放在那裡的椅子，因爲他巨大的重量而被砸爛了。站起來的男子，一隻胳膊以奇怪的姿態下垂著。他的鎖骨骨折了。

「這個混蛋，竟敢打替國家工作的辦事員。把他抓起來！」

男子叫著。兩名部下準備逮捕這個溫柔的老人。這時，老人將上半身往後仰，輕輕地推了對手一把。比較年輕的部下立即搖搖晃晃地往後退，另一個人則是在空中轉了一圈，被摔得伏在地板上。鼻尖好像被狠狠地打到了一樣。好不容易站起來的辦事員，這回擺出了打拳擊的架勢。

野兔爺爺朝他看了一眼，動了動脖子，咻地一聲伸出了腳，像是突然襲擊獵物的蛇一樣。他的腳首先踢到了對手的心窩，然後再往上抬，踢到了脖子旁邊。辦事員像原木般的倒下了。

這個時候，八津山海進到屋子裡來了。後面跟著一群警官。塔克把毛皮拿了回來，往父親的方向跑去。「父親大人，他們說我是個騙子。而且，那個傢伙還打算毆打野兔爺爺呢！」

「怎麼搞的！到底想怎樣呢？」

八津大聲地怒斥辦事員們，然後對著山林老人深深地鞠躬道歉。而老人一副好像什麼事情都沒有發生過似的平靜表情，站在那裡。

「拿著毛皮回家去吧，塔克。這裡就交給老爸。」

「那是禁止獵捕的動物毛皮。那個小鬼犯了非法持有毛皮和盜獵罪，必須到感化院去！」

負責人用軟綿綿的手臂支撐著身體，繞過櫃檯走了出來。

「老爸替你感到驕傲喔，塔克。趕快回去吧！」

「那是扣押品！」

負責人一邊說，一邊伸手想從少年手中把毛皮搶回來。骨折的手腕痛得他皺起眉來。野兔爺爺不發一語，抓住了男子的手腕，往手腕上的神經壓了下

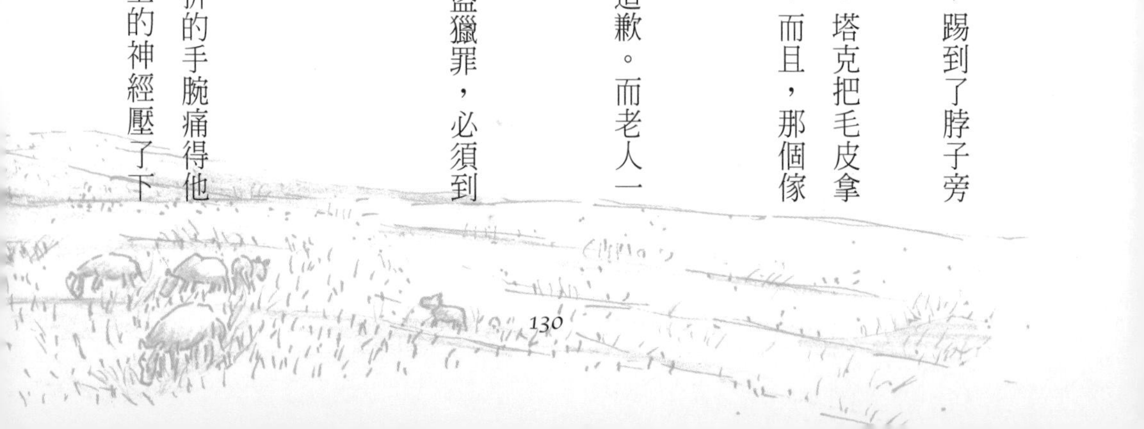

去。男子因爲劇烈的痛苦翻滾著。

警官們走了過來。是警察部長和兩名警員。雖然長得很高，且是在南部出生的，但這個曾是遠距離競走冠軍的警察部長，在城鎮裡可是相當被敬重的。

「在吵些什麼呢？」他問道。

「這小子剛剛攻擊我！部長，請逮捕這小子！」

「身分證拿出來！」警察部長說。

不管怎麼說，塔克還是覺得非常不可思議。眼前的這個老人，一個穿著毛皮做的斗篷，腰間纏著皮帶、吊著柴刀，瘦瘦的山林老人，到底是如何擊倒比自己年輕又身強力壯的男子的呢？更何況對手還是個辦事員！

野兔爺爺不發一語，微微地笑了笑，翻了翻帶有復古風格的上衣皺摺內側，拿出了一個黃金做的橢圓形印章。警察部長接過印章，看了看上面雕刻的文字，把印章還了回去。他看到的時候，非常吃驚地抬起眼睛注視著老人。然後立刻打直了身體，向老人敬了個禮，最後把黃金印章還給了老人。

「眞的是十分失禮！」他說。

八津山海的臉上忍不住浮現出微笑，他向老人問道。

「這麼說來，他不讓我們報告我兒子把殺羊的兇手給殺掉的事情，對吧？」

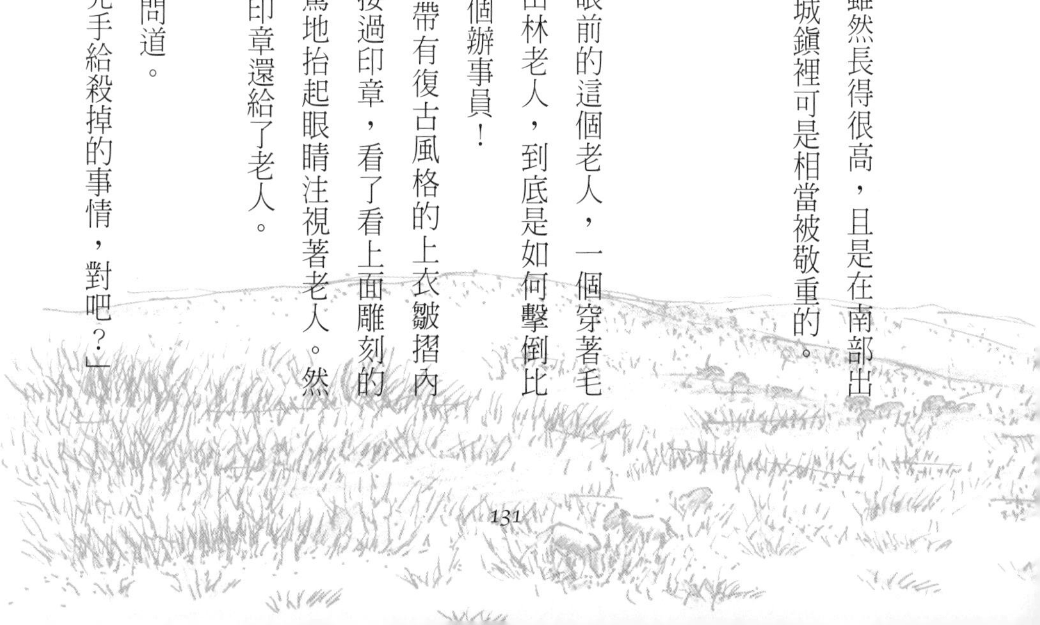

「是的，沒錯！這裡的人說塔克是騙子，而且還毆打他喲！」

「要告他們嗎？」警察部長問道。

辦事員們臉色大變。氣憤的負責人大聲斥責著警察部長，並且威脅他，如果他不逮捕這個老人的話，就要請警察署長以失職的理由將他降職。

「你這是在威脅我嗎？現在有麻煩的可是你。你可知道眼前的這位是誰嗎？你眞是我們國家的恥辱。你如果不想坐牢的話，最好小心你所說的話！」警察部長生氣地還口。

八津山海開口了。反正不需要再隱瞞了。雖然他也知道，山林老人是非常討厭公開他的眞實身分的。

「你找碴吵架的對象，是神谷上校。他是擁有『國家英雄』、『國家大使』以及『皇室顧問』等正式稱號的人。聽到『雪虎』這個名字，你也應該想起來了吧！」

野兔

「沒有把你的脖子給扭斷，你就要覺得很走運了！」警察部長說。

從剛剛就被叫來現場的鎮長，一直在旁邊聽著大家的對話，此時他走到前面來，對著老人深深地鞠躬道歉。

「那麼，帶著毛皮回去吧，塔克。」

八津催促著他的兒子。塔克小心翼翼地捲好毛皮，離開了現場。

神谷上校對著所有人，說明了自己帶著八津山海的兒子到野生林地去，處理之前傷害的動物的事情。還有那動物確實是狗和狼的混血，而且是殺害羊的主謀。他還說了少年是如何一個人勇敢地面對那隻野獸，並且技巧高超地用箭射中了牠。如果這件事有提出申請的必要，自己會向生物署補充申請。

辦事員們的態度都改變了。

在國內，沒有人沒聽說過被稱爲「雪虎」的這個傳說中的英雄。他的軍隊曾經成功地阻止了敵軍部隊入侵，進行了持久戰，最後不但將敵人趕了出去，游擊隊還曾成功深入敵軍內部，造成敵軍的混亂。除此之外，還流傳著許多關於神谷上校的傳說。

「不，沒有這個必要。」鎮長說道。

申請書只需由塔克在家裡完成，交給八津山海蓋印後提出，之後的手續全部由鎮長親自來辦理。事件落幕後，老人婉拒了到鎮長室喝茶的邀約，往外頭去了。八津在後面追。

「老師，神谷老師！」八津用和以前一樣的稱呼叫著他。「要不要到我家來，一起吃個飯呢？如果您不來的話，塔克不知道會有多麼失望呢！」

野兔爺爺停下腳步，微笑著回頭。

「是啊，或許會失望吧！但那孩子應該會懂的。現在我打算回到山裡去休息。對於這群愚蠢辦事員們的冒犯，我都這把年紀了，也只有稍微忍耐一下了！」

雪下了起來，山的身影開始變得模糊且昏暗。

「可是老師，天氣越來越糟……」

山林老人笑了。好像在回應這個笑聲似的，遠處傳來了冬雷的聲響。這附近的人們把這種雷聲稱作「除雪車」。

「在雪積起來以前，我就已經回到我的巢穴去了喔。你能幫我跟塔克說嗎？等他長大茁壯，犬狼的披風就會變合身了！那孩子有這個權利穿。當然如果現在穿它的話，就會像是走在毛皮地毯上一樣。我說八津啊，你的兒子一定會成長，成為一個可以和那件披風匹配的、頂天立地的男子漢。請替我問候塔克，當然還有你的夫人。」

八津揮了揮手，老人開始往前走。警察部長從鎮公所跑了出來，站在八津身旁，一起目送著老人離去。

「原來他就住在這邊的山裡啊！」

「只有少數人知道而已喲！如果你把這件事情說出去的話，老師應該會收拾行李搬走吧。很久以前，他救了我的命時，曾引起很大的騷動，在不到一個月的時間裡，他就銷聲匿跡，好幾年都沒有回來過喲！」

「嗯，他果然是傳說中的人物。不過，他爲何做這身打扮呢？還有他那奇怪的發音是怎麼回事呢？」

「你不知道嗎？老師的父親是山裡的居民喲！是山裡的狩獵者，而且是以獵熊聞名的人。老師本身在加入軍隊的時候，就比山裡的任何一個人更能巧妙地發現熊的足跡，他在山裡行走的速度也很快，更是個使用槍炮的好手。根據傳說，老師好像持續地秘密練習著以前禁練的武士道的樣子，像是柔術啦，隱身術等等，你應該有聽過吧？」

警察部長點了點頭。從很久以前開始，那種遠古的武士道就是被禁止的，只有國家認同的運動才是被獎勵的。

「你的兒子能和上校一起到山裡去，眞是太好了啊！」

八津點了點頭，向對方告辭，踏上了回家的路。家裡充滿著烤羊的香味。

塔克坐在炕爐旁等著父親。父親一進來，他便低下了頭。

「父親大人，有關辦事員的事情，眞是對不起！我無意惹麻煩，都是因爲他先叫我騙子的關係。」

「那些傢伙，絕對不能和他們善罷甘休！不對的人是他們，今天的事情，就算那些傢伙想要忘了我和你，今後心中仍會一直感到後悔吧！野兔爺爺要我告訴你，你可以穿那件毛皮的披風。雖然他已經回去山裡面了，不過他有請我問候你！」

「啊……」少年垂下雙眼。

「塔克，做的很好喔。父親以你爲榮喲！」

塔克的臉上閃耀著喜悅的光輝。從父親口中說出的鼓勵，對塔克來說，是無可取代的獎勵。

隔天，塔克愼重地撰寫了報告書，和犬狼的尾巴一同交了出去。在報告書裡，完全沒有提到有關野兔爺爺是什麼樣的一個人的事。一個禮拜後，辦事員帶著文件到家裡來了。將毛皮和這份文件一起交出去的話，鎭公所就會對毛皮

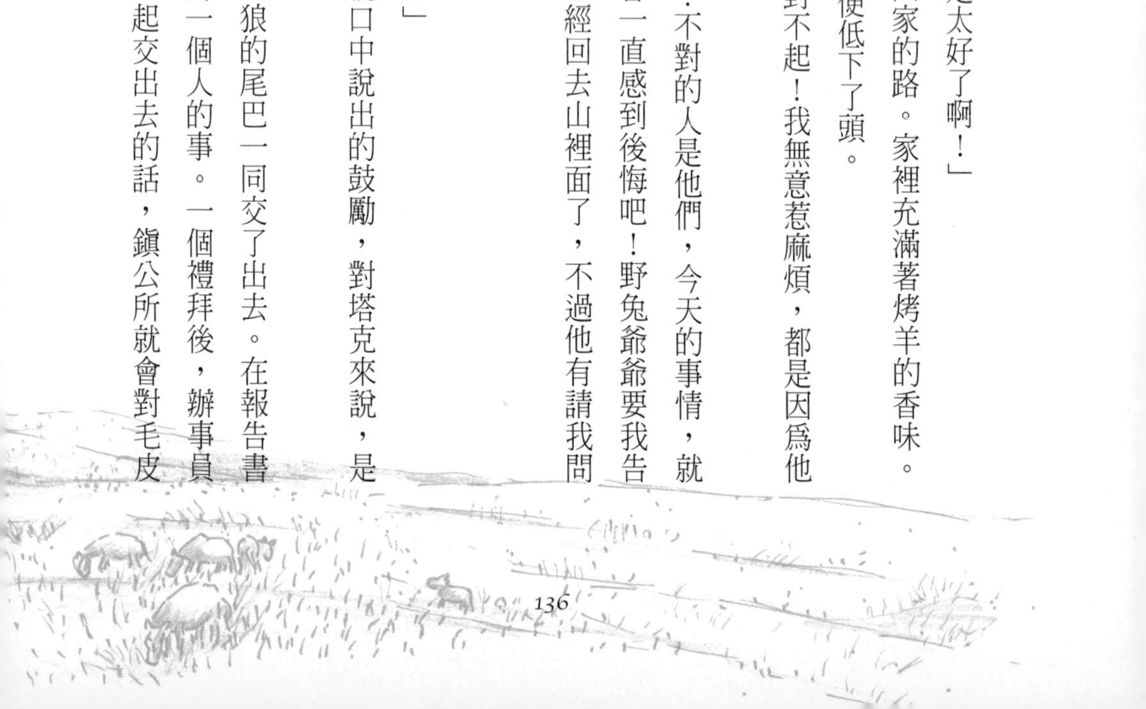

做熟處理，並蓋上證明印章。

過了一個月，塔克收到了獎狀和獎金。獎狀非常精美，上面還有副大臣的簽名。當地的報社記者紛紛到這裡來拍攝塔克的照片。報紙上刊載了塔克拿著弓和箭，坐在熟處理過的毛皮上面的照片。又一次，塔克成了小有名氣的英雄。不過塔克完全沒有因此而自負起來。因爲他知道，如果不是野兔爺爺在場的話，他是無論如何也不可能打敗犬狼的。

塔克努力地學習，也開始使用比之前都還要強的弓來做練習。每天晚上，塔克小心翼翼地分解著父親的來福槍和手槍，並進行清潔。這些日子以來，父親雖然從未說過任何關於野兔爺爺的事情，不過某天卻從書架中拿出一本書借給塔克。是有關被稱作「雪虎」的男子的書。

那年冬天雪下的很多。接近冬天尾聲的某個星期日，碰巧母親外出到阿姨家去，家裡只剩下塔克和父親兩個人，塔克到父親的書房去，敲了敲門，詢問父親是否能和他談一下話。

父親把整理好的文件移到旁邊，回頭看塔克。

「怎麼了，塔克，你想說什麼？」

「父親大人，關於那個獎學金的事情，我思考了很久。現在，我已經明白自

己想做的事情了。」

八津沉默著等著他兒子繼續說下去。

「我，想要到神谷老師那裡去學習。」塔克說道。

「嗯，你是讀了那本書之後決定的，對吧？我想你已經了解野兔爺爺是怎麼樣的一個人了吧！」父親說道。

「是的。不過我之所以想要跟隨老師，並不是因爲他有名的關係。老師就算只是野兔爺爺，只是個山的居民，那都無所謂。我想，只要跟著老師，一定能比跟著其他人學到更多重要的事情。」

「那是當然的，但也得要老師願意才行！從好幾年前開始，老師就不再收徒弟了。再加上他的兒子在戰役中戰死，他的太太也過世之後，他就喜歡一個人獨自生活了。」

「可是老師特地跑來這裡，把我帶到山裡去，不是嗎？因爲老師想帶我到山裡去。我要自己去拜託老師看看，我還記得他家在哪裡。只要老師肯答應我，我可以替老師砍柴、挑水，什麼事我都願意做。父親大人，拜託您，請您答應

讓我去！」

「這樣好嗎？塔克。自從老師救了我的命之後，我有好幾次都想去老師那裡和他見面。大概有三次，當我抵達的時候，炕爐裡的灰燼都還是熱的，可是我卻一次也沒有見到老師。在我被救之後，媒體拚命地想要報導關於老師的事情，其中還有一位糾纏不清的記者。不過他們全都一無所獲。只要一靠近立刻就會被發現，沒有任何一個人能夠堵到老師，你也是一樣。我了解你想被老師教導的心情，不過如果見不到他的話，也沒辦法呀！」

「可是，父親大人，試試看總可以吧？寫信給皇太子，告訴他這就是我想做的事情總可以吧？」

八津一直盯著兒子的眼睛。突然間，好像從他的眼睛裡看到了年輕時的自己。他點了點頭。

「好，雖然你媽肯定會大發牢騷。去寫兩封信，一封給皇宮，一封給老師。等春天來時，把信放到老師家裡去，這點小事你做得到吧？另外一封，我會幫你送到皇宮。」

塔克的臉上浮現喜悅，閃耀著光輝。父親看了，也不禁微笑了。

「那個晚上，老師要我在死去的犬狼旁邊待到天亮為止的時候，我就決定

了。那個時候的我了解了，我們在做的，是非常重要的事情。老師雖然沒有說任何話，但他卻讓我明白了這個道理。」

「老師是不是教會了你理解自己在做什麼事情，並且對它負起責任？」

「是的，但不只是這樣子而已。嗯……該怎麼說好呢？因爲我殺了犬狼，有許多人覺得我是英雄，但我自己知道我並不是。野兔爺爺……神谷老師他讓我了解了，那隻犬狼是歷史的一部分、山的一部分，不僅如此，牠還是所有事物的一部分、我本身的一部分。不只是這樣，託老師的福，我也開始感受到自己是屬於山的一部分。」

「這些父親也很清楚喲！那麼，快去把信寫好吧！不過你不要太過期待就是了，這就好像是對野兔說，希望你教我如何登山是一樣的。」

「可是，父親大人，野兔爺爺已經把捕捉野兔的方法教給我了喲！」塔克笑著答道。

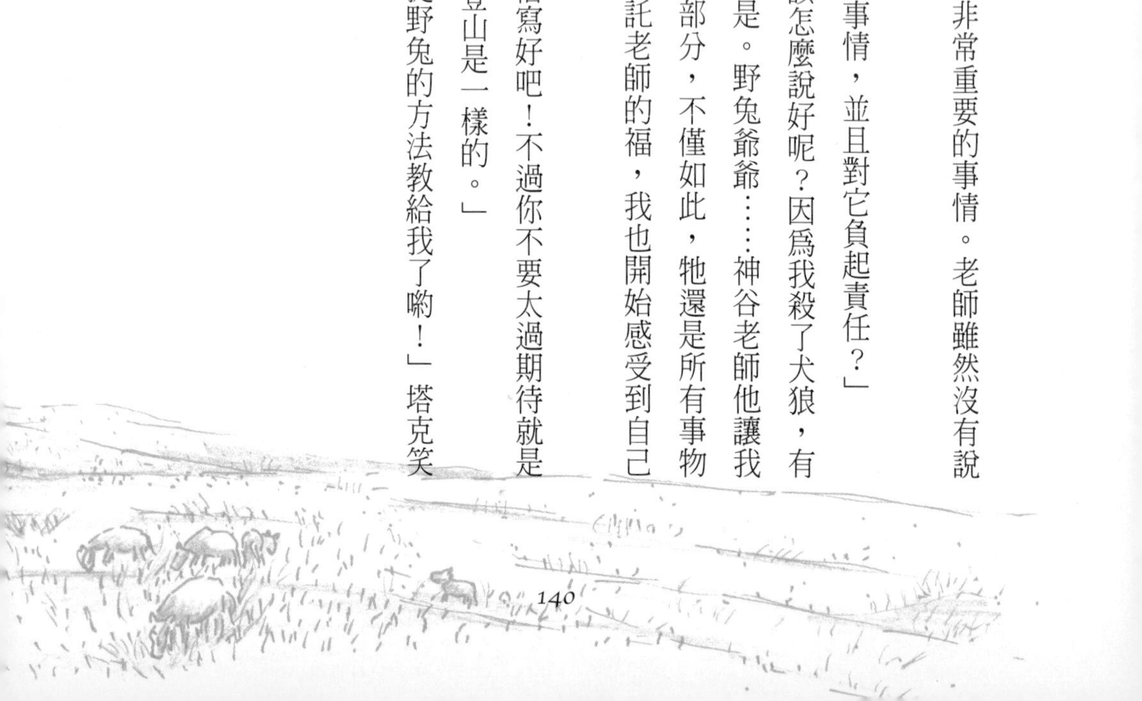

8 初訪殷國

負責安排塔克所屬的藍隊隊員，和他們所騎乘的小馬、馬具等行李，以及預備的小馬等所有物資運往杜威的專機的，是陸軍第一輕騎兵部隊。這支精銳部隊的司令官職務，由皇太子親自擔任。

二十位少年，每一位都拿到了閃耀著黑色光澤的皮革製輕騎兵用馬靴和羊皮的黑色帽子。雖然上衣的設計和騎兵相同，但顏色並非野戰用的灰色，而是稍微明亮的天空藍。此外，每個人還拿到了三套白色絲綢的襯衫和方巾。襪子和內衣褲則是自行準備的。

出發前的兩個禮拜，藍隊的少年們和他們騎乘的小馬在第一輕騎兵部隊的兵舍裡，接受了嚴格的訓練。不用說，大夥在當地也是從雪溶化以來，就一直持續著馬上的訓練，而且每天在室內射擊場裡，努力地練習拉弓。

塔克並不特別討厭訓練。只要是少年，無論是誰都要習慣這樣的訓練。然而指導的士官們不斷重複地囉唆著像是「不要丟皇上的臉」，或是「這是代表著

國家」或是「發揮齊威年輕人的優越性」之類的話，以致訓練完全變成強迫性的命令，令人感到非常厭煩。這種討厭的說教，幾乎每天持續著。

塔克的耳裡，空洞地響起了士官們嘶啞的說教聲。曾經和被讚譽爲這個國家最偉大的軍事天才的其中一位的那個老人——野兔爺爺，一起到山裡去的經驗，讓塔克成長了不少。那個老人不是曾經說過，所有的人其實本來都是兄弟？對於接受了這個觀點的塔克來說，士官們所喊的那些帶有宣傳意味的口號，聽起來都只不過像是爲了炒熱氣氛而打的太鼓罷了！儘管如此，在塔克的身上，也產生了「自己有能力做到最好」這個覺悟。

在這之中，只有一位士官是不同的。他喜歡開玩笑，而且他的教學不只是紙上談兵而已，實際訓練的時候，他也和少年們一同騎馬、一同射靶。當然，他也曾斥責過少年們，但絕對沒有不把他們當一回事。他是個非常魁梧的男子，身高大概有一百九十公分左右，體重則接近一百公斤。他所騎乘的馬，也是特別大型的馬。這個士官據說以前曾是連隊的摔角冠軍，也曾有好幾次在全國陸軍的面前，像老鷹一樣地伸展雙手，表演勝者的舞蹈——「鷹之舞」。到現在他仍是長距離箭術的冠軍，在騎射和長距離競速滑雪射擊兩個比賽裡，他還是弓箭和來福槍項目的冠軍。

鷹

飛行的能力使鳥類得以統御空中生態領域，如鷹、鵰、鷲等猛禽，擁有強壯的翅膀、敏銳的視力、銳利的勾狀長喙及尖銳的彎曲趾爪，往往成為食物鏈的最高一級掠奪者。

大多數猛禽都在白天獵食，捕食對象種類繁多，包括：蝸牛、魚、爬蟲類、兩棲動物、哺乳動物，甚至是其他鳥類。

擔任令人羨慕的連隊旗手職務的他，被准許留著鬍子，本人也以其鬍子自滿。閃閃發亮、充滿著朝氣和笑容的眼睛，讓滿臉鬍子的他看起來不那麼恐怖。少年們都非常喜歡他。庫瑪加納上尉是少年們憧憬的目標，也是個英雄。他本身除了是個優秀軍人外，由於曾在殷國近衛騎兵連隊接受過一年的特別訓練，殷語也相當精通。也因爲這樣，最後決定由上尉率領少年們前往殷國。

最後的訓練結束時，政

府官員當著皇太子的面發表了這個決定，少年們都興高采烈地鼓掌。然後，皇太子開始說道。

「我有些話想對藍隊的各位說。我希望你們像眞正的齊威人一樣騎著馬匹，堂堂正正地射著箭。我和全體國民、還有皇上，除了這個以外沒有任何的期望。對於招待我們的人，要隨時注意正確的禮儀，並且保持恭敬。絕對不能自以爲偉大或是態度傲慢。希望你們能學習他們的風俗習慣並加以理解。即使無法理解對方的風俗習慣，也絕對不能加以嘲笑。這次是殷國女王的兒子古羅斯塔公爵招待你們到殷國去的。希望你們能仔細思考其中的意義，並且守護你們的名譽。」

皇太子結束了談話。他穿著上尉的制服，騎在像雪一樣的白色大型馬上，看起來相當宏偉氣派。他一直來回注視著，用熱情的眼睛仔細凝視著少年們的行列。穿著新制服，背著弓和裝滿了裝飾著藍色羽毛的箭的箭筒，騎著完全被自己訓練好的小馬的少年們的樣子，也是相當地英俊挺拔。

皇太子對著他們微笑，舉起了一隻戴著騎馬用長手套的手擱在嘴邊，像是在說悄悄話一樣地說道。

「有件事我想和你們約法三章。你們做得到嗎？」

皇太子一一注視著少年們的臉。由於那個樣子實在是太有魅力了，大家異口同聲地喊道。

「是的，我們答應你。殿下！」

「盡情地玩吧！就只有這樣，各位。」皇太子喊了回去，「好好地玩！」

在少年們的歡呼聲中，皇太子把馬調頭，騎著馬奔馳而去。副官和其他的士官急忙地追上前去，只留下大塊頭的上尉。

「裝備類的檢點是晚上九點！熄燈是晚上十點！閱兵是早上六點！藍隊，解散！」

上尉大聲喊著。他的臉上也充滿著笑容。

當時是五月初。塔克和所屬的藍隊一行人，住在市中心的近衛騎兵連隊的宿舍裡。確認了小馬平靜下來、裝備也全部準備齊全了之後，少年們得到了兩三天的假期。塔克他們被分成五班，各個團體都配屬著大使館的翻譯。少年們吃吃喝喝、搭船遊玩，充分地享受了愉快的假日。不過，就算只有一下下，採取個人行動或者是和陌生人長談都是被禁止的。

有一次參訪競技場時，殷國軍樂隊的太鼓，和來自齊威的突擊太鼓，響著完美的編曲。庫瑪加納上尉騎著馬，從競技場的一端出現了。他將平常穿的軍服，換成了從前傳統戰士的服裝。裝有淡紅色濾鏡的探照燈照著他，在競技場另一端的巨大電視畫面上，可以看到上尉的特寫。

上尉用力地拉著手上的巨弓，舉的高高地把箭射了出去。他射出的不是戰鬥用的箭，而是飛行時會發出聲音的響箭。箭在高空中描繪出拋物線，劃過天際飛了約四百公尺遠。箭尾羽毛的空切音，和長到令人感到厭煩的鏑音，透過安裝在箭前端的小型發送器，響徹了整個會場。另一個探照燈捕捉到了箭飛翔的樣子。太鼓的音樂停了下來。

從播音器裡，再次傳出了廣播的聲音。

「夜幕低垂。軍營一片和平。他們的敵人，皇帝麾下的騎兵隊，今晚也沒有襲擊過來的跡象。步兵哨站了六個人戒備著。突然間，其中一個戒備兵聽到了小馬的蹄聲。他們看了過去。從黑暗裡出現的，是一群野馬。這到底是怎麼一回事？是在躲避狼呢？還是老虎呢？」

競技場中，響起了奔馳而來的小馬的啼聲，和突擊太鼓低沉的轟聲。六根

馬

目標柱被照的發亮，巨大的螢幕裡，放映著一群小馬在綠色的大草原上奔馳的畫面。

站在遠處的大門那邊，可以看到藍隊的身影。手裡握著弓和箭，他們藏身在小馬的右側腹。聚光燈熄滅了。從作爲主要目標的標柱所在地來看的話，完全看不到騎手們的身影了。另一頭雖然看得到，但所看到的也不過是個黑影，說起來成功地加強了整體的效果。對於看不到身影的觀衆來說，可以感受到自己好像也和少年們一樣，要去攻擊位在貴賓席那裡的主要目標。興奮的氛圍整個提高了。畫面中穿插著小馬和馬蹄的特寫、穿著盔甲的男士們的身影、和戰鬥旗翻轉的畫面。少年們和小馬往目標靠近，太鼓的聲音也越來越大。

地面上傳來非常大的震動聲，少年們和小馬從眼前呼嘯而過。突然現身在目標物前面的少年們，接連地射出鑲有藍色羽毛的箭。所有的箭都不偏不倚地命中目標。群衆大聲歡呼著。螢幕裡一一播放著少年們的特寫鏡頭。

到了對面後，藍隊重新整理隊伍，準備進行第二次的騎射。這次由塔克表演曾經在全國大會上做過的，架上兩支箭並接連射出的技巧。爲了這個演出，他接受了嚴格的集中訓練。讚揚的掌聲連綿不絕，歡呼聲非常地驚人。沒有任何一支箭射偏，隊伍漸漸地拉開射程距離，繼續地騎射著。最後從小馬身上下到地上，站在小馬背後射擊目標。訓練得到了相當的回報。直到表演結束爲止，完全沒有任何一支箭射偏目標。

結束後少年們跨坐在小馬上，分成兩群，每群十人地跑到觀衆席的面前。雙手把弓舉得高高的。少年們回來後，和大鬍子男排成一排，非常威嚴地緩緩前進，在一百二十公尺射程距離的地方，面向著柱子。

兵隊走了出來，放置了六個身上穿有盔甲的稻草人。這次庫瑪加納拿出來的，是裝有戰鬥用重鐵製箭頭的箭。螢幕上再次出現了他的特寫鏡頭。他騎著馬並射出了箭。第一支箭從盔甲上射穿了第一個稻草人，群衆立刻沸騰了起來。之後的五支也一樣。因爲有馬鞍和馬鐙，其實並沒有那麼困難，不過在這麼遠的射程下，還是需要相當高超的技術才做得到。觀衆站了起來，情緒相當沸騰。藍隊讓上尉走在正中間，齊步繞行著競技場。

「萬歲！萬歲！萬歲！」

觀衆們齊聲喊著。塔克臉頰上泛著眼淚。斜眼看過去，在上尉另一邊的凱恩，也一樣正在哭泣著。塔克知道不是只有自己這樣而感到安心許多。

在上尉的命令下，少年們將弓背在背後，然後站直不動。由於強烈的燈光照在他們身上，所以看不清楚昏暗的觀衆席裡到底有誰，但應該是齊威的優利塔卡皇太子、殷國的詹姆斯皇太子、和他的弟弟葛洛斯塔侯爵理查來了才對。

「藍隊，下馬！」

上尉命令著。柔和的光線開始包圍著皇室包廂。觀衆們停止拍手，期待著接下來要發生的事情。少年們站在小馬的旁邊，安靜地等待命令傳達。

「藍隊，前進五步。」

二十位少年和上尉往前進，上尉的大馬和二十匹小馬則留在後頭。說實在話，這才是武術操演的重點。只要有一匹馬動了，或是走到別的地方去的話，就會毀了之後的一切。

「停止！」

他們站在那裡。小馬也都沒有動。

在齊威騎兵隊總部裡，有個士官曾經想要教少年們軍隊式敬禮的，不過最後打消了這個念頭。畢竟這些孩子們組成的隊伍終究是民間的團體。少年們取下帽子鞠躬，取代了敬禮。穿著民族服裝而非軍服的上尉也是一樣。在少年的後方，中央的大馬優雅地彎曲了前腳，做出像是鞠躬的動作。少年們的小馬則是靜靜地站著不動。

從擴音器傳來了齊威語的聲音。是優利塔卡皇太子的聲音。

「上馬。表現得很好！」

他們走回小馬所在的地方，在一片歡呼聲中躍上馬背。兩國兩位皇太子的笑容出現在螢幕上。殷國的皇太子和他的侯爵弟弟把身子往優利塔卡靠了過去，向他握手致意。從他們的嘴唇，可以看出他們正說著恭喜之類的字眼。

不管場內的廣播說了什麼，歡呼聲從未停歇。少年們不懂廣播的意思，只是笑嘻嘻地騎著馬。所有人臉上的嚴肅表情，因爲笑而完全地消失了。

「凱恩，到前面去。取下帽子對著觀衆揮舞。大家正叫著要隊長站出來喲！」庫瑪加納上尉催促著凱恩。挺起了結實的胸膛，乘著小馬的凱恩往前走了出去。說時遲那時快，他取下帽子，毫不費力地站在小馬的背上，用笑臉向四周揮手。

「好！好！」

夥伴們發出嘲弄的聲音。上尉叫著塔克。

「接下來輪到你了，塔克。」

塔克走到前面去，取下帽子，揮了揮手。

凱恩回頭說道：「喂，你難道不讓大家看些精采的嗎！」

年長的少年還在小馬的背上保持著平衡。廣播又放送了些什麼話。塔克終

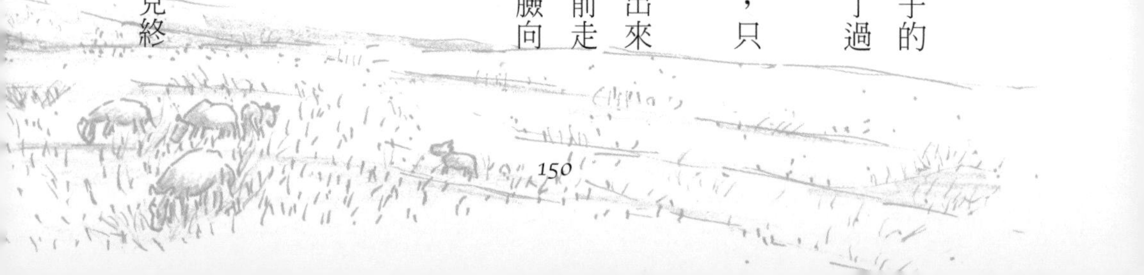

於也站了起來，輕輕地跳到領隊後頭，爬上他的肩膀，站起來並揮舞帽子。觀衆都非常開心。夥伴們吹著口哨助興，身爲成年男子的上尉說：「這兩個人好像馬戲團的小丑！」然後他笑了。他們回到隊伍裡的時候，夥伴們都發出熱烈的歡呼聲。

少年們退場後，和超過千人的騎兵隊會合，在城鎮裡進行了約一個小時左右的遊行。沒有辦法進到競技場裡去的人們，也都透過電視看到了少年們的武術操演，並到街道上來了。大家揮舞著兩國的小國旗，發出歡呼的聲音。

遊行結束回來，料理好小馬之後，少年們被吩咐馬上去洗澡，並換上乾淨的上衣和襯衫。之後，近衛騎兵連隊的士官們，來催促他們前往爲他們準備的晚餐會。

由庫瑪加納上尉帶頭，少年們走進了士官餐廳，近衛連隊的士官們，紛紛起立鼓掌歡迎。所有人的身上都穿著漂亮的禮服。優利塔卡皇太子和葛洛斯塔侯爵理查並肩走了過來，一一和少年們握手致意。這是少年們一生都無法忘記的瞬間。大部分的孩子都感動到無法言語。所有人都到了長桌子邊。雖然少年們的位置是穿插在士官們中間的，但旁邊也保留著翻譯的座位，這個安排讓殷國的士官能自由地和少年們交談。庫瑪加納上尉則是和皇太子以及葛洛斯塔侯爵共同坐在中央桌。上尉看起來非常地輕鬆。

首先端出來的是清涼的飲料。士官們的是紅酒，此外還有品質較差的、用瓶子裝著的冰馬奶酒。已經滿十八歲的凱恩被強迫喝了不少酒。塔克的正對面，坐著一位會說一些些齊威語的中尉。有著雀斑的年輕中尉，留著一頭剃得短短的棕髮，蓄著土黃色的鬍子。年輕的中尉模仿拉弓的樣子。

「你眞的很厲害！」

塔克搖了搖頭。他本來打算說明自己目前使用的只是小孩子用的弓，成人用的弓還在練習的階段，庫瑪加納上尉才是眞正厲害的強手。塔克雖然面向著翻譯，但翻譯正在幫忙另一位少年回答有關如何訓練小馬，以及是不是從小時候就開始騎馬等等的問題。

「你眞的是很厲害！」年輕的士官再次說道。

「你用箭射殺了狼。」

「是犬狼。」塔克糾正。士官用般語朝著同伴們說了些話。

「這孩子獵殺了公狼。現在正和他說著那件事情喲！」

其他的士官們點了點頭。這個少年雖然只有十三歲，但卻曾以騎馬和弓術取得皇太子獎學金、進入高聳的雪山裡給受傷的狼最後一擊、在那之後不久和

啣著羊的骨骸的熊決鬥……。

關於這些事蹟，大家都已從競技場的廣播裡聽到了。

「雖然他年紀還很小呢！」那個年輕的士官說道。

「很精采的表演喲！」年長的士官舉起了玻璃杯。

塔克明白這位士官是在稱讚自己在競技場上的武術操演，他邊笑邊舉起了裝有柳橙汁的玻璃杯。

中尉繼續問道：「公的，狗還是什麼的？不是母的。大隻的公狗對吧？」

「嗯！」塔克回答。

「大概有多大呢？」

「從鼻子到尾巴爲止，是一百八十六公分。」塔克回想起野兔爺爺測量的樣子，回答道。

「用幾支箭？」

「一支。」

搞不好應該要說那是支毒箭。不過想起了野兔爺爺非常討厭使用毒物的這件事，塔克便沒有提到那可怕的咖啡色毒物。

「是這裡嗎？」士官摸著自己的脖子說道。

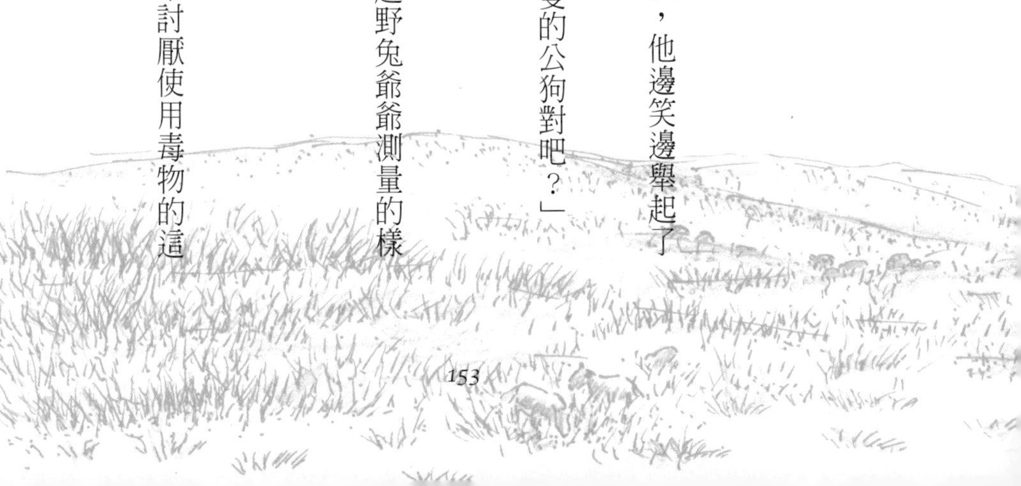

「這裡。」塔克指著自己的肋骨。

士官這次面向同伴們，用無法壓抑感動似的語調，開始說話了。

「好強的孩子！我想應該是一發直接射中狼的心臟吧。我們也想要有兩、三打這種孩子組成的軍隊。齊威的孩子一開始上學後，便開始練習不使用武器的格鬥技巧。比如說像摔角，或者是赤腳的跆拳道等等之類的。」

其他的士官們好像也都心所有感似的，對著塔克不斷地點頭、不斷地微笑。隔天，想要和少年們進行訪問卻被拒絕的某位記者，在尋找新聞題材時碰巧遇到了這位中尉。中尉向記者詳細說明了前晚的對話和情景，而記者就是記者，把它誇張化之後，寫成了一則新聞。

「幸好這個孩子不是殷國的敵人」這句話，成爲隔天報紙的標題。

在大家享受著冰淇淋和草莓點心的時候，庫瑪加納上尉站了起來。他用厲害的殷語，表達了對於殷國國民、侯爵、以及近衛騎兵連隊的深深感謝。然後侯爵站了起來，以消除隔閡的精采演說做出了回應。在演說的最後，侯爵說出了令人十分吃驚的話。這些少年們會在殷國各地進行武術操演的演出，但他打

算在演出結束之後，讓少年們到連隊各士官的家庭裡去寄宿。他希望他們能在殷國的家庭住上三、四個禮拜，更深入地了解殷國的人們和家庭生活後，再回到齊威去。

少年們聽到了以後都高興地鼓掌，不過像是翻譯這些大使館的人們，都只是靜靜地互看著對方。雖然他們的心裡都想著，這很像是庫瑪加納上尉會想出來的主意，但其實這件事情，是由優利塔卡皇太子和侯爵討論之後而決定的。

當晚回到宿舍後，少年們從上尉那裡聽到，預計在巡迴結束後，才會讓他們知道各自要去住在哪位士官的家庭裡。此後的十幾天裡，每晚都是殷語課，被上尉威脅將親自進行嚴格訓練的少年們，雖然點著頭，但其實誰的心裡也沒有把它當成一回事。

「明天晚上會很忙喔！必須要坐車到首都去。等乘坐在車子裡的小馬冷靜下來，大概要花上一個小時的時間，請在那段時間裡寫信給你們的雙親。因爲外交部必須通知你們的父母親和學校。如果你們之中，有人想在巡迴結束後就立刻回國的話，現在就提出來。」

他掃視著房間，然後把手放在胸前，做出開玩笑般的表情。

「有沒有想媽媽想到受不了的可憐傢伙呢？」

大家都笑了。

「那麼，喜歡著國內的女生，擔心自己被她忘記的傢伙呢？」

「凱恩，在說你喲！」某個人大聲地說道。

霎時響起了哄堂的笑聲。因爲大家都知道，隊長可是被塔克可愛的堂姐迷得團團轉呢！

「怎麼樣呢，凱恩？」上尉竊笑著說道。

「感到寂寞的可不是我喔。是那些女生們說很喜歡、很喜歡我的喲！」凱恩回答。

巡迴非常圓滿成功。不管到那裡，少年們都很受歡迎、被要求拍照、被媒體追著跑。這場騷動一直持續到巡迴結束，大家把小馬送到機場的第一輕騎兵部隊的馬廄裡去爲止。

送完小馬後，少年們回到近衛騎兵連隊的宿舍裡。在這裡度過前往寄宿家庭前的最後一個晚上。這時的警備比起之前更森嚴了。少年們被叮囑，除了齊威的家人以外，還要去了解寄宿的家庭。庫瑪加納上尉交給每個人一個信封，裡面裝有一張紙，上面寫著之後將寄宿的家庭的士官姓名、地址和電話號碼。

連隊的所有士官都提出了申請，希望能成爲被寄宿的對象。由此可見這次

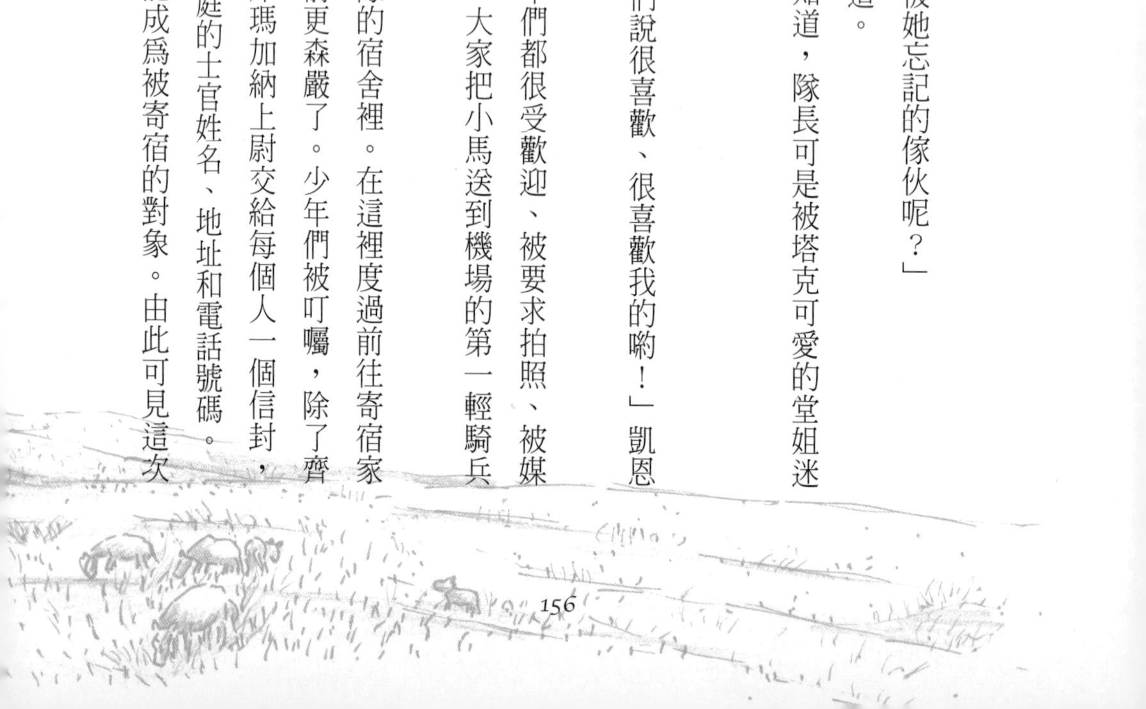

的巡迴是多麼地成功，庫瑪加納上尉說道。

上尉指著大大的地圖，對著拆開信封的少年們，一個個說明上面寫的地址在什麼地方。少年們都興奮不已，像是在作夢般的聊著天。凱恩要去的地方，是艾格蘭西方的某個島嶼。某位連隊的上校在那裡擁有一座獵園。殷國的狩獵規定相當嚴格，照理來說，在這個季節能夠射擊的獵物並不是那麼多，不過像是森林鴿或是穴兔之類的，應該是可以用小口徑的來福槍或是短槍來射擊吧！而且上校那裡有很多的馬，還有他居然有三個女兒。好像很幸運的說！另一位少年要寄宿的士官家是在海邊，居然有游泳池、甚至連帆船都有！殷國的士官們好像都很有錢的樣子。

塔克一個人沮喪地站在一旁。凱恩朝他走去，問他會去哪位士官的家。

「我沒有被人招待呢！」他一邊回答，一邊想著在巡迴的這段期間裡，自己是不是做了什麼不對的事情。

「這怎麼可能！你是隊伍裡的明星耶！不可能是這樣。一定是上尉忘記了，或者是個惡作劇。你等一下，我現在就去問。」塔克來不及阻止他。凱恩走到上尉的面前，說他想要知道塔克沒被邀請是怎麼一回事。正和大使館員說話的上尉，皺眉頭看了一眼，向塔克招手要他過來。

「不，這並沒有弄錯，凱恩。不要擔心，讓我和塔克說說好嗎？」上尉把少年帶到房間的某個角落，一隻手擺在他的肩膀上。

「是有關你的獎學金的事喲！你曾經寫下你的願望給皇太子對吧？作爲獎學金的使用方法，那個雖然可以說是特例，不過皇太子已經同意了。爲了讓對方接受你，皇太子還親自寫了拜託的信呢！這是多麼榮幸的一件事情，你知道嗎？」

「是的，我很清楚。」

「那好。你明天就和小馬一起搭軍用機回去。我也會一起。回國後，你如果想到那個人的地方去，就一定要我帶路才行。這樣的話，我就可以直接把皇太子寫的信交給他了。你還年輕，這樣的做法你還不是很明白，對吧？不過，不管什麼地方都有不好的人，也有只會作惡的壞心猿猴。那些傢伙一心只想著揭發皇室的各種事情，並加以批判。你能明白嗎？」

塔克什麼也沒說，只是深深地低下了頭。上尉對著他微笑，並拍了拍他的肩膀。

「看你本來很期待的樣子，不好意思喔！」

「無所謂。因爲那封信對我來說比較重要。而且到目前爲止，我已經很開心

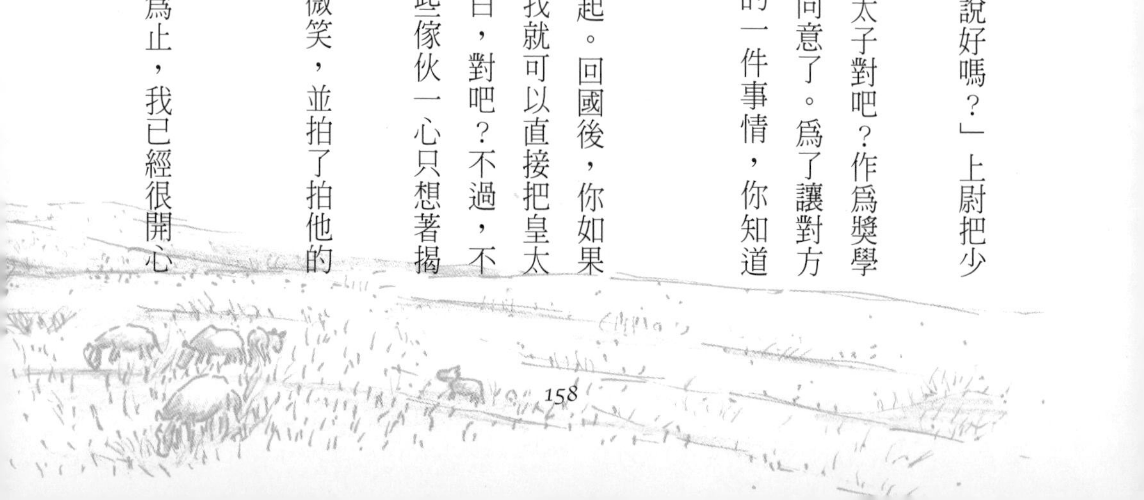

了。」

「眞是個好孩子。我也料到你會這麼說。那麼，快去準備吧！明天清晨之前要到機場喔！」

當然在心裡的某個角落，塔克還是有點羨慕其他同伴。不過，也無法忽視皇太子爲了自己親自寫信這麼光榮的事情。當其他同伴問他的時候，塔克只是冷冷地說，雖然很可惜但也不能說什麼。凱恩來問的時候也一樣，塔克也只是回答，由於這件事關係到自己的獎學金，上尉要他住口，希望凱恩能夠玩的盡興點。

隔天，坐在飛機上喝著奶茶的塔克，心想著爲什麼坐在旁邊喝著威士忌的上尉，從剛才開始，就一直對著自己竊笑呢？

「眞是個幸運的小子！」上尉說道。

「什麼？」

「就算飛機掉下去的話，你也能平安無事地降落在乾草的山裡吧？」

「咦？」

「不能像大家一樣去玩，覺得有點可惜對吧？」

「沒有……」雖然這麼說，不過因爲沒辦法對這個人說謊，塔克聳了聳肩。

「不過因爲有信的事情，這個對我來說是比較重要的。」

「說眞的，你有受到邀請喲！殷國的報紙和電視都因你而喧騰一時呢！齊威的民衆知道了以後都非常高興，皇太子也非常高興，還有第一輕騎兵連隊的同伴們也是一樣。當然，就連我也非常高興喲！因爲我知道，你並沒有因此而感到自滿。聽好，你是個英雄喲！所以，我們必須更謹言愼行，不是嗎？你說是吧？塔克山海，你這個殺狼者！」

「我並不是殺了狼，我所殺的是犬狼。而且這一切都是神谷老師替我做的，是老師帶我到那裡去，替我做好萬全的準備，而且告訴我要如何做的。如果沒有老師的話，我根本什麼都做不到。」

上尉舉起了手指，對著他搖晃著。

「知道喲，不管是你，還是我都知道。不過，殷國媒體決定把你捧爲英雄，孩子裡的英雄。而且說眞的，這對我們來說也是好事一件。總而言之，你享受了殷國的假期。這是葛洛斯塔侯爵招待的喲，是侯爵親自指定的。在你領獎的時候，他也看著呢！還記得嗎？」

「嗯！」

「不過侯爵在這之後要到國外出差，因此他目前無法邀請你。然而他已邀請你，這個秋天到他的獵園去，希望和你一起度過獵鹿的季節。由於這是侯爵本人的強烈要求，他還必須寫封信給外交大臣。每年的那個時期，即使是戰爭也無法讓侯爵離開艾格蘭，從這一點，你就知道他有多麼喜歡狩獵了。」

「可是上尉，我要上學，而且也有『大狩獵』。更何況我還有飼養羊群的工作。啊，我不能去喲！」

「你可以去，你不能不去，那是你的義務。如果你拒絕了侯爵的好意，就會變成是在侮辱他，那麼身爲他朋友的優利塔卡皇太子又會怎麼想呢？」

「嗯，的確是這樣沒錯。不過上尉你不了解我的父親。只要是有關學校的事情，父親就會變得非常地嚴格，而有關飼養羊群的工作，他又更加地嚴格。」

「或許是吧！不過沒問題，我已經打過電話向你父親說明了喲！」

「咦，你已經打了電話？」

「是的。你的父親說，這次的暑假裡會讓你加倍工作的。」

塔克的眼睛裡充滿著喜悅。上尉彎下身，從腳下的使館專員包裡，取出了夾有報紙和雜誌剪報的檔案夾，拿出裡面的其中一張給塔克看。那是拉著弓的塔克的特寫。

實際上，是張很好的照片。它強調了塔克的年輕、與生俱來的英俊相貌，眞實地呈現少年的樣子，同時刻畫出那正直的氣質和認眞、專注的樣子。

上尉指著那個標題，把它唸了出來。

「『幸好這些孩子不是殷國的敵人』……。這則新聞，對於齊威青少年的培育方法，可是讚不絕口。皇太子讀了這則新聞後非常地開心，侯爵也是，還有將來會成爲國王的皇太子的哥哥也是。當然你不可以因此自滿，知道嗎？」

「我只是覺得，齊威的人們不要知道這則新聞會比較好。因爲大家一定會用這個來開我玩笑的！」

上尉笑了。

「那麼我們就把這個當成秘密吧！」

9 拜野兔爺爺爲師

塔克拚命地工作著。他讀書、做地方上的工作、照顧羊群、幫家裡的忙。除此之外，還有弓術的練習。對於殷國侯爵親自邀請塔克這件事，雙親都感到非常高興和自豪。不過母親還是經常抱怨著，塔克對於獎學金的運用所作的選擇。當然，現在抱怨也無濟於事了。這是因爲皇太子本人已經同意，還寫好了親筆信的緣故。

回到齊威一個禮拜後，庫瑪加納上尉到山海家來拜訪。同行的還有兩位軍官。上尉帶著皇太子的信，內容大概是說，現在開始要帶領塔克，到野兔爺爺位在野生林地的家去。

八津山海雖然熱情地招待他們，但也問到萬一山林老人不在時，他們打算怎麼辦才好。而且不在的機率比較大，因爲老人很討厭不請自來的訪客。

「我們帶著皇太子的信。」上尉說道。

「把這封信交出去是我們的任務。就算對方不在，我們也會把他找出來。就

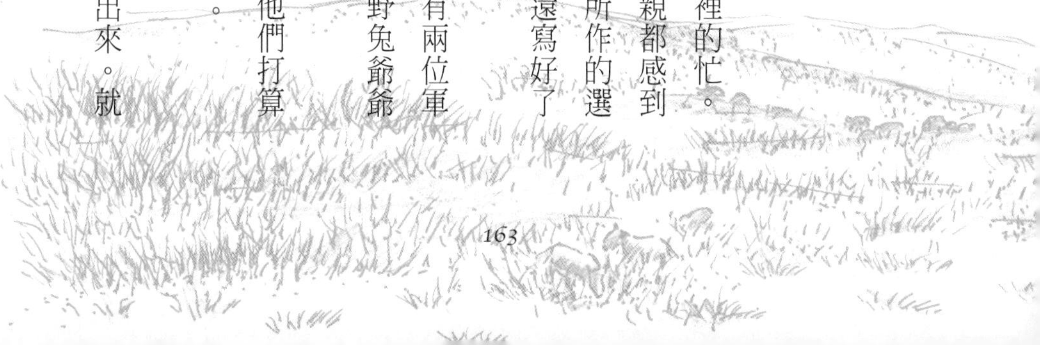

大鵰鴞

具有獨特的角狀耳簇、銳利的鉤狀彎喙，是種體型巨大的鴞。

出沒在森林到沙漠的各式棲息地。是不遷徙的留鳥，領域性非常強，尤其是繁殖季節，會勇猛捍衛自己的築巢區和狩獵疆域。

通常在黃昏到黎明之間活動，牠們高超的捕獵技巧來自於敏銳的夜視能力和聽覺，小型哺乳類動物為主食，也捕食昆蟲及爬蟲類。

算要走遍整個齊威也一樣。」

說著，他對塔克笑了笑，眨了一下眼睛。

「昨天晚上，人造衛星傳來這個區域的紅外線數據，他的家也照得相當地清楚。因爲屋頂釋放出熱能，所以可以肯定家裡有升火。那老狐狸在家裡喲！」

「你有見過他嗎？」塔克問道。

「在我小的時候，比你現在還小的時候吧！因爲在某次戰役裡，我的父親是他的屬下。」

「是雪虎的游擊隊，對吧？」

塔克露出了尊敬的神情，注視著上尉。

「嗯，不過父親不太常談到這個

就是了。」

隔天早上，他們出發了。騎著山海家的馬直到鎮民森林的尾端，然後往前方走去。馬由塔克的父親帶回去。森林裡的樹木閃耀著鮮豔的綠色光輝。早上很涼快，讓人感到神清氣爽。

趁天還亮著的時候，他們抵達了山林老人位在瀑布旁的家。沒有人在家。塔克進到屋裡，看到了棲木上的貓頭鷹。往炕爐的灰燼裡戳了一下，炭火還是熱的。

庫瑪加納上尉站在外頭叫著。剛開始是用齊威語，然後好像是地方語言吧，用塔克一點也聽不懂的語言叫喊著：「我們是來呈交皇太子的信，而且希望在上校回來以前，可以使用這個家。」

塔克想起這附近有幾片竹林，放下行李後便跑了出去，採了些鮮嫩的綠色竹筍回來。之後兩位軍官在炕爐裡升起了火，借用山林老人的大鐵鍋燒開了水，開始煮東西。

飯菜弄好後，庫瑪加納上尉走到外頭，對著不知道在什麼地方的上校，叫著「要不要一起吃飯呢？」不過，從森林裡傳回來的，只有烏鴉的叫聲。

他們圍坐在爐火的四周聊天。老人確實正盯著我們看，上尉斷言，而且是

在相當近的地方。不過，塔克怎麼樣也感覺不到，野兔爺爺現在會從陰暗的角落裡現身。當貓頭鷹從棲木上飛下來，準備出去進行夜間狩獵的時候，兩位軍官嚇得手都伸到槍上去了。

雖然這些男子都受過許多訓練，不過要走到這裡來，似乎還是相當辛苦的。不一會兒，所有人都在爐火的周圍睡著了。

半夜，塔克好像聽到有人在呻吟的聲音，他醒了過來。上尉也醒了過來，環視著四周。他們找出手電筒，往家裡一照，看到最靠近門邊的一位軍官被綁著，口裡還塞著布條。當他們打算爲他解開的時候，發現上面有著像血一樣的紅墨水痕跡。庫瑪加納上尉用火柴點了火，把油燈點亮。

「查看一下武器。」他說道。

兩位軍官的彈藥都不見了。

「在作戰時，他總是潛入敵軍的帳篷裡，趁敵人睡覺時割斷他們的喉嚨，並且取走彈藥。有時候會在對方的槍裡放入含有硝化甘油的彈藥。這麼一來，下次使用這把槍的人就會魂飛魄散了。又或者是在食物裡下毒……。」

塔克注視著鐵鍋。

「放心，他不會對我們做這種事的。他只是在警告我們要多小心注意。」

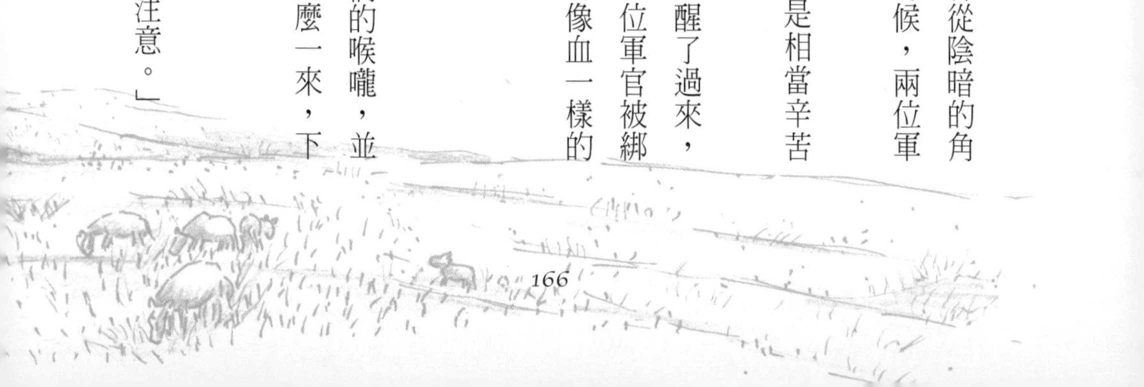

上尉憂鬱地說道。他看著被綑綁的軍官。

「你是怎麼被綁的，軍官？如果對方認眞的話，你早就已經沒命了喔！」

「覺得喘不過氣，所以醒了過來。醒來時布條已經被塞進嘴巴裡了。而且一定被點了穴。因爲手腕感到痳痺無法動彈，然後就被綁起來了。只是一瞬間的事。眞是抱歉，上尉。」

「去站哨直到天亮爲止。我相信他還會繼續來挑釁的。」

四個人裡頭，只有塔克繼續入睡。當塔克隔天早上起床，喝著加入奶粉和砂糖的軍用咖啡時，又聽到庫瑪加納上尉在外頭大聲地喊著：「我帶了皇太子的信過來，想要轉交給您！」

喝完茶後，上尉命令另一名軍官也出去進行偵查的工作。正要從家裡出發的時候，突然間，聽到一聲驚呼，然後又聽到一串咒罵聲。臉上和衣服都被灰弄得黏呼呼的軍官回來了。

「這是電線式的陷阱喲！做得相當精巧，只要稍微碰觸到樹枝就會反彈回來，然後就會變成這樣。拿來惡作劇不是正好嗎？」

軍官一邊嘮叨著，一邊到小溪裡去洗臉。

「那個如果是炸彈的話，怎麼辦呢？總而言之，那個人用這種方式解決了兩位軍官。剩下來的只有我和你喲，塔克！」

正當上尉這麼說道的時候，一支箭飛了過來，從距離上尉臉部只有幾公分的地方擦過，刺到了後面的木頭上。雖然當上尉聽到箭的空切音時，立即掏出手槍並彎下了腰，不過最後他還是緩緩地站了起來，把手槍收進皮套裡去。

「我投降了，上校。我們三位軍人已經都被您解決掉了。不過，還是希望您能夠理解。我們是帶著皇太子親筆寫的信來交付給您的。如果不直接交給您的話，我們是無法回去的。就讓我們見見您吧！」

森林還是一片寂靜。突然，一棵樹根部那邊的草叢動了起來，變成了人的形狀，進到塔克的視野內了。是野兔爺爺！野兔爺爺用綠色的布，把臉和身體給覆蓋起來。背面插滿了小樹枝和樹葉，完全無法和森林裡的樹木作區別。老人的手上拿著兩把長弓。

「你的父親比你更加用心喔！庫瑪加納。」

野兔爺爺邊脫下覆蓋在臉上的頭巾，邊往外頭走了出去。

「還有那裡的軍官們也是一樣，如果我是司令官的話，可是會突然到基礎訓練場去的喔！在這裡，如果我想的話，早就把你們殺掉十次了。自動來福槍怎麼了呢？刀子呢？還有，塔克，我之前已經說過了，這是第二次告訴你，不准帶著武裝的傢伙到這裡來。下次你再這麼做的話，我會把你放在爐火上用煙慢慢地燻喔！怎麼樣，和這個多毛的蠢男人玩模仿軍隊的遊戲，玩的很開心吧？」

雖然野兔爺爺這麼說著，一邊卻像外國人一樣對上尉伸出了一隻手，讓塔克看傻了眼。上尉微笑著握住了野兔爺爺的手。

「從父親開始便一直受您照顧了！在熊慶典的時候，希望您大駕光臨。我會準備上等的鹿肉來招待您的！」

接著庫瑪加納上尉翻著上衣的內側，拿出一個蓋有皇室印章的防水袋，並把它交給老人。老人把弓放下，單膝下跪，用兩手恭敬地接了下來。讀完信後，他小心翼翼地把信放回袋中，然後用銳利的金色眼睛朝塔克看去。

「這是爲什麼？」

「因爲老師是我最尊敬的人。」

「爲什麼？」

「因爲老師對於山的事情、或是大自然的事情、歷史，不對，不管是什麼事情，老師都比任何人還要清楚。這世界上，不管是什麼人都沒辦法贏過老師。」

野兔爺爺笑了。

「如果你是眞的這麼想的話，不好意思，那我可能要讓你失望了！」

「沒有這回事。」

塔克堅定地說著。野兔爺爺只是微笑地看著塔克。

「我不會失望的。老師是對於學習絕不輕言放棄的人。我想要知道的，也就是如何堅持不放棄地去學習。所以，請讓我成爲你的徒弟。你所說的事情我一定都會做，不管是任何事！」

山林老人指著那邊的三個人。

「你看到了什麼？」

「軍人。」

「讓他們成爲軍人的是什麼東西呢？」

「軍服，然後還有槍。」

「是那些東西讓他們看起來像是軍人嗎？」

「訓練對於軍人來說也是必須的。」

「如果現在有戰爭的話，這些軍人們老早就死了喲！如果要在我的手下過日子的話，就一定要比軍人還要自立才行。算了，總而言之都已經進到這個家裡來了，已經都被你們佔據了。我泡些好喝的茶給你們吧！反正你們一定是弄那種像老鼠大便一樣的軍用咖啡吧？」

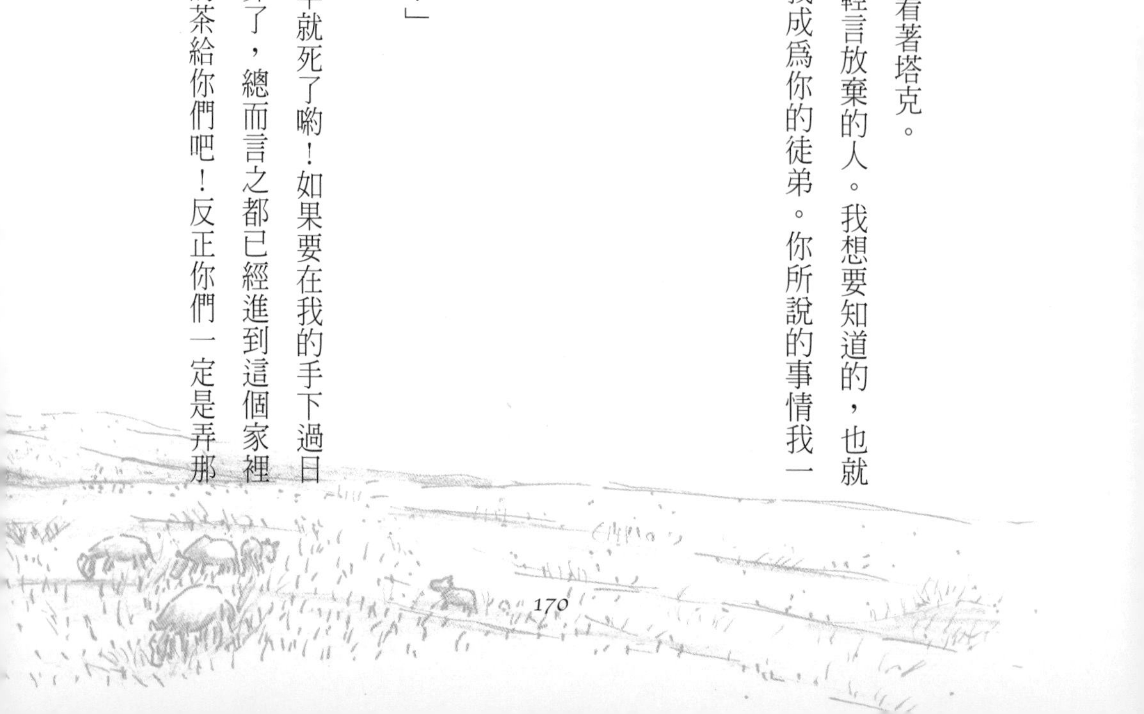

熊

熊類喙在冬天休眠，他們喙退居預先備好的窩穴，以體內儲藏的脂肪維生，此階段與真正冬眠不同，冬眠時的熊體溫會下降。

回到小屋，邊喝著加上蜂蜜的茶，上尉問道，對於皇太子的信，要如何回覆呢？

「到目前爲止，我從來沒有拒絕過皇室的要求。就連我父親也從來沒有過。」老人威嚴地回答。「我曾經和陸軍吵過架，和政府間也有許多恩怨。但是這種情況下，我的答案是YES！就把這隻小猩猩暫時留在我這邊，看看有沒有什麼事是我可以教他的。他好像很會劈柴和刷鍋子，飼養羊和拉弓好像也很在行的樣子。不過有個條件。」

「是的。」塔克不可置信地回答。

「首先，你要學會區分這座山裡所有的樹和灌木，還要能說出它們的名稱、學名、以及你自己想出來的名字。

在明年春天以前，要把它們全部都速寫完成，鳥和動物也是一樣。還有至少一百種的蟲類，要全部會區分，不知道名字的就取一個，速寫、觀察其生態。雖然早晚會要你自己到外面建座小屋，不過因爲在那之前，你要和我在這裡一起生活，所以有關我的專業領域，你一定要達到能和我溝通的程度才行。還有一個，你還要學習外國語言和我進行簡單的對話。你有到過殷國，接觸過眞正的殷語，這個部分我們就用殷語來進行吧！」

「好，就用殷語吧！」塔克說道。

「明年冬天，你要帶我到熊的巢穴去喔！熊實際在使用的巢穴。還有第三個，你不能帶狗，讓狗幫你找，要一個人自己去找，可以嗎？」

塔克點點頭。

「然後還有一個，同樣是在明年冬天以前，你要能夠從百步的射程外射中目標。不過，練習的時候要從左右兩側來射，不要讓脊椎變形，懂了嗎？」

「是的。」

「獎學金的期限是一年，不過你從畢業到進入軍隊之前的這段時間內，只要休假的時候到我這裡來就可以了。有時候住在這裡，有時候和我一起去旅行。」

塔克因爲內心激動而高喊著。但是他臉上，一瞬間浮現出有些擔心的表

情，不過山林老人並沒有看到。

「像是狩獵日、羊隻的消毒或是剃毛，還有幫忙接生或是刺青的日子，這些時候你待在家裡就可以了，除此之外的時間你都要和我一起行動。你的父親應該也能理解吧！」

「是的。」

「懂了的話就回家去吧！」野兔爺爺說道，「我想下次皇太子就會送我一隻眞正的小猴子了吧！」

大家都笑了。一起笑著的塔克，並沒有去想野兔爺爺這麼說，是不是認眞的。

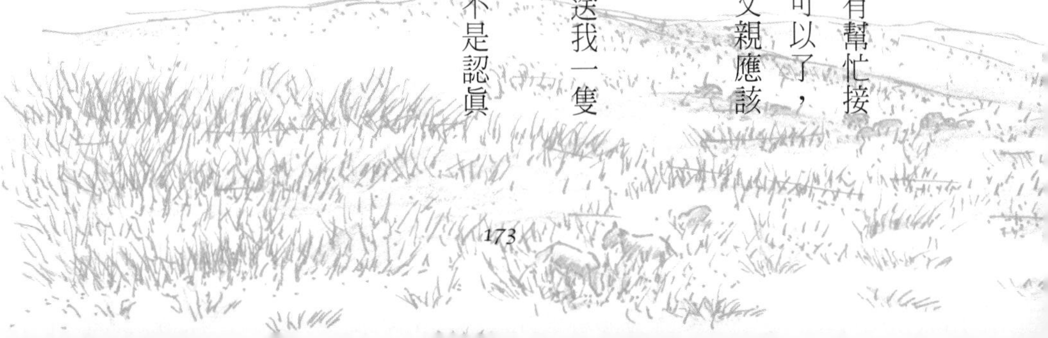

10 侯爵家作客

到了秋天，塔克接受了葛洛斯塔侯爵的邀請，終於來到了艾森堡。抵達機場時，穿著制服的司機舉著牌子等著，牌子上大大地寫著塔克的名字。外面停著一輛從來沒見過的、大且閃閃發亮的車子。車的座椅是皮革的，在後座還有電視、電話以及吧台。司機把塔克的行李放到後車箱裡去，告訴他可以喝果汁或是任何他喜歡的東西之後，把侯爵的親筆信交給了塔克。

信的內容是這樣的：

明天九點，派人來迎接你。在旅館中除了吃飯以外，有任何想要的東西，只要簽個名就可以。希望你能在城鎮裡到處走走，玩得開心。真是可惜我無法去接你，不過我期待著明日的相見。

葛洛斯塔

拚命學習的般語終於派上了用場。雖然開口說有點不好意思，也還是說的不好，不過像這種信已經可以輕鬆地就看懂了。雖然說看侯爵手寫的字看得很辛苦。

洗完澡，在最高級的灰色上衣外套上了白襯衫和藍色絲綢領巾，穿上卡其色短褲和新的皮馬靴後，塔克一個人到旅館的餐廳去吃晚餐。吃完晚飯的時候，已經超過九點了。雖然天氣有點冷，塔克還是外出散步。回來的時候是十一點。有一種自己好像已經是大人了的感覺。他打開電視，脫掉靴子和上衣躺在床上看電視，不知不覺就睡著了。

隔天早上，塔克因爲聽見敲門聲而醒了過來。服務生推著載有豐盛早餐的餐車站在那裡。吃完早餐快要九點之前，他洗了臉、梳了頭髮、把行李放到大廳。一看到塔克的身影，穿著花呢套裝的青年立刻伸出手，走了過來。

「塔克山海，歡迎光臨！」

他用生硬的齊威語說道，然後噗嗤地笑了一聲，之後用般語說道。

「目前，我會說的齊威語就只有這些。我叫湯姆・史麥斯・威爾森。是侯爵拜託我來接你的。我也是正在休假被邀請來的。讓我們好好地玩吧！」

塔克和湯姆一起走到前廳。剛開始覺得他好像是軍人，一問之下果然沒錯，好像是近衛騎兵連隊的軍官的樣子。在玄關外面，橫放著一台紅色的休旅車。像這樣高性能的交通工具，塔克還是第一次看到。

他們穿梭在田園風光裡。一開始，開在蜿蜒的綠色丘陵上，週遭是接連不斷的旱田和牧場，不久後路越來越險峻，景色也變換成紫色石南所覆蓋的丘陵。四周都是石造的房屋。湯姆的車越過了好幾條美麗的河川，穿過了好幾個高地上的湖泊。

一路上，雖然塔克對於不斷攀談的湯姆所談及的內容多半只是一知半解，不過儘管如此，他內心興奮的程度，始終沒有改變。

到抵達侯爵的宅邸之前，總共歷經兩個鐘頭的車程。汽車在正門口處，接受一位和藹可親的警衛的檢查過後，便在曲折蜿延的道路上穿越過高聳林立的樹林，以及油油亮亮的綠色草坪，一路向前行駛。

雖然說是宅邸，更明確地說，那應該是一幢「宮殿」，是一幢淺灰色石頭砌成、豪華壯麗的建築物。屋頂是用綠色石板覆蓋，可以看見上面還有許多約一丈高的小堡塔。那些預留著槍眼準備作爲架設弓箭或槍械之用的堡塔群之中，有一座堡塔上面掛著一面隨風飄揚、繡著葛洛斯塔侯爵徽章的旗幟。

汽車才一停好，穿著黑色及白色制服的傭人們便前來迎接，並將隨行的行

李以及湯姆的槍箱接收過去。

「侯爵人現在正在射擊場裡面。」管家說道。「您要這樣過去，還是先行換裝呢？」塔克只帶著兩件上衣以及三條長褲過來，並沒有帶父親出席正式場合時所穿著的那種長式雙扣禮服。

「這孩子這樣子就行了。」湯姆說道。「我會帶他過去的。那麼塔克，跟著我來吧！」

隨跟在湯姆後面的塔克，宛如走迷宮似的穿越了好幾道走廊。他們沿著走廊陳列著的一整排鎧甲、武器、古老的肖像畫以及版畫等等物品來到了後門，越過綠油油的香草園區後，眼前展開的是一大片廣闊的草坪，在那前方有一片墨綠色的松樹林，綿延在草木繁茂的山丘上。

稍微再步行一段路，就是射擊場了，有一名男子上身俯臥在木頭平臺上，在瞄準檯上架著一把步槍，正朝著並列在前面位置的標靶進行射擊。另一位男子，坐在放置著三腳架的大型望遠鏡附近，沿著子彈擊發的軌跡進行確認。侯爵則是站在後方，拿著雙筒望遠鏡看著槍靶。每當射手一扣扳機，周圍就迴響著步槍的槍聲。

「很不錯喔，約翰。這次是槍靶的中心位置對吧，尼魯？」

「是的，殿下。」坐在望遠鏡附近的男子說道。「只是稍微有點偏低。」

男子再度裝添子彈，固定好槍枝後再一次扣住扳機射擊。

「是正中心位置，殿下。」

窺視著望遠鏡的男子，是一位白髮蒼蒼而且個子不高的男性，穿著斜紋軟呢製的夾克和長筒襪，以及一雙看似堅固耐穿的鞋子。直到後來，塔克才終於明白那種斜紋軟呢的花紋是這座莊園獨有的圖案，也是此處的獵園管理者以及嚮導們的制服。

「還要再射一槍嗎，約翰？」

「不，這樣子就夠了。」

他將步槍取下，置放於下方，並把槍鏜後方打開，接著站起身子來。侯爵轉過身體向後看著塔克和湯姆。

「哎呀，湯姆，這麼早就到了啊！該不會是飛奔過來的吧？你終於來了，塔克。非常歡迎你。你能來到這裡，實在是太讓我感到高興了！」

塔克把帽子拿掉躬鞠行了個禮，接著恭恭敬敬地握著侯爵伸出的手掌。

「這位是我的好朋友約翰．馬克威博士。這位是塔克山海，就是之前提過的那一位齊威少年喲！」

塔克再次躬鞠行禮，並和博士握手。

「這個孩子真的很不錯吧，尼魯?」侯爵問道。

坐在望遠鏡附近的男子朝著塔克打量似的看了一眼。

「最後射程距離有二百四十三公尺。彈道極爲平坦，火力也足夠，而且又輕巧，這是一把非常準確而適當的槍枝。就帶去吧!」

塔克完全聽不懂他們在說些什麼，不過當那位矮個子的男子退到後頭來，當面遞給他另一把步槍的時候，塔克終於理解了。雖然塔克常常幫父親整理並清潔槍枝，可是到目前爲止，他從未見到過這麼漂亮的步槍。雖然是用優美的核桃木製成的，但是卻非常地輕巧，扛在肩膀上也相當輕鬆自在。塔克也是第一次看到望遠瞄準器。就算距離一百五十公尺遠，也能夠清楚地看到槍靶上的彈痕吧!矮個子的男子交給他一箱子彈。

「請試射兩、三發子彈看看，塔克。」侯爵說道。「射擊打靶是這孩子與生俱來的天賦喲!他可是射箭比賽的冠軍呢。」

塔克搖了搖頭，將步槍交還回去。

「我不會使用步槍。因爲父親交待過不可以使用步槍。他說過現在使用步槍還太早了點，所以不准我使用。雖然我真的很希望可以用，不過還是不可以。」

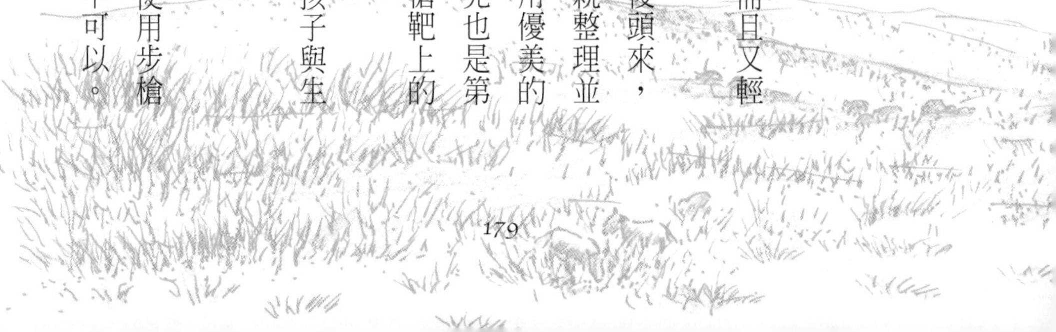

眞是抱歉，因爲父親曾經交待過。」

「我知道了。雖然感到很遺憾，不過既然令尊這麼吩咐過的話，那麼就放棄吧！」侯爵轉過身，面向湯姆。「那你怎麼樣，湯姆。要不要試試看？」

「如果可以的話，殿下，我想使用自己的步槍。因爲我有將自己的步槍攜帶過來，口徑爲三〇八。」

「那麼尼魯，就幫他檢查一下吧！塔克，你有空的話想要去觀看也沒有關係。明天，就跟著湯姆去狩獵雄鹿吧！」

看著湯姆所射出去的二十發子彈，發發都能射中槍靶的正中心位置，塔克其實自己也好想射，想的不得了。就和大多數的男孩子一樣，塔克也很喜歡射擊這活動，只是父親的命令絕對不可違背。

其他的賓客也都陸陸續續地抵達此地。在這當中就屬塔克最年輕。

隔天早晨，湯姆及尼魯帶著塔克一齊出發去狩獵。一個體形瘦長，名叫威利的年輕人，牽了一匹安著奇怪馬鞍的迷你馬走過來。這個奇怪的馬鞍好像是一種用來載運獵捕到的雄鹿之類的東西。尼魯手持著湯姆的步槍，另外又拿著一根前端呈Y字形的長條手杖，以及黃銅製的大型望遠鏡。湯姆的脖子上則掛著一副戶外用輕型雙筒望遠鏡。

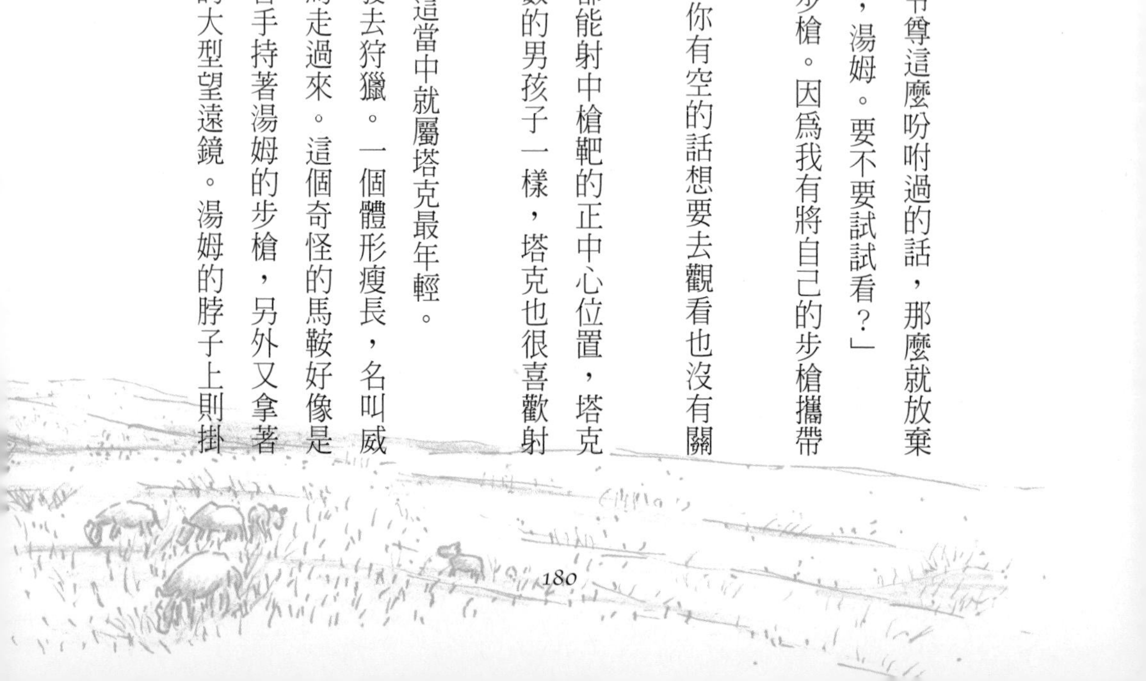

麅鹿
鼻頭有黑色橫紋，下巴及喉嚨有形狀不一的白色斑塊，臀部的白色斑塊受到驚擾會便蓬鬆，雄性臀斑為腎形，雌性為心形。

塔克之外的每個人全都穿著斜紋軟呢製成的衣物，塔克則穿著比較老舊的上衣及長褲。侯爵並且差人準備了一雙適合他的橡膠製高筒靴。眾人坐著吉普車穿過宅邸後方森林的時候，還遇見好幾隻穴兔和許多的雉雞，也看到三隻一邊機警地鳴叫著、一邊逃竄的小鹿。

「是麅鹿（roe deer）喲！」湯姆說道。「不過我們今天的目標不是那些傢伙。」道路逐漸變成上坡路段。一行人離開森林，向上行駛，越過蕨類茂密的坡道，並渡過好幾條水勢湍急的河川。

抵達目標丘陵的山頂附近

時，衆人下了吉普車，尼魯吩咐塔克及威利靜靜地待在那邊。之後湯姆及尼魯兩個人匍匐在地上，向山頂處爬行。到達丘陵頂端的他們，接著偵察背面的山坡。尼魯用望遠鏡瞭望著斜坡那頭，掌握到有三對鹿群分別由一隻雄鹿帶頭率領著雌鹿群。除此之外，也有好幾隻落單的雄鹿零星地散布在各個角落。因爲鹿兒們全都分散在整片丘陵的斜坡上，只要瞄準其中某一隻並接近牠，不管哪一群麋鹿都會察覺到。這麼一來，到最後所有麋鹿終將在轉瞬之間四處逃散。於是，這兩位男性又爬了回來。

「繞回山坡的另一頭去吧！」尼魯說道，彷彿是要去好好地散個步之類的口氣。結果，他們走了兩個小時。

在那兩小時裡，大多數的時間，他們兩人都沿著上游的河床溯溪走著。因爲從那裡向前進的話，不僅可以利用高大的河堤來掩護身體，更可以藉由水流的聲音來掩蓋腳步聲。走到距離目的地不遠的地方，威利和迷你馬一齊待在小草坪上的地窪處上等著，只有塔克一個人繼續跟著他們一齊同行。很快地，塔克就流汗流得全身濕透了。而身穿斜紋軟呢的兩個人，雖然也是全身濕淋淋的，但卻一點兒都不在意的樣子。塔克因爲衣物較爲單薄，而且全身幾乎濕到骨子裡，所以冷得不得了。

過了不久，三個人離開了河川，藏匿在被霧氣沾濕的草叢及石南叢裡，俯臥在地上差不多有三十分鐘之久。每當塔克上衣發出沙沙的吵雜聲響時，尼魯就會不停地投以煩躁的眼光，最後終於忍無可忍，對塔克示意他必須一動也不動地、一聲不響地趴在地上。

經過一個小時的時間，尼魯和湯姆曾經靠近到能夠瞄準一隻漂亮雄鹿的距離。那群雌鹿們保持警戒地守著，而那頭雄鹿則是彎曲著腳打瞌睡。當雌鹿們像這樣子在看守戒備的時候，想要瞄準目標是相當困難的一件事，而且尼魯也不喜歡射擊正在睡覺的雄鹿。

原因除了這樣子做很沒有運動家精神之外，也因爲在這種姿勢下，雄鹿的心臟恰好位於前腳腿骨的後方，如果正在戶外狩獵的是別人的話，尼魯或許也會勸他在這種姿勢下最好是射擊頭部，當然這比射擊心臟部位還要來的困難許多，但是這樣就可以一槍斃命。

湯姆的射擊本領雖然在射擊場上已經被證實過了，但是到目前爲止，卻很少跟人一齊到戶外狩獵過，而且就連尼魯也不太確信能夠命中目標。

就這樣，兩個人就那樣維持著原狀，一直等待著。

就在這時候，落單的一隻雄鹿跑到丘陵上面來，發出那種挑釁對手的高亢鳴叫聲。面對這叫聲，身爲領袖的那隻雄鹿不慌不忙地站起來，伸長脖子，也發出接受挑戰的鳴叫聲。那是一種我方也準備好要開始戰鬥的訊號。

「砰！……咻！」

可以聽到一聲宛如是巨大皮鞭急速抽打的聲音。那是高速的子彈被擊發的聲音，以及緊接而來被那顆子彈射中時獵物所發出的反應聲。塔克什麼也沒有看到。就那樣的等待著，直到他看見湯姆在相隔一段距離的地方站了起來，高舉著步槍揮舞著。塔克跑了過去。

湯姆從距離約有一百八十公尺遠的位置射中那隻雄鹿，是一槍斃命，一發命中心臟。塔克抵達那邊的時候，尼魯已經將雄鹿給剖了開來，開始進行拔除內臟的動作。首先用單手將食道牢牢地握住，再用刀子把食道割開。之後，腸子也是同樣的動作。塔克雖然對於屠宰牲畜早就習以爲常，可是當他看到尼魯在進行這種工作時，還是會感到有點震驚，原因是尼魯讓獵物的鮮血向地面流去。因爲尼魯在麋鹿的胸骨正上方咽喉的部分切了一個開口，讓鮮血就這麼流出來的關係。在塔克的國家裡，動物們的血液不論在什麼情況之下都要取出來放好才行。特別是在以前，隨意遺棄動物們的血是犯了違反皇帝旨意的重罪。

「難道不用拿去河川那邊用水沖洗嗎？」

麋鹿
具有毛髮的喉垂（肉垂），寬大吻部，嘴唇靈活，能抓住水生植物，從嫩枝上剝取樹葉。有寬大的蹄，方便於泥沼、雪地上行走。雄性巨大的鹿角展幅可達兩公尺寬，叉角由掌形的「主幹」生長出，數量可達二十枝。

塔克指著胃臟和腸子詢問著。

兩位男性盯著塔克看了一會兒，過了不久，湯姆好像瞭解似地點了點頭。

「不，塔克，這些就是要這樣子放著，作爲老鷹和烏鴉的食物。雖然以前，也曾經有過爲了將整隻鹿給抬回去而耗費相當多時間的情況，但是現在都已經習慣將胃及腸子現場直接清除乾淨。因爲若不這麼處理的話，獵物在半天之內就會腐壞掉。當然，在處理豬隻及羊隻的時候，內臟是不會丟棄的。牛隻也是。但是麋鹿就不一樣。難道在齊威，內臟什麼的全部都會被拿來使用嗎？」

「嗯。」

「那樣最好啊！我也在想什麼時候去一趟齊威，和你一起狩獵麋鹿呢！」

塔克從來沒有想過自己會去狩獵麋鹿。因爲在齊威，麋鹿是皇帝的獵物。

肝臟和腎臟以及被射穿的心臟，則是不取出來，就那樣子殘留在體內放置著。聽到回去之後，那些是要當作莊園裡狗兒們的飼料，塔克再度感覺有點震撼。他跪在雄鹿沈重頭部的旁邊，窺視著那雙褐色的大眼睛。墨綠色的瞳孔裡映照著纖長睫毛的影子。塔克撫摸著厚實的毛皮，輕輕地觸碰那寬廣的犄角。是一雙有著六處分叉的美麗犄角。

「眞是隻好看的雄鹿啊！」湯姆說道。「大概再過一百公里，就會有比這隻更漂亮的雄鹿吧！」

事實上那隻雄鹿已經比齊威野生森林裡頭的麋鹿還要大得多。尼魯走到附近的小河流邊，洗完手後回來。

「要吃午餐了嗎？」

「好啊。」

湯姆將背包拿了過來，拿出啤酒開始邊吃邊喝。尼魯則一邊咀嚼著食物，一邊注視著齊威少年，一段時間之後他停止進食，用手指著塔克身上滿是泥巴

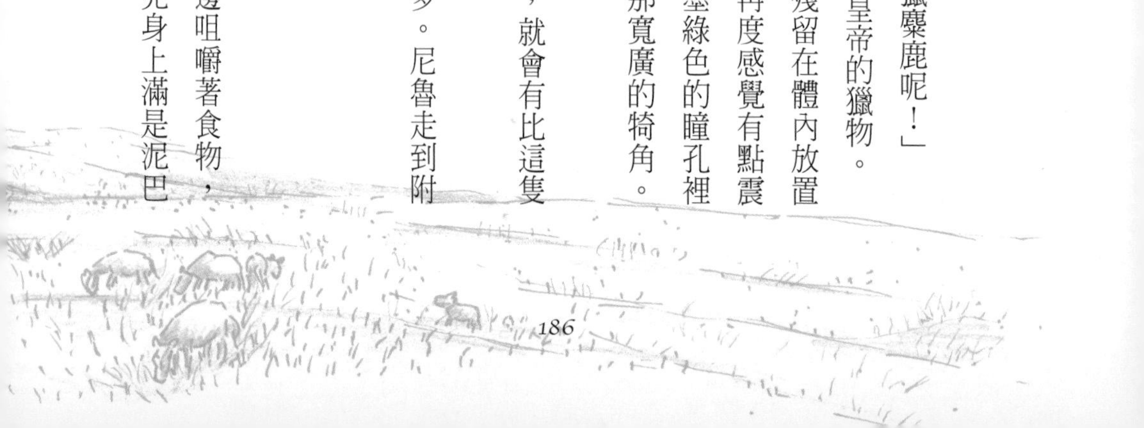

而且濕淋淋的上衣及長褲。

「你有斜紋軟呢的衣服吧！看你這身裝扮就像是一個沒什麼狩獵經驗的毛頭小子似的，十分引人側目，看你那樣全身濕透，像是隻溺了水的老鼠，怎麼可能不發抖呢？難道在你的國家，狩獵時你們全都這身裝扮嗎？」

塔克解釋著在齊威狩獵主要都是穿著毛皮或是羊皮，因爲一般情況下，都是乘著馬出去，所以不會像這樣匍匐在地上前進。而且在齊威，大部分都是在樹木茂密的森林之中進行狩獵活動的。

那天，他們又另外獵捕到一頭雄鹿，因爲這裡是半山腰，所以三個人必須合力搬到山下才行。威利用迷你馬將最先獵到的那頭大麋鹿運到吉普車那邊，他們耗費了相當久的時間，才回到侯爵的宅邸裡去。

他們回到宅邸後，塔克幫尼魯將雄鹿搬到屠宰場去。麋鹿的身體要在那邊吊掛一段時間，才會開始進行肢解的工作。

能夠在歷經一整天的疲勞之後泡個澡，是件令人再高興不過的事了。脫掉那身濕淋淋而又沾滿髒污的衣物，橫躺在細長而又新奇的澡盆裡，塔克一幕幕地回想今天看到的各種事物。在這裡所進行的狩獵行爲，就像是一場體育競賽似的。不用說也知道鹿肉會分給宅邸的人們享用，而剩下多餘的部分則是轉賣出售。因爲獵物的數量受到嚴格而又謹慎的控制，如果不進行獵殺的話，麋鹿的數量就會不斷增加，這將會對牠們自己的生活環境造成不好的影響。但是，像湯姆這樣的年輕軍官，爲什麼會如此熱衷於練習射擊麋鹿的技巧呢？好像獵鹿這件事，不單單只是在最後那一刻扣住扳機而已。獵人們還必須瞭解麋鹿的習性、推敲麋鹿的動向，甚至要懂得利用風勢或者地形做掩護，是一種極爲困難的技巧。塔克就這樣一邊舒服地泡著澡，一邊想著這些事情。

隔天早晨，湯姆出門到別座山林裡進行射擊，而塔克則是隨著管家搭車外出到鎮上，訂製斜紋軟呢的外套和長褲。服裝店的負責人保證在周末之前就可以製作完成。從鎮上回來之後，塔克把在莊園裡四處行走當作消遣。

就麋鹿而言，一年之內必須要宰殺多少數量，另外要屠殺哪一隻等等，都是根據獵園管理者的觀察和目前所統計的數據來決定的。就和其他座的大型莊園相同，在這莊園裡，每年也都必須將一定數量的野生麋鹿給宰殺處理掉。如果置之不理的話，數量會增加過多，過剩的鹿群會啃食小樹木的樹皮，最後下山毀壞農田。如果在生長環境裡面都沒有自然界的天敵存在的話，那麼人類就非以獵人的姿態，來抑制動物族群的數量不可。只是不管在任何情況下，都必須讓麋鹿當場斃命才行。在嚴冬的時候，雄鹿以及某些雌鹿成了狩獵的目

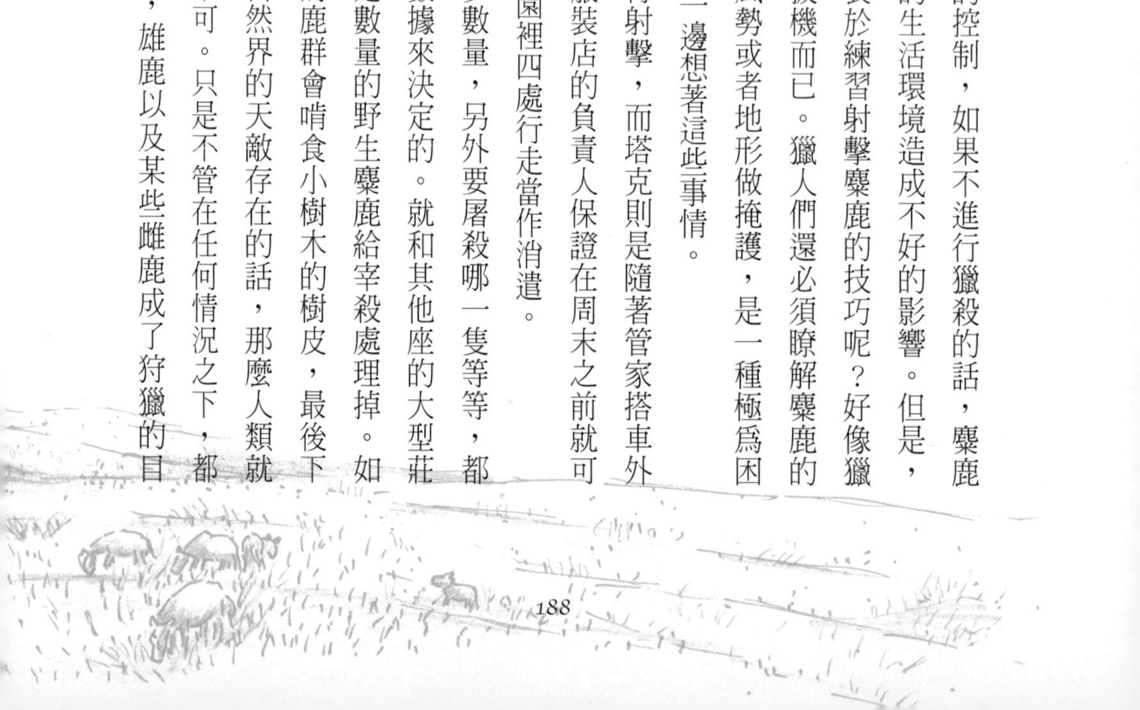

標，牠們的肉及皮革可以賣到很高的價錢。客人們只可以將雄鹿的犄角給帶回去。雖然只要再支付一些費用，就可以將鹿頭剝製成標本帶走，不過其他剩餘的部分全都得歸莊園所有。

當天晚上，侯爵在晚餐過後囑咐塔克隔天早上十一點的時候來圖書室一趟，可是塔克完全將這件事情給忘記了，就在隔天清晨喝完咖啡之後，塔克待在農場上觀看製作奶油的過程。因爲傭人來呼喚他過去，塔克才急急忙忙朝著圖書館方向過去。

侯爵正站由橡木製成的大型書桌旁邊，桌子的上方有兩個長箱子。侯爵手指著箱子說道：「這是給你的禮物，塔克。打開來看看吧！」

那裡面裝的是一把獵弓。但是，塔克到目前爲止還沒有見過這樣子的獵弓。在強而有力的彎弓上，附加著許多複雜的功能，乍看之下和庫瑪加納上尉的獵弓一樣強勁。不過因爲這個獵弓上附有小滑輪，所以就連塔克這樣的少年也能夠操作使用。此外，這把獵弓附有一個維持平衡用的鉛錘，以及一個可供調節的瞄準器在上頭。和傳統的獵弓相比，雖然絕對沒有傳統獵弓來得好看，但是操作使用上卻很方便。箱子裡面還有箭筒以及保護手腕的護具，此外還有二十支箭在裡面。有十支是射靶專用的箭，另外十支上面附著像剃刀般鋒利箭頭的狩獵用弓箭。爲了增加殺傷力，那箭頭上傾斜地夾插著數個小小的刀刃。

「這是你的喲，塔克。就用這個做一下練習吧！去和尼魯說，請他幫你做個獵弓用的標靶。像這樣子的獵弓，在以前可是連大象都可以獵殺呢！」

塔克因爲不知道該怎麼道謝才好，所以用兩手將獵弓和箭筒高高舉起，彎曲著一隻腳，跪了下去。侯爵胡亂地撥弄著少年的頭髮。

「哎呀，可以了。去試看看你能將這把獵弓運用到什麼地步吧！」

在射擊場裡，標靶被放置在距離有五十公尺遠的射程範圍裡。不到一個小時的時間，塔克就已經完全熟悉這把獵弓的操作方式了。

獵弓那強勁的力道令他深深著迷。當要去拔出那些插在綁著稻草箭靶裡的箭時，甚至還得使上一些力，才能夠把箭拔出來。而且方位極爲準確，因爲上面還有抵抗風阻的調節功能。

一定是有誰正在看著塔克的射擊練習。隔天早上，塔克去到射擊場時，靶子已經被移到一百公尺遠的地方。塔克調了一下瞄準器，接著又再度反覆地做射擊練習。也是不到一個小時的時間，箭就全都不偏不倚地射在標靶的正中央了。塔克也注意到所射出的每支箭本身，都能夠好好地維持著平衡，就像藍隊在殷國做射擊表演時，所射出的、紮實的每一箭一樣。

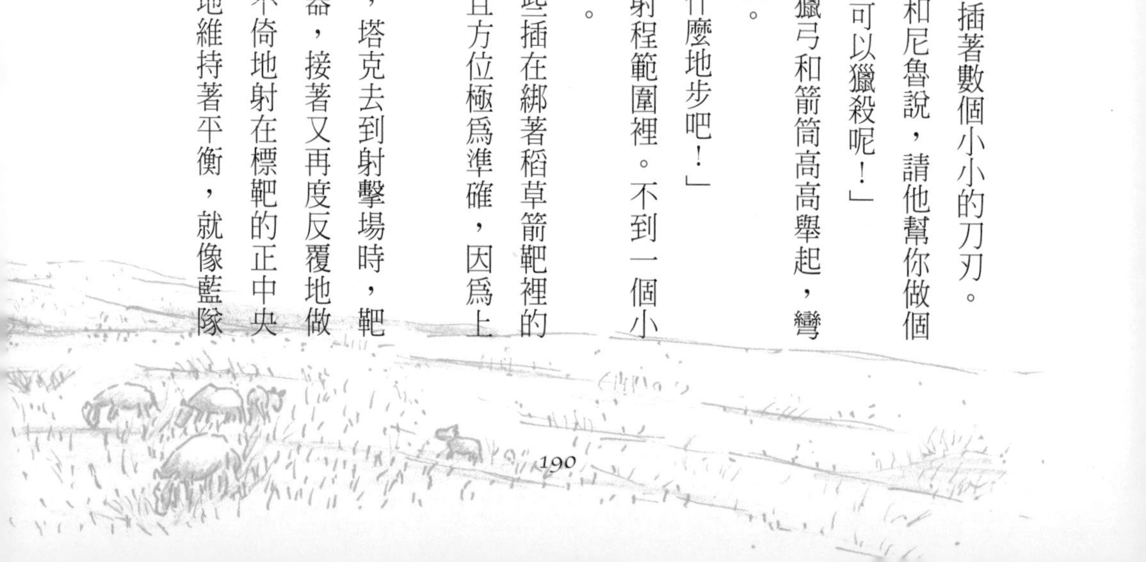

到中午爲止，塔克已經練習了三個鐘頭。原本打算下午還要繼續做練習的，但因爲馬廄的看守人員問他要不要來幫忙馬兒跑步做運動，塔克便非常高興地跟了過去，和那些年輕的飼養人員騎馬賽跑了，眞是毫不費力就能輕鬆獲勝呢！

當天晚上，塔克在臥室裡只有拉了一小時的獵弓。塔克沒有忘記照野兔爺爺所說的那樣，左右交互地拉獵弓。才練習了一下子，就感覺得到肩膀、胸部和手臂，以及背後的肌肉變得精力充沛了。

周六的早上，才一去到射擊場上，塔克就發現標靶的距離已經被挪到一百五十公尺遠的地方了，那相當於步槍射擊的第一回合槍靶的位置。塔克調了一下瞄準器，姿勢端正地取出弓箭並且射出去。再一次，花不到一個鐘頭的時間，他的箭就全都命中箭靶的正中心了。

侯爵站在書房的窗邊，用戶外用雙筒望遠鏡看著塔克的練習情形。他臉上露出微笑，他拿起安裝防止竊聽功能的話筒，撥打著電話。

當晚用餐的時候，塔克被安排坐在侯爵的隔壁。就在上甜點的時候，侯爵不經意地說出草坪及菜園裡頭常會有穴兔出沒，因而造成相當重大損失的事情。而且因爲有飼養狗兒和貓隻，所以沒辦法架設捕捉野兔的陷阱，也不能用槍械射擊，所以感到非常困擾。

「對了，可以用送你的那把獵弓消滅掉野兔吧！當我還是個小孩子的時候，總是會用空氣步槍把那些動物們好好教訓一番呢！可是和空氣步槍相比，我認爲用你那個獵弓一定會更有幫助吧！」

被這麼一說，理所當然地，塔克心裡非常高興。

因此，在周日的清晨，趁著宅邸全都還被晨間的濃霧所籠罩著的時候，塔克就起床，換上全新的斜紋軟呢製衣裳。箭則採用射靶專用的箭，因爲是射獵穴兔之類的動物，所以不想使用那種狩獵專用的上等弓箭。

繞到宅邸的後方，確實有許多隻的穴兔。那天，在早餐之前，塔克就已經獵捕到三隻野兔。只是因爲太專注於追捕獵物，以至於完全沒有注意到在那期間，始終都有一位狩獵員正注視著自己。

雖然每天塔克都被帶去釣魚或是騎馬，可是他在早上獵捕穴兔的事情，卻也不曾中斷過。持續了有一周之久，可以瞄準的距離也逐漸加長，他每天都將內臟清除過、毛皮也剝除掉的野兔遞交給廚師。兔肉有時候也會送到狗屋那邊去，偶爾還可以得到美味可口的餡餅。侯爵將受命監視塔克的狩獵員叫了過去，並且詢問他的建議。

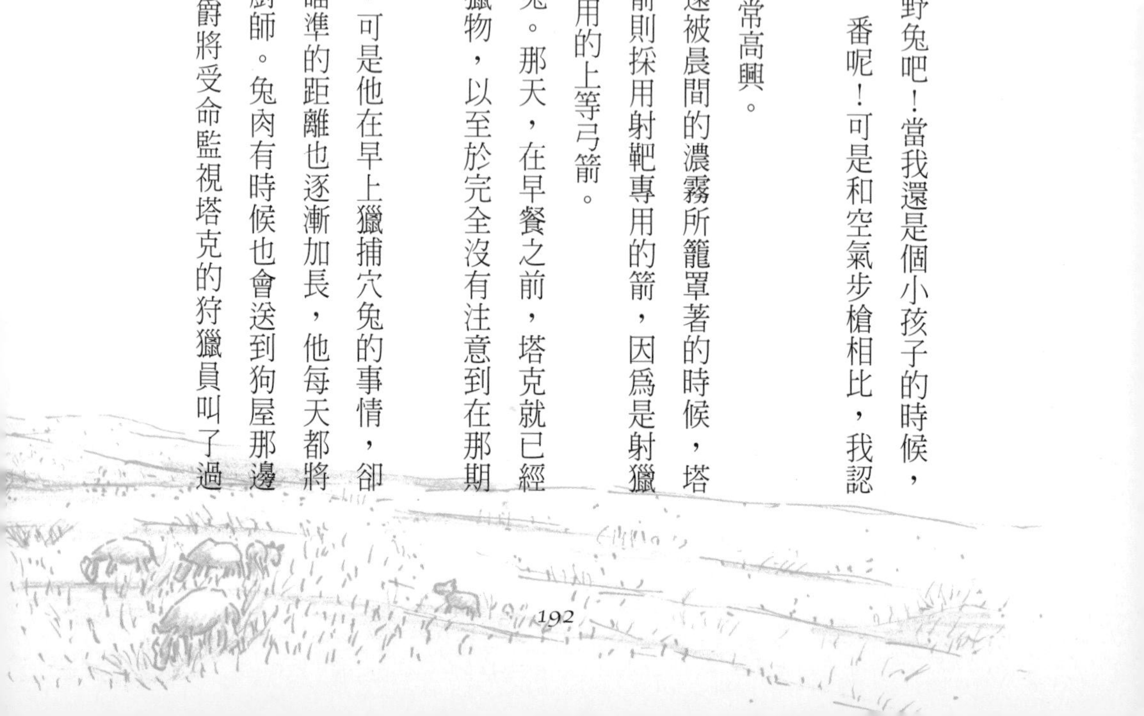

紅鹿
鹿角有許多的分叉，對棲息地、食物類型適應力很強。

「是這樣的，凡是被那位年輕人瞄準的獵物，就必定會被射中，而且絕對不會有那種故意用箭去傷害其他動物等等的隨便亂來的情況。他非常慎重小心，簡直就像個天生的獵人呢！」

「那麼，雄鹿那邊怎麼樣了？能夠靠近到足以瞄準射殺的距離了嗎？」

狩獵員摸了摸下巴。

「關於那件事就如同先前和您報告的一樣。前天在森林裡曾經發現到麞鹿，如果在當時想要獵殺的話，的確是沒有問題的。至於紅鹿（red deer），如果只是接近獵物的話，這也是沒有問題的。跟隨著尼魯往前進的話，這點確實可以做得到。只要經過兩、三天的指導就足夠了。問題在於要怎麼做才能將身體給隱藏起來。因爲如果要拉開弓箭射擊的話，以俯臥的姿勢是辦不到的。」

「好吧！等尼魯回來的時候傳話給他，說我有事想要和他說。」

隔天下午，塔克被告知說要帶著狩獵用的獵弓和箭到射擊場來。到達射擊場的時候，侯爵和獵園管理者的總管尼魯，以及湯姆早已經在那邊等著了。箭靶的上面貼著紙，紙上面則畫著黑色的麋鹿側影，射程是一百五十公尺遠。

「就三支箭，塔克，沈穩一點試試看！」侯爵說道。

塔克很有自信。深呼吸，把箭搭在獵弓上，拉開弓弦，放開射出。飛箭正中描繪出來的麋鹿胸部中心位置。

「要致命的話，得再瞄準低一點點的位置。剛才那樣子射的話，不會射中心臟部分，而會射中肺部。」尼魯說道。

第二支箭射在距離最初那支箭所刺中的地方還要再低個二十公分左右的地方。尼魯輕聲叫好，並向侯爵點了點頭。接著塔克射出第三支箭。這支箭仍舊命中目標。

侯爵站在他的前方位置。

「把我當成是塊岩石，塔克。這次是從岩石後方跨一步出來，然後射箭。前方的麋鹿不會一直都站著動也不動的喔！知道嗎？」

塔克點了點頭。把箭搭在獵弓上，擺出高舉獵弓的動作，半拉著弓弦，然後從侯爵的背後向前跨出步伐時，拉滿整個弓弦，再「叭！」的一聲放開弓弦。隨著「咚！」的一聲，飛箭就射在箭靶上頭。可是，射中的位置不是正中間，而是整個偏向側邊。

「要是以那支箭來說的話，麋鹿就算中箭，還是可以負傷再跑個三、四公里的。」尼魯說道。

「再試一次吧！」侯爵說道。

一個鐘頭內，他們讓塔克以各式各樣不同的姿勢，持續不斷地練習射箭。從跪姿到站起來射擊，再從俯臥的姿勢到站起來射擊，或者嘗試著從近距離連續射擊，塔克幾乎在所有可能發生的狀況下，持續不斷地拉弓射擊。到了最後，湯姆滿面春風地笑著，尼魯原本眉頭深鎖的模樣，也全然消失不見了。侯爵則是對著塔克說已經夠了，可以去換衣服準備用晚餐了。

塔克離開之後，大家走到箭靶那裡去，檢看靶上被飛箭射中的痕跡。

侯爵問尼魯覺得如何。

「就算是使用步槍，的確還是有客人的槍法比不過那位少年的弓箭。而且如果能夠維持這種距離來靠近目標的話，我想以狩獵用的弓箭來攻擊要害部位，

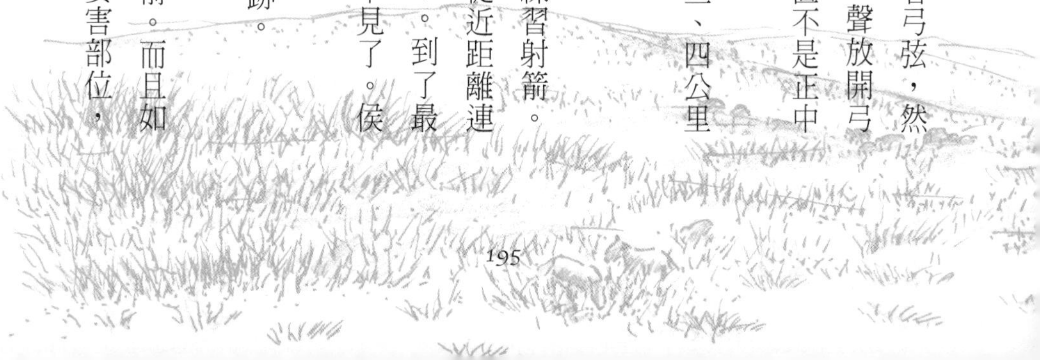

是可以使獵物斃命的。只是，承如殿下您所設想的那樣，弓箭的情況不比子彈，因爲射中獵物時不會產生致命的衝擊效果。所以如果沒有命中心臟或者是大動脈的話，麋鹿就算是負傷也能夠逃跑，想要再度尋找到就會變得很不容易。殿下如果想要讓那位少年試試看的話，我當然很樂於帶他一同前往，只是我希望那個時候，我可以帶著步槍一齊去。如果麋鹿沒有當場斃命的話，我可以馬上做個了結。」

侯爵點了點頭。接著吩咐一名年輕的狩獵員擔任教練的工作，在往後的三天內以射擊場上的麋鹿標靶讓塔克做練習。然後終於決定要讓尼魯帶著塔克出去外面做練習。

「恕我冒昧問一下，您的考量是如何呢？不僅只是想要讓那位少年增添更多足以自豪的事蹟之類的吧！」

「我如果沒有看走眼的話，那孩子絕對不會以此自滿的。」侯爵露出微笑並且說著。「雖然我是和某人打了個小賭，但絕不是這個原因，是還有別的理由的喲！」

尼魯理解到這事情已經不能再繼續問下去了。湯姆對他眨眼使個眼色。

侯爵所謂打賭的對象，就是齊威的皇太子。塔克如果能夠成功地用弓箭射

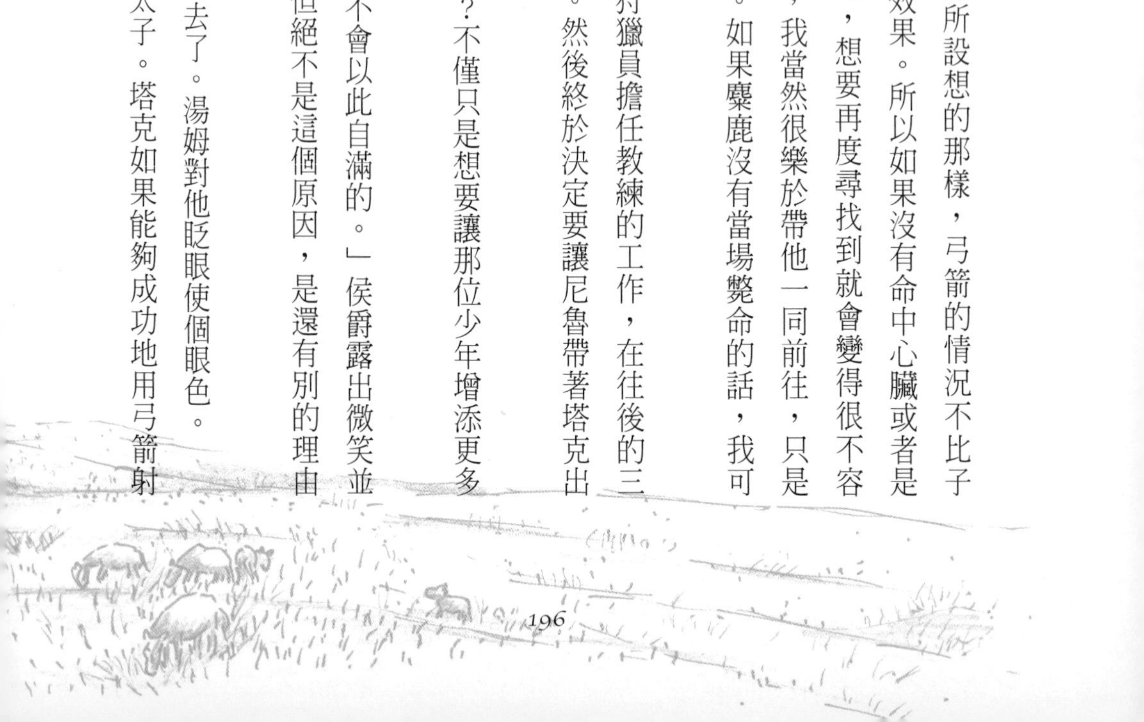

殺雄鹿，讓牠一箭斃命的話，侯爵打算在那個時候向皇太子這麼說道——因爲齊威有如此優秀的少年，國家的培育方式也頗有成效，是時候該讓齊威共同參與青少年培育的世界會議了吧！什麼政治性的策略之類的東西都是胡扯。

當然和對方說「政治性之類的東西都是胡扯」這種話，實際上就是一種高竿的策略。不過這又牽涉到別的話題。總而言之，塔克山海要怎麼做，才能夠攜帶著獵弓外出去射殺雄鹿。這才是重點。

「一定要讓那孩子獵到一隻漂亮的雄鹿才行，尼魯。你最想要的威士忌酒正在酒窖等著你呢！啊，對了，請把我送你的小型相機給帶去。」

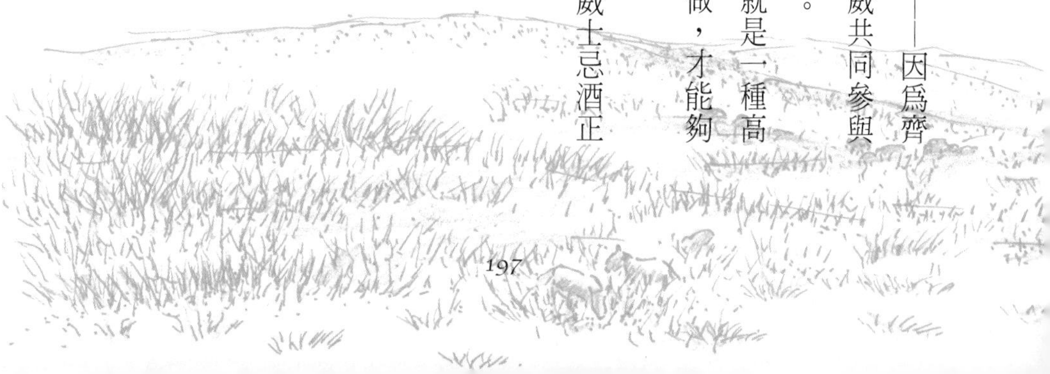

11 白鹿傳說

塔克認爲獵鹿就好比下西洋棋或象棋一樣。山岳及溪谷的地勢全貌可比擬做棋盤，獵人要思考著如何在這其中接近獵物而不被發現，就類似這種感覺。

麋鹿的眼光銳利，而且不但嗅覺靈敏，聽力也很敏銳，除了放聲說話、咳嗽出聲是禁忌之外，就連碰撞到物品或是經由觸摸而發出的一點聲響都會讓遊戲提早結束。因此在小水坑或泥濘地區必須格外注意才行。

此外，麋鹿會互相提醒彼此注意，所以必須掌握到全體麋鹿的分散位置。因爲當你在跟蹤某目標的時候，要是被對面山丘上的麋鹿發現，剎那間發出警訊的話，一切也就毀了。

即使可以順利地靠近，但也只能瞄準獵園管理者所指定要射殺的獵物。若是沒射中的話，那麼這場遊戲就會在此告終。

這實在是件很耗費精神體力、稱得上是一項還蠻困難的運動。多虧有了現代化的步槍及望遠瞄準具的輔助，才變得輕鬆不少。子彈在扣住扳機之後，即

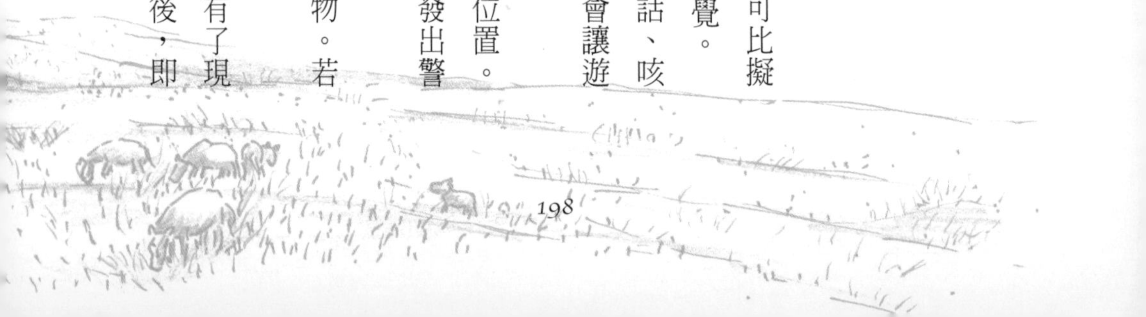

便是距離三百公尺遠的獵物也都能夠命中。

子彈在命中獵物時會鑽開一個小洞，所以在中彈的瞬間，子彈就在獵物的體內以蕈狀方式分散開來，因爲這會造成相當可怕的震撼，倘若沒有命中心臟的話，麋鹿在這種衝擊之下，也會有死亡的情況發生。

這是用弓箭所無法達到的境界。而且對塔克而言，以俯臥的姿勢拉著那種大型獵弓的確很困難。

塔克和尼魯在四天之內到處奔走，好不容易可以接近獵物。二人所處的位置距離那隻麋鹿有一百二十公尺遠。因爲那裡位於茂密的石南花叢中，尼魯決定要試試看。在尼魯的低聲催促下，塔克一邊拉開獵弓，一邊緩緩地站了起來，然後順勢射出一箭。

要是雄鹿一動也不動地站著的話，鐵定會當場死亡，但是就在飛箭射離獵弓的當兒，麋鹿銳利的雙眼望見了塔克。麋鹿以強健的肌肉奮力一躍。狩獵用剃刀般鋒利的箭頭，深深地插進牠大腿上方厚實的肌肉裡，然後劃過腿骨。麋鹿腳步搖晃無法站穩。就在塔克掏出另一支箭的同時，左手邊的尼魯以跪姿擊發步槍。槍聲大作貫徹群山，十幾頭雌鹿四處逃散。雄鹿則當場倒臥。

塔克想要道歉賠罪，但是尼魯搖了搖頭。

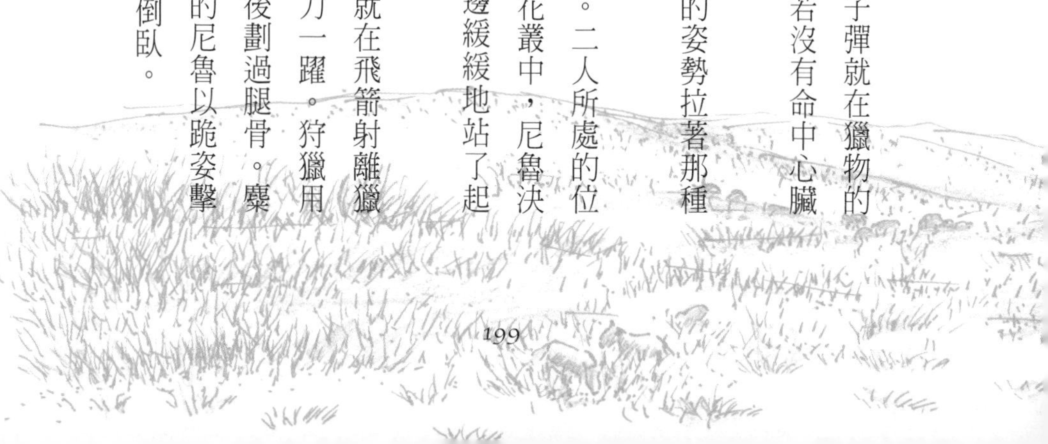

「不，你已經做的很好了。行蹤會被發現是沒有辦法的事，這是我的責任。要是飛箭能夠和子彈射出一樣快速的話，就可以殺死鹿了。只可惜在最後關頭被發現了，牠一個箭步跳走。哎，走吧，一起過去看看吧！」

一面清除雄鹿的內臟，尼魯一面把深深刺進裡頭的飛箭傷痕展示給塔克瞧，並且面對著失望的塔克給予安慰，要他不要氣餒。返回屋邸時，尼魯只有對塔克雖然在相隔一百二十公尺遠處技術高超地射出飛箭，但沒能當場射死雄鹿，所以他才會使用步槍的緣由部分稍做解釋。塔克雖然覺得很不好意思，但還是約好次日清晨要在黎明前夕起床。

清晨的霧氣非常寒冷。可以稍微感覺到空氣中摻雜北風的強勁，草坪上盡是冰霜。車行一段距離後，兩人離開吉普車，接著開始攀登嚴峻的高山。

在途中片刻短暫的休息裡，尼魯取出塔克的獵弓，在上頭用綠色的膠帶黏住幾根石南樹枝。如此一來，塔克突然記起野兔爺爺身上附著樹葉及樹枝的樣子。全都弄好之後，尼魯也在塔克的帽子上插著石南樹枝。最後，他從口袋裡取出一個小瓶子，在塔克的臉頰上塗抹宛如綠色顏料之類的東西。接著他們倆又再度出發。

兩人越過山峰，下行至背面山坡的中央處。在那裡有座懸崖峭立，山崖下

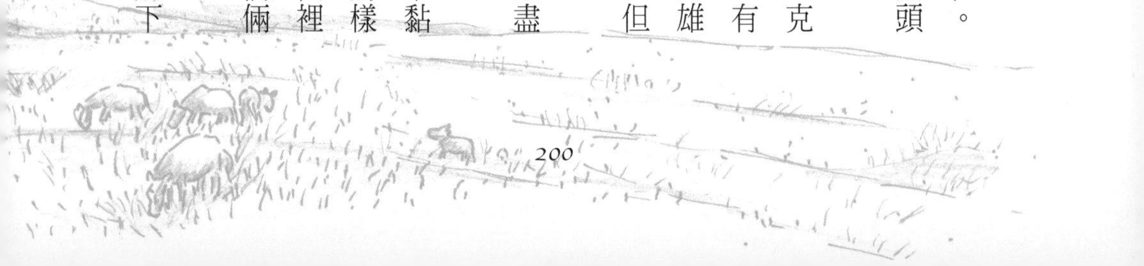

方有灘池水，以及廣闊的青草地。尼魯架好步槍躲藏在岩石後面。他對塔克低聲説道。

「再過不久，會有一頭優秀的雄鹿率領鹿群來到這裡。那是一頭年長而又出色的麋鹿。在這三年內，沒人在這個地方狩獵過。準備好了嗎？要動也不動地站好喔。鹿的視力雖然好，但是因爲沒什麼距離感，只要不要亂動就不會被發現到。鹿走過來的話，只要慢慢地拉開獵弓就行了。」

晨曦在薄霧裡緩緩升起，讓周圍籠罩在一種難以想像的氣氛中。空氣異常冰冷，比山下還要凜冽許多。塔克猶如雕像般手持獵弓，箭就搭在弓弦上，一動也不動地站立著。就這樣經過了好長一段時間。

就在這個時候，可以感覺到眼前的某個角落，好像有什麼東西在騷動。也聽得見因爲踐踏碎石而傳來的微弱鹿蹄聲響。比尼魯所指的地點還要更靠近些，就在穿越塔克身旁道路的另一頭，一隻壯碩的雄鹿就這麼出現了。頭上頂著十二處分歧的漂亮犄角，宛如獵弓似的開展著。距離塔克所在的位置，不到三十公尺遠。在朦朧的迷霧中，金黃色燦爛的陽光映照在鹿背上，讓麋鹿的側影閃耀著宛若從體內散發出的耀眼光芒。塔克感覺心裡一陣悸動，一面緩緩地、緩緩地拉開獵弓。

麋鹿

就在此時，聽見尼魯從岩石後方傳來，猶如懇求般嘶啞的嗓音。雖說是輕聲細語，但是這個聲音，擁有足以打破瀰漫在周遭寂靜的法力。

「以神之名！射啊！」

麋鹿好像在那一瞬間注視到他們兩個人，但若無其事地一直走著。那是頭白色的鹿。除了犄角之外全身雪白。就連犄角前端，也閃耀著金屬般璀璨的光輝。

雌鹿群則接續其後顯露身影。威風凜凜、沈著穩重的雄鹿就在塔克的眼前橫越而過，距離甚至不到二十公尺遠。塔克僅僅只有用雙眼望著鹿群。

正當鹿群從眼前通過之際，尼魯不由自主地屏息以待，接著就聽見他破口大罵塔克，說他心裡不知道在想些什麼！稍後不

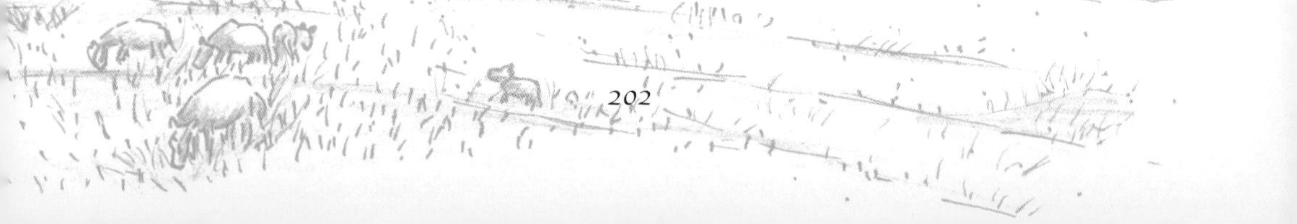

久，塔克也回過神來。麋鹿會那個樣子是因爲薄薄一層狀似朝露凝結而成的霜附著在毛皮上面的關係，那使得麋鹿全身閃耀著雪白色的光芒。毛皮上方凍結的霜雪薄膜，因爲受到黎明絢爛晨曦反射的影響，才會形成這種光采奪目的效果。就在雄鹿一行離去之後，尼魯順勢站了起來，氣憤地將帽子扔在地上，接著又破口大罵起來。

「眞是抱歉！但明明就可以抓住獵物的。只是沒有想到從霧裡面顯現出來的模樣，竟然會是那麼樣的雪白。這的確會誤認爲那是一頭白色雄鹿。不，應該說是大吃一驚吧！」

雖然不是很瞭解，但塔克覺得大多數這類白色的雄鹿，是歸屬於特別保護動物之中，不該任意捕殺的。尼魯在那頭坐了下來，點了根菸後，談起整件事情的始末。

從來沒有人見過白色雄鹿。白色雄鹿的出現，代表著周遭的親人即將瀕臨死亡的徵兆。尼魯雖然不曾看見過，但是他爸爸就曾看到過一次，隔天老侯爵就死了。之後曾有好多人都曾看見過白色雄鹿，但卻沒有一個人殺死過雄鹿。或許是因爲如果殺了雄鹿的話，那麼自己也將性命不保的關係。

「你知道了吧，也就是說白色雄鹿是不可以射殺的。像那樣子全身雪白的麋鹿出現在眼前，會大吃一驚也是理所當然的，根本不會聯想到那只是因爲結霜所造成的現象。雖然分明差一點就可以射死牠了。」

「或許沒把牠射死是件好事吧！」塔克說道。

年長的獵園管理者注視著塔克，接著輕輕的點著頭。

那天他們倆沒能捕捉到麋鹿好帶回家去。只有在中途，射殺了一隻未曾見過那麼大隻的野生兔子。

在另一頭，從侯爵、湯姆到其他的賓客，以及宅邸裡的獵園管理者們，大家都引頸期盼塔克何時能把雄鹿捕到手帶回來。這天，尼魯在大夥還聚在一塊的時候，大剌剌地走了進來，一路筆直地朝侯爵走去，陳述著塔克原本應當在極近的距離確射殺死麋鹿的，卻因爲自己誤認爲那是頭白色雄鹿而阻止他，爲此而深感抱歉。

「並非這個孩子的過錯，是我因爲結霜的緣故而搞錯了。但是侯爵，這個孩子眞的很厲害，因爲他就像岩石般直立著，一動也不動。」

接著在場的全體人員都興致高昂地談論起有關白鹿傳說的話題。塔克心想在齊威好像也有相似的傳說。

隔天，尼魯依舊在天亮之前等待著塔克的到來。這回他開車駛了將近一個

小時，來到相隔有一段距離的另一處狩獵園區。停好吉普車後，尼魯在步槍裡裝塡子彈，並在塔克的獵弓上確實地施以迷彩僞裝，但卻沒有塗抹上次那種綠色顏料。這時，可以聽見山頂上傳來雄鹿的鳴叫聲。

兩人翻山越嶺，抵達河床，再沿著河床向上走了將近有一個鐘頭以上的時間。有時又如蛇行般貼著地面匍匐前進好一陣子，不久，兩人來到某個遍布著岩石的山嶺。在那裡，可以聽見兩隻雄鹿就在山嶺的另一方，情緒激昂地嘶吼著。兩個人接著開始攀爬越過山嶺的斜坡。兩人即便是在攀越那片因爲受到日光照射而顯得耀眼奪目的結霜岩面或石塊的同時，也盡量注意不要拗折到周圍生長的石南枝葉或是小心不讓碎石滾落。山嶺的盡頭是一塊由大塊岩石層疊而成的空地。

尼魯說在另一頭應該就會有雄鹿出沒，這會兒一定得逮到一隻鹿才行。尼魯面向塔克，謹愼地擺了一個拉弓的姿勢讓他看，並指著瞄準器，示意要他記得當獵物一旦進入射程範圍馬上調整獵弓，接著他就對著少年點了點頭。

塔克便緩緩地向前走去，緩緩地。

才朝岩石的另一頭稍微探視了一下，鹿的確就在斜坡的另一面那頭。之前所看到在斜坡正對面那邊的鹿群，感覺距離好像還蠻遠的；但想不到現在雄鹿和鹿群居然就近在眼前。雄鹿一邊吃著野草，一邊四周走動，不時抬起頭，發出威嚇似的叫喊聲。塔克要是再向前走進一步，這個舉動大概就會著實地進入鹿群的視線範圍內。塔克調整著瞄準器，踩穩腳邊的岩石，然後緩緩地、安安靜靜地調整呼吸。塔克感覺到自己內心的亢奮。

塔克把箭搭在獵弓上。慢慢地、慢慢地，拉開弓箭。塔克可以感覺到就在眼前那塊岩石的另一頭，雄鹿將再向前方走近一步，他彷彿看見雄鹿抬起牠那美麗的犄角，伸長脖子發出威嚇的叫喊聲。

就在塔克從岩石的陰影處出現的那一瞬間，一隻雌鹿碰巧發現了他。雖然雌鹿發出驚慌的叫聲，但那已經是箭射離獵弓之後的事情了。在雄鹿還來不及向後方逃離之際，飛箭已朝肋骨的最裡處重重地射了進去，只剩箭羽末端露在外頭。早在弓箭從指間射出去之前，塔克就已經知道可以命中麋鹿了。發自雄鹿喉嚨的威嚇聲轉變成痛苦的呻吟，隨後跟著停止。接著，雄鹿跪了下去。一、二秒之後，牠就倒地不起了。

站在後方的尼魯看著少年把箭射出去之後，就那樣筆直地站著，不再取另一支箭，並且一動也不動，便知道少年已不想再射殺麋鹿了。尼魯從後方走了出來，一手搭在塔克的肩膀上。

黃鹿
鹿角寬大，常見色澤為棕色毛皮帶有白色斑點。

「這眞是漂亮的一箭啊！你幹的很好，我早就期待看到這一幕了喔！」

他們兩人跑近雄鹿的身旁。這是一隻擁有十二處分歧犄角的完美雄鹿。無論是否爲「帝王鹿」，這的確是一頭優秀的雄鹿。飛箭就那樣筆直地貫穿心臟。

尼魯雙手抓著鹿角，將雄鹿的頭部及胸部朝下翻了過去。然後在鎖骨的正上方處切開一個縫隙，將三根手指浸漬在冒出來的鮮血裡，接著把血漬塗抹在塔克的兩頰上。

「瞧，如此一來就表示你已經以血洗禮過了。今天一整天就算不洗臉也沒有關係，就如同從前的獵人們捕到獵物時一樣。」

尼魯取出小型相機，要塔克手持獵弓並站在死掉的鹿身旁照張相，接著又在清理麋鹿內臟的時候，連續拍了好幾張照片。

塔克想將箭從屍體上取下來，尼魯制止了他。

「不，就讓它這樣子插著吧！因爲我想要讓大夥看到眼前的這一幕，這樣，就不會有人懷疑了。」

話說完，尼魯站了起來，取出短繩，開始動手進行捆綁犄角的動作。接下來的工作，就是要將這隻鹿拖回去了。

塔克抵達宅邸時，侯爵正在門口的大廳和某人聊著天。一見到少年的臉頰上沾著血漬，侯爵就知道怎麼回事了。

「這麼早就回來了啊，塔克？有載回來了嗎？」

「是的，就在門口前面的吉普車上。」

侯爵直接朝向外頭走去，盛裝而來的訪客也跟隨其後。吉普車上載的是塔克和尼魯獵到的那頭雄鹿。插著箭的那一面朝上橫躺著，箭羽部分及約莫兩、三英吋的箭柄末端，直挺挺地露在外頭。

「一箭命中心臟！的確是速度飛快的一箭。」尼魯說道。

「這是這位齊威來的少年獵捕到的，而且是用弓箭射獵的！是一頭有十二處分歧犄角的雄鹿。」侯爵面向賓客，手指著箭說道。

「眞是令人驚訝，實在是太厲害了！」訪客說道。

侯爵差遣著剛剛現身的總管：「去向報社的沃爾頓先生傳話，說有好事要告訴他。」

侯爵接著面對尼魯說道：「天氣還蠻冷的，這箭就這樣子靜置兩、三個小時沒有關係吧？進去裡面喝個一杯吧！你們兩個都做得很好。」

當天晚上吃晚餐的時候，塔克以及所有的人都爲了獵到雄鹿而舉杯慶祝。身穿最高級的上衣及白色襯衫，臉頰上風乾血漬清晰可見的塔克，不自覺地認爲自己其實是上個世紀裡的印族酋長，搭乘了時光機之類的東西來到此地參訪。

一個月轉眼之間就這麼過去了。在這期間，塔克還獵殺了另一隻雄鹿，儘管那是隻身形瘦弱、犄角不漂亮的年輕雄鹿。塔克每天不是騎馬，就是釣魚，也曾受邀到尼魯家做客。

對塔克而言，這如同眨眼一般短暫的假期，終究得宣告結束，他再度成爲飛機上的旅人。靠著機艙裡的座位，塔克仔細回想在這段特別的假期裡所發生的事情，特別是猶如暴風雨般迎面襲來、令人眼花撩亂的種種事件。

有個影像不斷在他腦海中重複浮現，那是某個清晨遇見的那隻白色雄鹿的身影。令塔克驚訝到沒有射出箭的那頭雄鹿全身閃耀著雪白光芒的神秘姿態，以及尼魯忘情嘶啞的聲音，佔據了塔克的記憶。

齊威也有白色雄鹿嗎？並非那種因爲結了霜而身肌雪白的麋鹿，而是貨眞價實、全身白皙的雄鹿……

他的身體不知怎麼地戰慄起來。

剛剛返回齊威的時候，塔克幾乎沒什麼閒暇可以回想那些在殷國所發生的事情。返抵家門的那一天，正值冬季來臨前的圍獵日，塔克才下了火車，抵達家中，母親早已經準備好工作服以及便當盒等待他了，也在他的愛馬「風」身上備好了馬鞍。而父親也已預先帶了兩條狗，往帳篷那頭去。

堂姊娜娜騎在迷你馬背上等待著塔克。塔克才從房子下方的馬廄把「風」牽出來，娜娜就絮絮叨叨地問起他在殷國有沒有發生什麼好玩的事。

「實在是有夠刺激的，還有去狩獵鹿呢！有捉到一隻大型的雄鹿喔，那是一

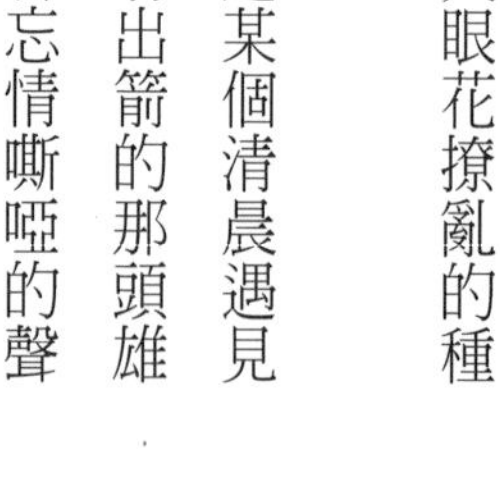

隻擁有十二處犄角的傢伙喲！」他自豪地說道。

「什麼是十二處啊？」女孩問道。

「所謂的十二處犄呀，就是鹿角上面有十二處分歧的地方啦。那是每一邊平均有六道分歧的鹿角喲！」

「哇，竟然會有這麼多處分歧啊！」

「那是當然的呀！」塔克說道。

娜娜簡直就像小女孩一樣，一副什麼都不懂的樣子。塔克縱身一躍，騎在馬鞍上，拉拉韁繩改變「風」的方向，接著向前屈膝蹲坐，瞬間有道暖流宛如絲綢般滑過臉頰。

塔克率先在前頭帶路。行經天橋後，又橫渡淺灘，濺起水花，接著抵達了一片草原，那就是他們的目的地。草原上到處都是樹齡久遠的參天巨木高聳直立，交錯出一片令人神清氣爽的樹蔭。深秋時節，樹林全部都被火紅的樹葉所渲染。

當晚，除了出外遠洋的阿信不在之外，家族全員以及附近鄰居們都聚到帳篷裡，問塔克到國外發生的大小事情。

塔克面對眾人，濤濤不絕地說了不少自己的所見所聞，像是用羽毛製作假

餌、去大型狩獵園區打獵，以及狩獵園區裡的酪農場是什麼樣子，在那裡製作的乳酪或奶油和這裡的作法有何不同之類的。

塔克還談及在殷國生長的野生穴兔及野兔。當塔克提及侯爵說自己曾經以練箭爲由，藉機射殺之類的話題時，娜娜突然脫口而出。

「對了，塔克說他有獵捕到一隻雄鹿喔！而且還是隻有十二處犄角的傢伙呢！」

大夥的視線全都集中在塔克的身上。

「我應該有說過你還不能使用步槍吧！」

父親的口吻雖然平靜，但聲音裡夾雜著憤怒的語氣。

「是的，爸爸。我並沒有使用步槍，而是用獵弓。」少年回答道。

「你說用獵弓？」父親驚訝地問。

在國內，一般人普遍認爲用獵弓狩鹿是專屬於皇室的活動，頂多只有承襲了祖先昔日特權的深山居民，才會被允許使用弓箭狩獵。

「是麋鹿啊？以孩童用的獵弓來射獵的話，這算是大型獵物喔！」叔叔說道。「要是沒有很靠近獵物的話，應該就沒辦法辦到吧？而且如果不能一箭射死，很容易就會被牠給脫逃喔！那種動物即使是身受箭傷，還是可以四處奔跑

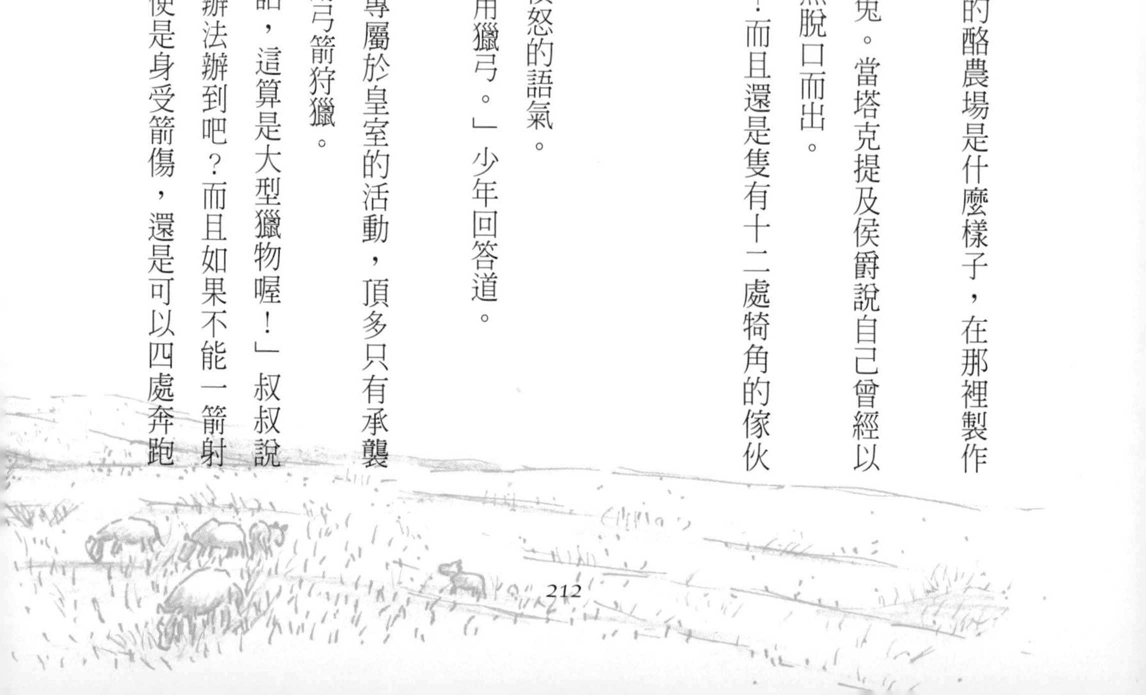

很長一段時間呢！你是和誰一塊去的呢？」

男人們個個都神色緊張。這個孩子是否眞的獲得了狩獵的許可呢？如果沒有，在齊威可是會被判重罪的呢！

「應該有殷國皇家的森林看守員在吧？」

不知道是誰問了這個問題。塔克針對殷國的狩獵園區解說了一下。在大型的狩獵園區裡，有多數情況是允許自行斟酌決定的。當然還是必須在國家允許的狩獵期間才能打獵，不過在此期間，絕大部分的狩獵活動，各園區都擁有自主權。而引導人們接近獵物，並指定射擊部位的是獵園管理者，幫忙將鹿肉分給賓客享用的是隨侍。

此時，父親插話進來。

「先回答叔叔的問題。獵弓是怎麼一回事？」

「那是侯爵賜給我的一把西洋弓箭，性能有如作戰用獵弓般強大，不過操作還蠻容易的。因爲有滑輪及許許多多的裝置，以及獨特的瞄準器及鉛錘附在上頭。」

父親點了點頭。

「啊，我知道，曾經在照片上看過。在國外的競賽裡常會被使用。」

「那種也稱得上是獵弓嗎？好像有點投機取巧呢！」附近的鄰居這麼說著。

「你有被允許使用那種獵弓射殺麋鹿吧？你獵捕到的是壯年的雄鹿嗎？還是體型比較瘦弱的那種？」

「是大型的雄鹿。是獵園管理者的總管帶著我去的，他要我盡量瞄準體型碩大的雄鹿。能一箭貫穿牠的心臟感覺還蠻不錯的。我悄悄地靠近目標，是在獵物驚覺想要一躍逃脫的當下，命中要害的。」

「原來如此啊！」父親說道。沈默了一會兒，他轉換了話題。

塔克感覺非常地疲憊。因爲時差，還有長時間搭乘飛機，以及之後一整個下午毫無間歇地騎著迷你馬四處奔跑的關係。母親看見塔克搖頭晃腦、打瞌睡的模樣，一臉焦慮地望著她先生。八津笑了一下，彎下身子輕輕地搖了一下少年。

「你可以去睡了，明早必須天亮前起床才行喔！因爲你有習題要做，另外還有一大堆家事要你幫忙呢！」

「好的，爸爸。」

塔克如此說著，一邊用搖晃的腳步不穩地站了起來。叔叔也站起身子，用那厚實的雙手扶住少年的肩膀，碰觸到他的肩胛及上臂的肌肉。

馴鹿

「這身肌肉相當健壯喔！八津，忙完圍柵欄做羊圈及替羊刺青做記號的工作之後，給這孩子加強訓練一下，教他如何使用作戰用獵弓吧！」

八津點了點頭。

從那之後到年底爲止的兩個月，塔克的每一天都過得特別忙碌。從清晨一大早起床忙到傍晚，才忙完山林裡面的工作而已。習題的份量也眞夠多的！除了學校的課業之外，還有野兔爺爺所交代的作業。每周三次的箭術訓練外，另外每周一次兩小時，由叔叔教授的作戰用獵弓的特訓課程也開始了，作戰用獵弓比一般弓箭的性能來得強大，訓練也格外累人。再加上每周兩次的摔跤搏鬥及環形競技場拳擊也是新增的訓練項目之一。

對正值成長期的塔克而言，身體每天都要忍受新的痛楚，有時候，他甚至會認爲這種身體上的疼痛將會持續一輩子。

離學期結束還有兩個禮拜的某天上午，郵務快遞人員帶著一箱貨物造訪山海家的冬季房舍。塔克一如往常地待在三樓寫作業。那天是星期天，大多數的公司都在放假。

簽收完木箱後，八津叫塔克下樓來，要他把那箱貨物搬進客廳裡。一看到搬進客廳裡的木箱，塔克就知道那東西的收件人就是他自己。看得出來曾經被強制撬開過，然後又再被隨隨便便地重新包裝過。封條上蓋著雕刻著獨角獸及獅子圖樣的戳章。

把箱蓋撬開，裡頭擺放的是那幾經層層包裝過後的雄鹿頭像。經過完善的標本剝製過程，在盾形的木頭上鑲裝著黃銅板座，上頭還用殷語刻著日期及下列的字句：

塔克山海，此鹿一箭斃命。艾格蘭・巴爾莫蘭治狩獵園區

父親將上列文字唸出聲音之後，咳了咳幾聲。

「嗯，還蠻不賴的嘛！待會兒拿到下面去，把這釘在馬廄的樑柱上吧！剛好可以用來懸掛騎馬用的裝備。」

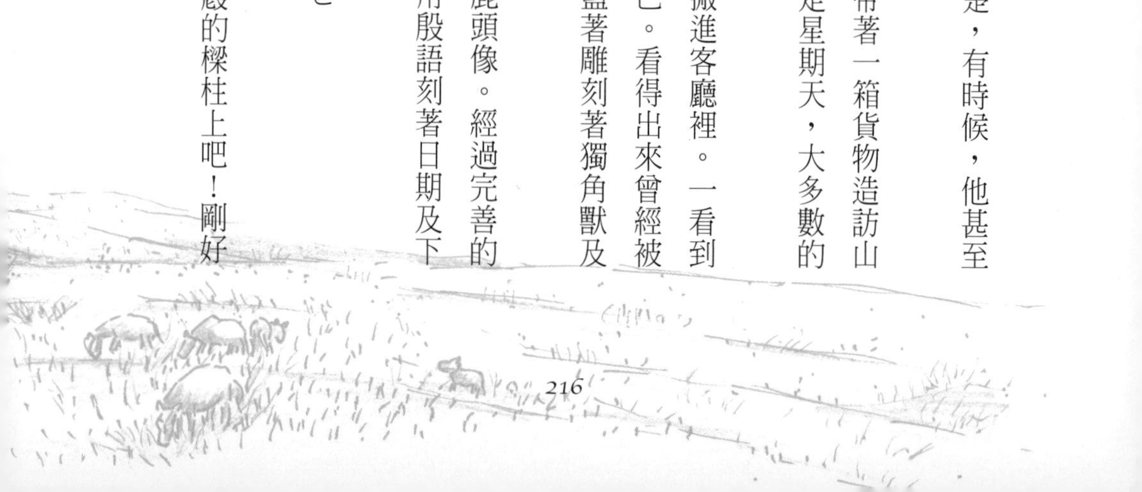

原本只是探頭出來看塔克一眼的母親，不知何時出現在身旁脫口說出。

「八津，稍等一下吧！這可是承蒙侯爵饋贈的厚禮，你這樣子做好嗎？竟然要這釘在馬廄裡面！」

「快去做啊，塔克！」

因爲知道不能抱怨些什麼，所以只好照著父親所說的那樣做。看著無話可說的塔克，母親又抱怨了幾句。

「還只是個小孩子而已！讓他保有這種戰利品是不行的。要是因此自滿而迷失就糟糕了。」八津堅定地說道。

「那麼，那個是怎麼一回事？」母親一邊說道，一邊手指著八津屁股底下那張由狼皮鞣製而成的座墊。

「那是不一樣的東西。」父親含糊不清地一語帶過。

母親嘆了一口氣，朝向木箱走去，從裡頭拿起精心鞣製而成的雄鹿皮革。

「哇！這是多麼地漂亮啊！而且還很蠻大張的呢！」

甚至連八津也對這隻雄鹿碩大的體型感到讚嘆。其實從剛才開始，他的內心深處就默默爲雄鹿頭頂上那優美而又寬大的犄角感到驚訝。

塔克從馬廄裡走了上來。

「那個，不能放在爸爸你們的房間裡面嗎？雖然我覺得那會是張蠻不錯的地毯。」

「不行。就把這個掛在我書房的牆壁上吧！鹿的毛皮要是用腳踐踏的話，毛髮可是會脫落的。」

母親在父親的身後偷偷地使了個眼色，對塔克微笑著。塔克心裡非常清楚，爸爸表面上看起來雖然態度強硬，但是心裡可是驕傲的不得了。事實上，只要家人不在的場的時候，八津總是偷偷地撫摸著那些雄鹿製品，也會對著夥伴們公開發表有關他兒子的英勇事蹟。

裝在箱子裡頭的不僅僅只有那些東西。一看到接下來出現的東西，塔克便大聲歡呼。那是將整把西洋獵弓拆開後，分別存放的零組件。八津叫兒子把獵弓組裝起來，在這期間，自己則是把裝著狩獵用獵箭的箭筒拿在手上，仔細端詳了一番。

「原來如此！」八津拿著獵箭一會兒從正面看，一會兒又側面推敲，接著說道。「原來就是因爲有這樣銳利的刀功，所以才能將箭頭的刀刃完完全全的鑲嵌在一起啊！眞是深思熟慮。」

他話才這麼說完，就把那支箭放入印壓著圖案的皮製箭筒中，然後從塔克那兒把剛組裝完成的西洋獵弓取了過來，試拉了二、三次。

「嗯，眞是罕見的珍品。不只操作簡易，重量也很平均。就連女孩也可以好好使用這種獵弓吧！好，塔克，把這個收在兵器室裡鎖好。要是能將作戰用獵弓運用自如的話，那麼拿這把獵弓來當作消遣，也不會有什麼問題了。收拾好之後，記得要去樓上，寫封殷語的感謝信函給侯爵，順便幫我們問候一聲。」

過了半小時，整理好箱子的塔克回到房間裡，妻子爲了張羅晚餐而離開家門，八津則一動也不動地坐著，並專注地盯著壁爐裡的火焰。再過幾天，塔克稱爲「野兔爺爺」的神谷上校，應該就會以寒假期間的特別訓練爲由，過來將兒子給接走了。對八津而言，要是這個孩子不在身旁，他便會感覺到寂寞。若是和去艾格蘭追殺鹿群的訓練相比較，塔克待在那個老人身邊接受的必要專業訓練，才稱得上是嚴格的訓練。八津非常清楚地知道這一點。

但是命運之神會將兒子牽引到什麼樣的人生道路上呢？現在是否眞的已經沒有任何後路可退了呢？做父親的他爲此而擔心不已。

八津長歎一口氣。但無論如何，這個孩子將會成爲國內最厲害的射箭高手，這是無庸置疑的。不管是齊威的獵弓也好，還是那把絕妙的西洋弓箭也罷，塔克對於這些東西，是再熟悉也不過了。身爲一個父親，他深切地體認到，只要能夠和孩子處在一塊，不論所剩時間有多短暫，也都能感到安慰。

在野兔爺爺的小木屋內，地爐裡的火焰舞動著，火花霹靂啪啦地爆裂開來。煤油燈柔和的黃色光線，和煦地照亮著整個小屋內部。塔克的身影，大片地反映在另一頭的牆壁上。烏鴉現在很習慣停駐在塔克的膝蓋上。蹲坐在他身旁的狗兒老虎，對著那隻無所畏懼的烏鴉低聲輕吼。地衣則將牠那顆大腦袋靠在野兔爺爺的膝蓋上。外頭紛飛的大雪，依舊無聲無息地下個不停。

晚餐所吃的粥，是塔克做的。是將珍貴的米粒用少量的水先淘洗過，再加入碾碎的樹果和莓子乾，以及一些豆子、少許鹽巴和肉乾混合料理而成的。兩人面前的盤子已經空無一物，此時也早已經餵食完狗兒們飼料了。

「老師，我這就去收拾一下……」

「別吵，到這邊來！」

塔克正想站起來清理善後，想不到老人以嚴厲的口吻對塔克說，先這樣放著就行了。

野兔爺爺緩緩地翻開塔克所帶過來的六本筆記本裡，最後的那一本。從他的神情裡可以感受到一股令人生畏的注意力。過了不久，翻完最後一頁的野兔爺爺，將筆記本擱置在一旁，雙手交叉。

「你在殷國的圖畫記錄及種種觀察還算不錯，特別是那些有關艾格蘭的記載非常仔細。當然還是有一些過於表象的文字敘述，但念在這些至少都是由你自己親手所寫的份上，算是及格了。但是其他部分還是不行，該不會是從電子圖書館上抄來的吧？最後那一本應該就是。還有民間傳說記載過多，只有少部分的觀察是你自己親眼所見的。給我重寫！明天開始以這間小木屋爲中心，將半徑一百步以內的樹木及植物全部都給我觀察仔細，做出一本描述露出霜雪表面的樹木及野草的相關細節、屬於你自己的目錄！」

塔克愕然呆滯。他當然知道和那些生活在都市裡的小孩相比，他比誰都還要更瞭解樹木。但是如果沒有樹葉、花朵或果實什麼的，單單只能從光禿禿的外表來做觀察的話，怎麼可能分辨得出來是什麼樹呢？

老人以嚴厲的眼神看著他。

「怎麼了？難道對你來說，樹木少了葉子就不再是樹木了嗎？沒穿軍服的士兵就不再是士兵了？會有這種因爲女孩身上沒有穿著洋裝，所以就不再是女孩的道理嗎？」

「不是這樣的，老師。我……要是山毛櫸的話我就比較清楚。除此之外，我比較了解的樹還有山櫻樹、杉樹，以及松樹之類的……。但是其他樹木的話，我可能就……」

「不論是否有樹葉或是花朵附著在上頭，樹木始終就是樹木，一棵一棵都不會長得一樣，這和我們人類每個人都不可能長得一模一樣的道理是相同的。你所謂的了解樹木，只不過是知道在某個季節裡，那棵樹木的長相罷了。要是遇到你不了解的樹木，你就自己想個名字冠上去就行了！等到春天來臨樹上發出新葉，伴隨著知識的增進，你自然就會明白。」

「我會試試看的，老師。只不過好像有點困難……」

「去洗盤子和湯匙吧。我想要泡茶喝。你沖泡的茶，還是不太能喝。」

塔克把餐具拿到外頭，以雪擦拭、清洗。雖然淚水奪眶而出，但心中仍舊氣憤不平。到目前爲止，爲了塡滿那些筆記簿，不知道花了他多少時間。不單單寫了自己知道的東西，甚至他還將不知道的東西全都寫了上去，當然，他還另外參考了電子圖書館上面所記載的資料。怎麼會搞不清楚那些是誰寫的東西？

塔克把房門口前方的積雪用雪耙子清掉，又步行到河邊將水壺裝滿。工作全部都做完了以後，塔克走進房內，將門窗緊閉。

「你叫什麼名字啊？」野兔爺爺突如其來的問了這個問題。

塔克有點被嚇到，但還是鎮定地說出了自己的姓名。野兔爺爺該不會患了輕微的健忘症吧？

「叫做塔克啊！那麼那位叫做塔克的，究竟是怎麼樣的一個人呢？」

「是一個男孩子，他是個牧童，是八津山海的孩子。」

「那麼，他應該是個齊威小孩才對囉？」

「嗯，那是理所當然的呀！」

「你所謂的理所當然是指……？嗯，眞的是這樣說的嗎？那麼你既不是冠國小孩，也不屬於襄國的小孩囉？這些你是從何判斷的呢？」

「因爲服裝不同，而且還有語言，以及生活習慣等等都不相同啊！」

「可是在我的眼裡，你和他們幾乎沒有什麼分別啊！要是服裝稍微換一下的話，看起來也都很像。除此之外，以後若是你變成大人，留了一臉濃密的鬍鬚，卻在一場和大熊打鬥的過程中喪失了耳朵，那麼你又會變成什麼樣子？即使變成那樣，你是否還是和現在的這個塔克一樣呢？」

「您說的沒錯。外表雖然變得不一樣了，但是本質同樣是我本人。」

「就像你說的那樣！對我而言，最重要的就是你的本質。我想要教的也就是那個塔克啊！你瞧那些火焰，你可以想像現在正溫暖著我們身體的這些火焰裡，所蘊藏著的是太陽賜予的恩惠嗎？這是長年累月，歷經無數次歲月更迭，始終照射在樹木上累積而成的陽光恩典。樹木將它吸收保留，再轉變成爲熱能和其他成分，而還原在此刻的我們身上。」

塔克聯想起曾經在學校裡學習到的有機化學的內容。什麼一氧化碳、二氧化碳、氧氣、礦物質……。

「不要變成一個自認爲只要記誦標籤上的說明文字或者是圖表就已經足夠的那種人。若是不想仔細了解遇到的對象是哪種人、他的內在中心思想是什麼的話，可是不行的。因爲和你相遇的那個對象，將會成爲你生命的一部分。所謂的成長就是指這個東西。那麼，明天早餐後的訓練一結束，你就出門去和樹木說說話吧！」

雖然不是聽得很懂，但是塔克還是默默地點了點頭。

黎明前的天空一片清澈透亮。幾乎所有的一切都閃耀著刺眼而璀璨的光芒。在吃過簡便的早餐後，老人和少年開始做起體操。

那是一種令人難以想像的體操。剛開始的動作出奇緩慢，是一種需要集中注意力的運動。接著，突然一個大轉變，變成一種手腳不停來回旋轉，偶爾還必須頂著地面畫圓的、令人眼花撩亂的動作。才不到三十分鐘，赤裸的上半身就開始發熱冒汗，汗水如同水滴般顆顆滾落。在寒冷而又寂靜的空氣中，可以清楚的看見從兩個人體內冒出的陣陣熱氣。

訓練結束後，老人便進入小屋內集中精神冥想沈思，而塔克則以白雪搓揉身體，再以毛巾擦拭乾淨，穿上暖和的衣物。雖然皮膚感覺有點灼熱刺痛，但是全身卻好似充滿力量般。會有這種感受，是因爲在這之前未曾有過如此經驗。接著，要去和樹木打聲招呼了。小木屋的正前方佇立著一棵樹，塔克抬起頭仰望樹木的那一瞬間，內心因爲興奮而有點激動。那個正用著鳥喙在樹幹上叩、叩、叩地鑿出一個洞、一個洞的，不就是大斑啄木鳥嗎？

叩、叩、叩……大斑啄木鳥在樹幹上敲啄了一段時間，偶然間注意到塔克的存在，隨即飛往臨近處的別棵樹木上頭。塔克來到那棵樹下，用手觸摸著樹幹，抬頭仰望著樹木冬季枯瘦的模樣，以及光禿裸露的樹枝。如此一來，塔克對這棵樹的體認，想必將會深深烙印心中，永生難忘吧！

12 擔任狩獵嚮導

隨著春天到來，天氣逐漸回暖，深山中沉積的硬雪，如同粗糙的白砂糖，也逐漸透明起來。現在，塔克穿著踏雪套鞋，已經能跟野兔爺爺一樣迅速地來回行走了。在這個萬物開始活動的季節，最令塔克興奮的莫過於是熊群們開始離開冬眠的洞穴，出來活動。老人和少年每天會漫步到野生林地的深處尋找熊的蹤跡。

在山中隨處可見熊群爲了尋找刺激性強的植物，而挖掘植物的根、四處嗅味道的足跡。爲了要使冬眠期間沒使用的腸胃再度開始蠕動，一定要吃這樣的食物才能去除囤積了整個冬季的脂肪栓。至於人類，則正享受從山腳下的雪堆上，摘除花莖的樂趣。

因爲熊很敏感，也擔心熊會讓狗受傷，所以在追蹤熊的足跡之時，會將狗兒們留在家裡。塔克雖然打算很努力地一個人查出熊的洞穴，但實在是很困難。花了好多天到處奔走，最終只能在山的盡頭發現一個洞穴。

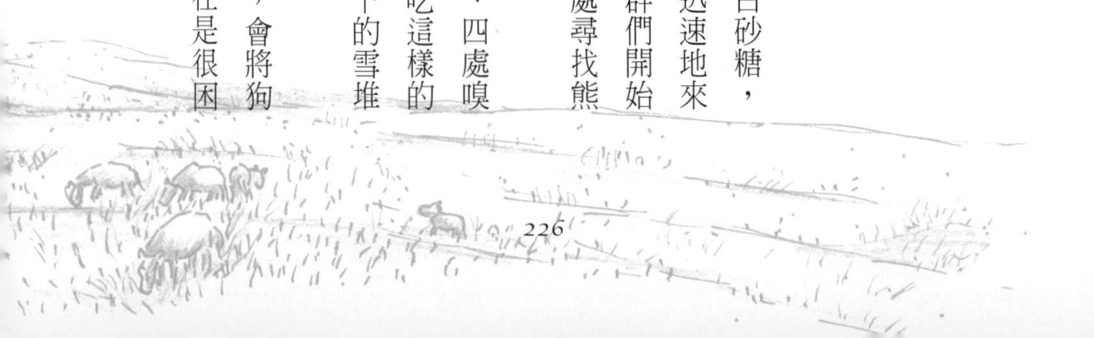

狐狸

犬科，以耐力、隨機覓食方式及高度適應性等特質著稱。修長的身軀、瘦長的腿部，長而多毛的尾巴。牠會潛行跟蹤獵物，並在獵物逃脫之前，衝出捕獲獵物，在把獵物帶到隱密處享受食物。

這個洞穴在一棵巨大且古老的山毛櫸根部，就在朝南的山坡上。塔克靠著狐狸般敏銳的神經，緩緩地接近洞穴，往洞裡窺視。他覺得聞到了熊的味道。但因爲洞穴裡太暗，什麼都看不到。洞穴似乎延伸到很深的地方，他不能不確定熊是否在洞穴裡，野兔爺爺應該會問他這點吧！

塔克走下山坡，進入茂密的杉樹叢裡，兩手撿滿許多乾枯易燃的茶色杉樹枝。他把這些樹枝堆積在洞穴的入口後，馬上又回到樹叢，這次換撿青綠色的小樹枝。

燒是燒得起來，而且應該會冒煙。環顧四周，找尋到藏身的地點之後，塔克在堆積成小山的樹枝上點火。點完火後拔腿就跑，躲在視線可及且順風的大樹蔭下。

過了好幾分鐘，什麼都沒發生。樹枝下溶化的雪水漸漸上升，使得火勢漸漸減弱。就在塔克想要走過去生火的瞬間，有個巨大的黑影從洞穴裡竄出來，踢散了燒焦的樹枝，發出低沉的吼聲。

塔克因爲恐懼而全身僵住。彷彿O型腿摔角選手的大熊用後腳站立，一邊嗅著周圍的空氣，一邊豎耳聆聽。不久，大熊以四腳站立，從喉嚨深處發出低吼，往剛剛塔克走到杉樹叢間的足跡追去。

野兔

少年一開始是謹愼小心、緩慢地移動，接下來就全速衝刺，往和大熊完全相反的方向跑走。一回到小屋，塔克就興奮地將今天剛發現「新」洞穴的事情跟野兔爺爺報告。

「嗯，那傢伙回來了啊！是隻很大的熊吧？大概是山裡最大的那隻吧！有沒有看到傷痕？在這個附近？」

野兔爺爺指著頭附近的位置。

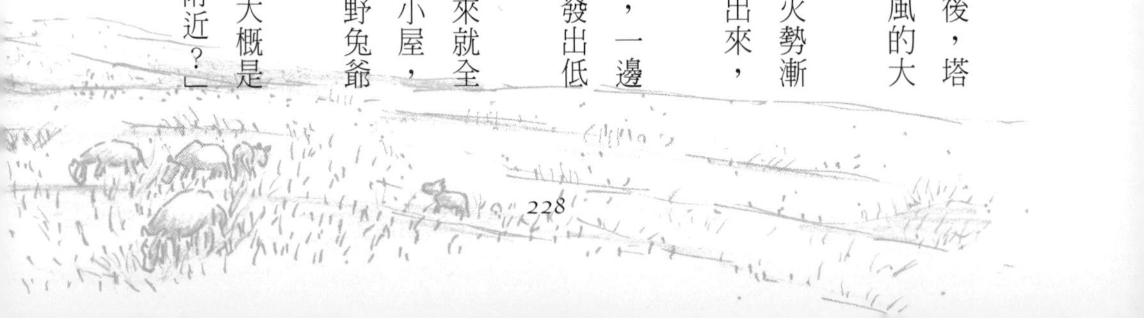

「嗯嗯，有耶！而且鼻頭附近的毛也變白了。」

「這樣啊？那傢伙很憎恨人類。那個傷痕是以前子彈擦過的傷口。如果惹惱牠會很危險呢！說不定，牠還會狠狠地打你的頭呢！」

野兔爺爺一邊數著要繳交給政府的白色野兔皮，一邊把它綑綁起來。塔克看著野兔爺爺綁好的兔皮說：「那個兔皮，要我明天拿到鎮公所去嗎？」

明天春假就結束了，塔克也必須要回到學校去。野兔爺爺說不用，他也要一起下山。

燉肉的香味引起了老人的食慾，野兔爺爺雖然什麼都沒說，但是少年的手藝越來越進步是千眞萬確的。不論是野生的香草、對身體好的食材、香味好的食材，現在都能分辨清楚而好好使用。

老人一邊吃，一邊命令塔克明天下山時也要順便捕捉獵物。他的母親一定也會希望能吃到這樣的野兔燉肉。塔克的臉上閃耀著喜悅的光芒。因爲沒有比這個更能證明老人喜歡這鍋燉肉了。

隔天，在下山回家的路上，塔克用弓箭獵到一隻野兔。兩人回到了塔克冬天的家，把揹著的行李卸了下來。塔克習慣性地把弓和箭筒掛在艾格蘭獵到的雄鹿角上，那裡還掛著馬轡等馬具。他把狗兒鎖好、給他們水之後，手拿著行李跟野兔，走上通往廚房的樓梯。

「媽，我回來了。老師也一起來了喲！」

媽媽因爲突如其來的訪客而驚慌失措地出現在門口。怎麼這麼早就回來了啊！她用圍裙將兩手擦乾淨，向老師行禮。

「塔克，把客人帶去客廳，然後把暖爐的火點起來。別把客人帶到廚房來！」

野兔爺爺笑著伸出手說：「沒關係，我只是停下來打個招呼而已，接下來還必須要去鎮公所呢，不用客氣啦！」

「這樣子啊，那等會兒請回來這裡吃晚餐吧。我先生傍晚就會回來了，而且還會帶回今天捕到的新鮮魚產，請您晚上來家裡用餐吧！」

塔克說：「老師……野兔爺爺……拜託您！」

「好久沒吃海裡的魚了啊！那就謝謝了，兩、三個小時過後，我會回來的。」野兔爺爺這麼說完後，對塔克的母親點了個頭就離開了。

塔克的母親仔細地看著兒子。個子長高了，而且肩膀也變寬了，瞳孔裡還散發著從沒見過的光芒。她突然覺得心口悶悶的，那麼小的兒子這麼快就成爲堂堂正正的男子漢了。

再過幾個月後，這個孩子也要十五歲了。雖然應該有身高比他高的孩子，但他寬厚的肩膀和健壯的體魄、正直的態度、還有睜大眼睛後炯炯有神的眼神，大概沒有什麼少年可以比得過吧！

塔克向母親展開笑顏，拿出了剛剛捕獲的野兔。這種在山裡生活的兔子是大型的異種野兔，野兔爺爺稱之爲「鍋兔」。

「我想說媽媽喜歡吃，就用弓箭捕回來了。」

「謝謝了，塔克。好開心喲，因爲你不在，就一直沒有什麼心力去打獵，也就沒有抓到什麼獵物。這隻這麼肥，看起來很鮮美的樣子呢。你爸爸一定也會很開心的，他最愛吃兔子了。」

塔克笑了。「我在山裡因爲吃了太多兔子，覺得自己也快變成兔子了。」

他學兔子動著鼻子，在廚房裡跳來跳去。媽媽笑著打他的屁股。

「把這整身都是爐火味的衣服脫掉，快點去洗澡！」媽媽叮嚀著。

塔克拿起行李，走上房間去。母親開始在炭火上烤魚。

塔克因專心寫筆記而忘記時間。等到發現時，聽到樓下父親跟叔叔低沉的聲音。他蓋上筆記本，下樓跟他們打招呼。他們倆正坐在暖爐前喝著馬奶酒。

「我回來了，爸爸。叔叔，歡迎你來！」

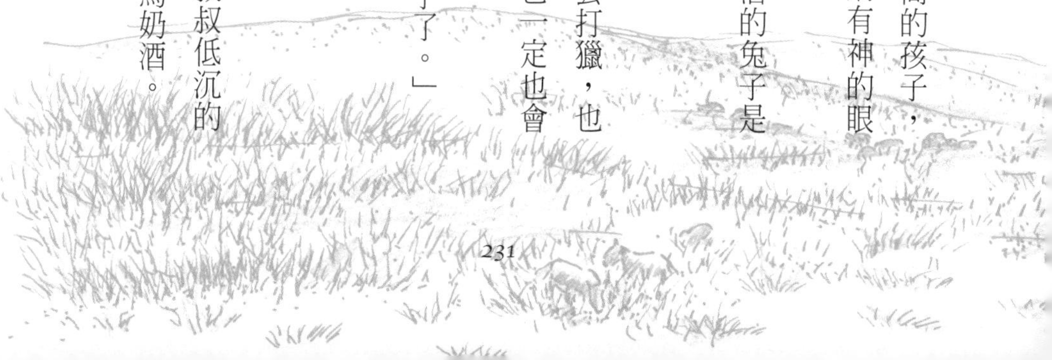

熊

熊的體型屬於中大型，多數的熊具有黑、棕或白色毛皮，熊的嗅覺敏銳，視力、聽力較不發達，多數熊類食物為混合肉類（包括昆蟲、魚類）及植物（嫩枝、根、果實、核仁等）。許多熊會在冬天休眠，尤其是寒冷地區族群。

「喔，回來啦？來，一起喝吧！」

父親拿給兒子一個小玻璃杯，在裡面倒滿酒。馬奶酒的酒精濃度很低，所以像塔克這樣的少年喝也沒關係。

「明天要去學校了，作業做完了嗎？這學期有考試吧？」

塔克也知道這點。雖然實際上在書桌前讀書的時間眞的很少，但同時他也學會有效地利用時間。塔克已經確實地學到把集中力跟知識印在腦海中的方法了。單單只是讀書，那樣只是浪費時間而已。而且，跟野兔爺爺一起在山中生活的那段時間，他

也開始了解，以前覺得無聊透頂的化學、政治史等科目，其實很有趣。他也變成野兔爺爺那種活著學習的人了。

「熊已經出現了嗎？」叔叔若無其事地問。

「嗯，三隻。帶著小孩的母熊和那隻小熊共兩隻，還有一隻很龐大的公熊。」

「大概有多大啊？」

「九十公斤左右吧！」塔克說，「雖然我只是把牠從洞穴裡薰出來，但那就很可怕了。如果讓那傢伙看到、或被牠嗅到味道的話會怎麼樣我也不知道。那隻熊的頭部有個傷口，聽老師說是被舊式子彈擦傷的痕跡。」

兩個男人稍微交換了一下的眼神，父親說：「把獵熊的槍交給你的時候總算來了。」

塔克眼裡閃爍著光芒。

「真的嗎？爸爸，我有跟老師借槍來稍微練習過。」

「如果是他就可以的。八津，塔克擁有很堅毅的精神。你看，這小子竟然還記得面對著叼走我們家小羊的熊的那一刻。」

對打獵的年輕人而言，最高的榮耀之一，就是能用槍獵捕熊。用獵槍捕熊的證照很難拿到，而且是地區全體一起頒發，所以男人們都很想獲得對抗熊的榮耀。而且分配的人數非常嚴格。

塔克說：「今天晚上吃飯時老師會來。這麼一來，是不是就可以請老師教我有關熊的事情了？」

八津說：「是啊！」

那天晚上，野兔爺爺非常開心的樣子。彷彿是個二十幾歲的年輕人，活潑地吃著晚餐。晚餐之後，鎮長來塔克家拜訪。塔克想，這究竟是爲什麼呢？鎮長加了座位一起入座，喝了兩三杯溫熱的馬奶酒之後，甚至被勸酒而喝了白蘭地。即使天都要亮了，鎮長卻還沒說出來家裡的目的。

馬奶酒

不久，娜娜帶著她的父親回家，也叮嚀塔克該去睡了，明天要去學校必須早起。塔克才想起答應「風」要早點騎牠出去的約定，他很有精神的說了晚安後，往三樓走去。

野兔爺爺和塔克的父親、還有鎮長都還留在爐火旁。他們已經喝完酒，正在喝茶。母親則在廚房裡清洗餐盤。

鎮長放下茶杯，非常尊敬地向老人行禮。

「神谷上校，我聽說您前來小鎮的消息，心想這正好是個好機會，故特此來拜訪您。所謂的事情，是非常重要的事情。這次小鎮得到成爲皇室狩獵場的殊榮，皇太子殿下也會親臨小鎮。」

野兔爺爺放下茶杯：「熊？鹿？還是羚羊？」

「熊，今天早上，殿下的副官來到我們鎮上。」

「這是很重大的責任呢！」八津山海說。

「正是如此啊！皇太子殿下希望使用弓箭和長槍，徒步去狩獵。」

「那麼森林管理員要用來福槍來保護太子囉？」八津問。

「不。」鎮長拿出絹質的手帕，一邊擦著眉毛附近，一邊說：「根據副官的說法，皇太子殿下覺得用手槍狩獵不算是一種運動。」

「他知道受傷的熊是怎麼樣的嗎？」

「我當然指出這一點。」鎮長說，「副官是說狩獵時雖然有森林管理員同行，但不要使用來福槍。我則是說，至少要讓兩個森林管理員帶著來福槍。一開始可以把子彈拿出來，在危險的情況下再裝入子彈就好。不這麼做的話，很

難保證能保護皇太子尊貴的生命。雖然經過很激烈的爭執，但我想應該會照我的說法去做。狩獵時，皇太子的貼身保鑣庫瑪加納少校也會一起來。你們聽說過少校嗎？」

八津點點頭。兩人談話的期間，野兔爺爺一直保持沉默。可以明顯地從表情裡看出他的怒氣。

鎮長對野兔爺爺說：「神谷上校，我正式的拜託您，希望您能在皇室狩獵時擔任嚮導。」

野兔爺爺只是交叉著手臂，目不轉睛地凝視前方。

「我拒絕。對於這些傲慢而想挑戰大自然的年輕人，我是怎麼也無法忍受的。你就對他們說，因爲我年歲已高，這麼做很勉強。」

鎮長聲音很慌張地想要反駁。野兔爺爺卻很頑固。

皇太子自己直接要求的話就算是命令了，但透過鎮長的方式就算是間接的請求，老人當然有拒絕的權利。

「眞的能夠拒絕嗎？」八津用委婉的口氣問。

老人站了起來，看著坐著的男人們。

「那讓你兒子塔克山海當嚮導吧！他也很了解這座山，也可以告訴你們熊的洞穴在哪。運動啊，想必皇太子一定能好好享受這個運動啊。」他用極其輕蔑的口氣說出「運動」這個詞。

「謝謝八津，我今晚很開心。」

老人這麼說完後，點點頭就離開了房間。八津和妻子急忙追過去，但他的身影卻只剩下背包了。八津回到了客廳後，在火裡加了幾根木柴。鎮長看起來十分地焦慮不安。八津向妻子招手示意，要她坐到旁邊來。

「讓兒子當嚮導吧！」八津說。

本來不自覺就要抗議的妻子，看著丈夫的眼睛沉默不語。

鎮長說：「塔克還只是個孩子。」

「沒錯，他只是個孩子。但我們之中最了解這座山的，也是這個孩子。他也知道熊的洞穴，也曾經用弓箭獵殺大型的動物，而且跟著神谷上校學習了這麼多，也得到上校的信任。如果不是這樣的話，上校不會這麼說的。而且如果只是要多個伴的話，塔克也能稍微了解皇太子殿下的好意吧！」鎮長沉默了一會兒。最後終於張開眼、點點頭，握了八津的手。

「塔克是個優秀的年輕人。我知道了。彷彿有神在眷顧他。」

八津拍著妻子的肩膀說：「別擔心，我跟弟弟都會在他身邊的。當然還有

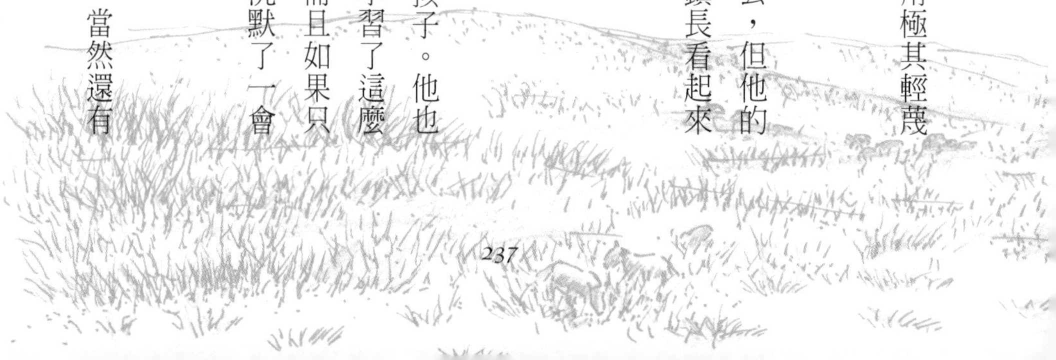

庫瑪加納少校啊。」

「用這塊毛皮替塔克縫一件新背心吧！」她對著八津屁股下鋪著的那塊有光澤的犬狼毛皮點點頭表示同意。

「但是那個孩子，明明還只是你的孩子而已啊！現在就要他擔任大人的角色，不會太早嗎？」

13 與大熊搏鬥

三天前開始，優利塔卡皇太子就停留在高原的小木屋裡。這裡是他秋季狩鹿時很喜歡的一個地方。這次的狩鹿是爲了要間隔群鹿的數量而舉行的。皇太子是世界有名的騎師，對於強而有力的弓箭也十分的拿手，跟庫瑪加納少校練習，是每天不可或缺的事。

某日下午，鎮長、塔克及塔克父親三人爲了晉見皇太子，被招待去小木屋。三人都穿著正式的禮服，和擦得閃閃發亮的長筒皮靴。三人到入口處時，禮服用的佩帶腰刀被衛兵取了下來，之後就被帶到大廳外側稍作等待。

大概等了十五分鐘左右，有個身材高大、滿面鬍鬚的少校出現。塔克突然站起來，微笑著敬禮。庫瑪加納少校大步走近，緊緊抱住塔克。他被巨大的少校抱起來，塔克的身體整個離開了地面。之後，少校轉身面對八津和鎮長，握手打招呼。

「這邊請！這邊請！皇太子已經在等你們了。」

少校先走，走進了走廊。他們走上寬敞的階梯，來到了一個裝有金屬釘的厚重木門前。一看見少校，兩個衛兵馬上合起腳後跟敬禮。少校用右手按了一下牆壁上的電子鎖面板，說了名字後，門發出輕微吱吱嘎嘎聲的同時，也打開了。可以看見穿著軍服的皇太子，坐在由暗褐色古木製成的大書桌對面。一看見塔克，皇太子快速地站了起來走向他，三人對皇太子深深地鞠躬。

「你終於來啦，塔克山海！在雪季運動大會上，就是你幫我的？」

「是您幫我的，皇太子殿下。」

「都要一起入山了，就不需要講求那麼多繁文縟節了。」

少校在後面說：「稱呼『殿下』應該就可以了吧！」

皇太子穿著近衛騎兵的淺藍色上衣，褲子是黑色的，附有馬刺的長筒馬靴也是黑色的。右腰上佩帶著禮服用的短劍。皇太子比八津矮，大概只比塔克高一點。但他緊繃的上衣，將他手臂、胸部及肩膀隆起的肌肉顯露無疑，全身上下散發出一種與生俱來就擁有權利及支配力的人所專屬的獨特氣質。

「塔克，你來這裡。我希望你跟我說。」

他說完後，走向大窗戶對面的牆壁，按下開關。牆壁的護牆板靜靜的打開，眼前出現了顯示整個區域的巨大地圖。這是一幅很詳盡的地圖，所有的建

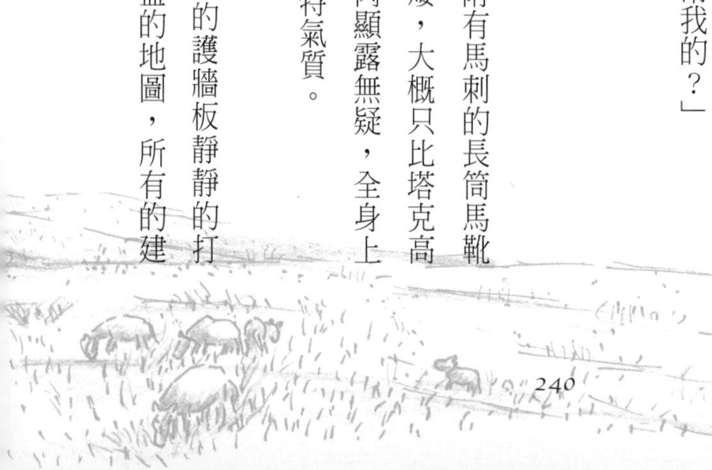

築物、大大小小的道路、還有天然地形全都標明得很清楚，還有很多地方是皇太子自己加上去的附註。紅點標明的位置就是鹿群聚集的場所。塔克走到前面仔細詳端地圖，很快就找到了他們居住的那座山，塔克他們就住在那座山的山腳下。令人驚訝的是，竟然連野兔爺爺的小屋跟三間燒炭的小屋都有標明。野生林地也只有住這些人而已。

庫瑪加納上校遞給塔克一根小棒子。棒子的側邊有一個按鈕，只要按這個按鈕，就會發射出紅色的雷射光束。塔克就用這個指出自己找到熊穴的路徑。

「早一陣子，因爲還有冬季末的暴風雪，所以熊應該還在洞穴裡，只是偶爾外出而已。大概一周之後就會離開洞穴了吧！那個時候就可以追蹤牠們的足跡了。」

皇太子說：「聽說是隻很巨大的熊。」

「是的，牠非常巨大，恐怕也很危險。聽說牠曾經被人類攻擊過，還有子彈擦傷的傷痕。」

「你看過那隻熊嗎？」

「是的，把牠用煙燻出洞穴的時候有看過，但爲了不讓牠發現就離開了。」

「聽上校說，你是自己一個人發現那個洞穴的。」

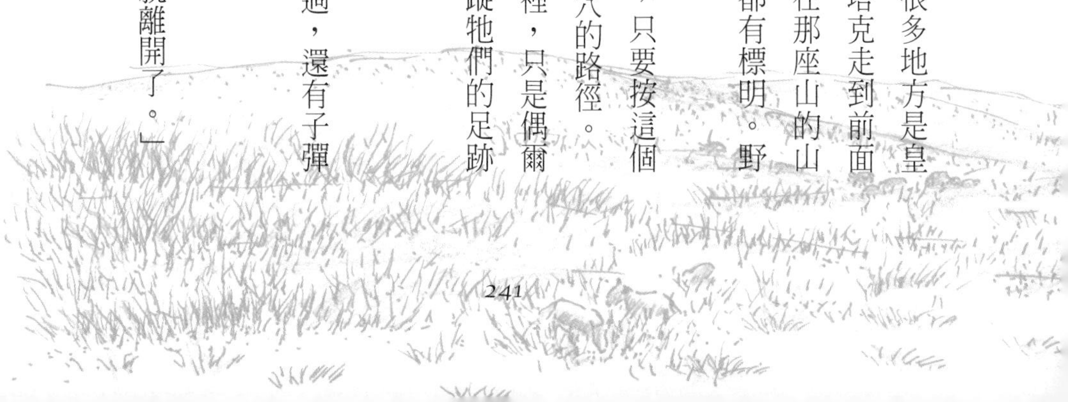

熊

小幼熊通常在休眠期間誕生，初生的幼熊沒有毛髮，十分脆弱，由母親體溫形成溫暖的環境保護著。

「是的，不過也是聽神谷老師說了之後才去找看看的。我也只是發現了洞穴而已，而老師是之前就知道那個洞穴的事了。」

庫瑪加納少校看著地圖說：「那要爬很高呢！近一點的地方沒有其他的熊了嗎？」

塔克用其他四個聚光燈照出其他地點，說：「這裡、這裡也有……但是……」皇太子淺笑了一下說：「應該是帶著小熊的母熊吧，還是更小的幼熊？如果我去狩獵那樣的熊，雪季運動大會一定不會滿意的。這樣才對，我們要狩獵的就是這樣的大熊啊！」

鎮長問：「那要不要準備直升機呢，殿下？」他從塔克的手中接過棒子

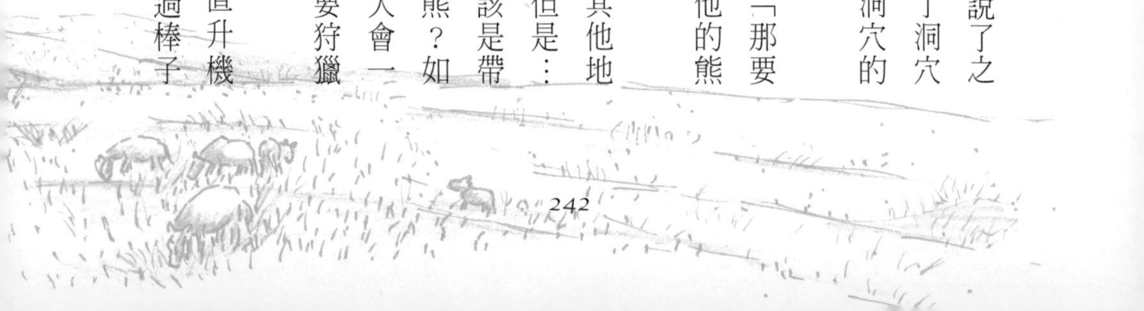

指著地圖。「這裡有緊急使用的直升機降落場，是山內搜尋或救難用的，也可以派人去鏟雪。」

「不需要。我希望盡可能不要去打擾棲息在山裡的動物。我們走路入山，盡可能人數少一點。庫瑪加納，你去安排吧！在雪季運動大會的小屋旁邊搭一個冬季用的營地就好。叫近衛騎兵搭吧！我們出發狩獵之後，他們待在那裡等候就好。帶兩個野生動物管理員去就好。來福槍的子彈都拿掉。至於塔克，就幫我揹獵熊的槍吧！」

塔克鞠了一個躬，這可是莫大的榮耀呢！

「我和我弟弟能夠一起同行嗎？」八津問。

「當然可以囉，但是我希望你們只帶獵熊的槍就好。還有，柴刀也可以帶著。」庫瑪加納少校又看了看地圖說：「如果捕到熊的話，不，不用說一定會捕到熊的。但是把那隻大熊拖到空地一定很花時間，到達的時候可能都天黑了吧！所以需不需要讓夜間飛行的直升機在空地上等候呢？」

「啊，這樣做吧！不過如果我搭夜間直升機的話，首相不知道會有多生氣呢！也許走路下山還比較好一點呢！」

「夜裡的山路很危險啊，而且殿下的行程……」

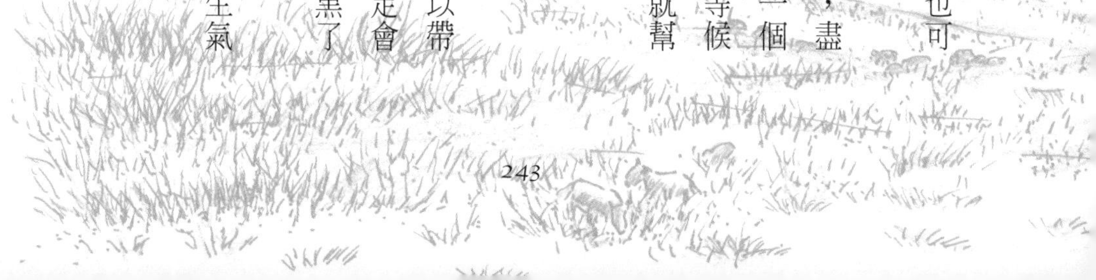

皇太子焦躁不安地揮揮手說：「那是之後的事。」

少校看看時鐘說：「殿下，縣長一行人從一小時前就在等您了。」

皇太子對塔克笑著說：「我知道、我知道，想要先把最重要的事情解決而已。不好意思，我還有事要處理。」

三人鞠躬行禮要離開房間時，皇太子對塔克說：「聽說你在艾格蘭獵到一隻很驚人的雄鹿，很了不起呢！我對我獵鹿的技術也很有自信，下次找天一起來這獵鹿吧！」塔克慌張地臉紅了。都已經接受這樣的招待了！皇太子的邀請真的能接受嗎？

庫瑪加納少校送他們到門口，接著跟他們一起走到外面的玄關去。少校一邊帶領他們走到公用車停放的地方，一邊跟他們說明天的行程。「明天我和皇太子、近衛騎兵一行人打算直接到現場。那嚮導跟搬運工分配的如何了呢？」

鎮長回答說：「這關係到我們鎮上的名譽，已經有五十個義工在待命了。」

公用車載他們到車站，他們又坐了半小時的火車，三人終於回到家。

山區天色黑的很快。皇太子、庫瑪加納少校、塔克、塔克的叔叔與父親、還有兩個管理員一行人，組成隊伍之後就上山了。他們到的時候，帳篷已經搭好了，瓦斯燈也明亮地散發著光芒。皇太子非常愉快，一路上不斷地開玩笑。

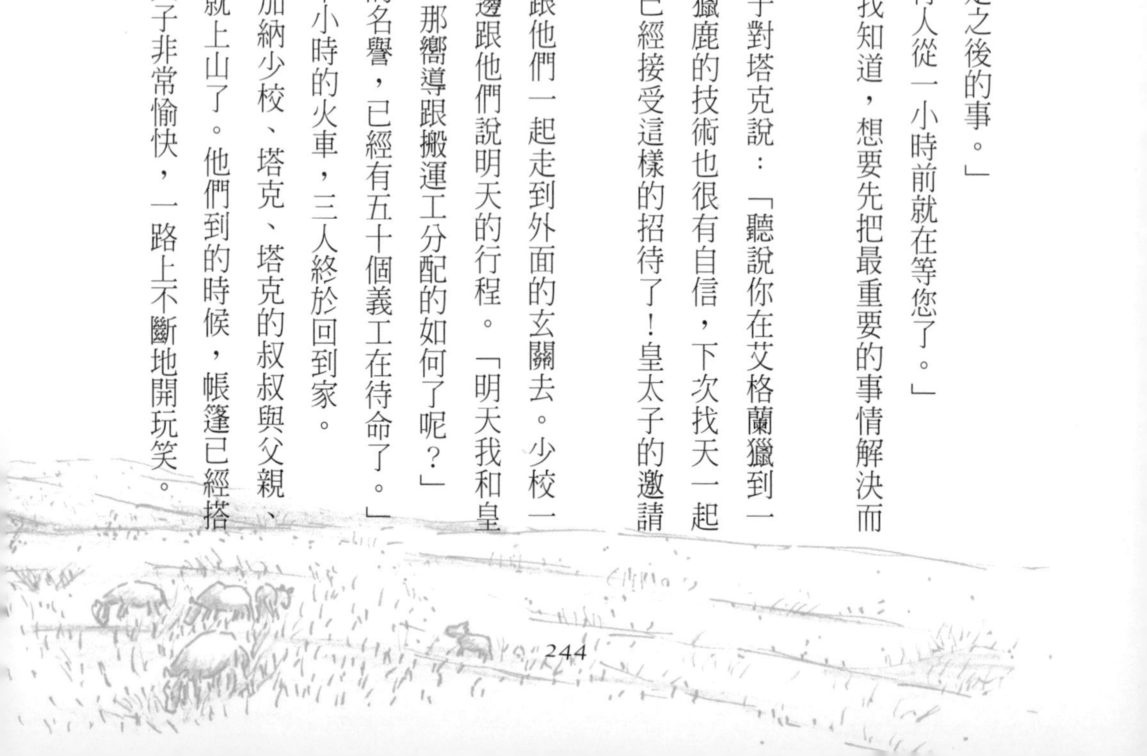

熊

而熊也是具有侵略性，尤其是在繁殖季節，同類競爭更是如此，

這天下了點小雪，但是非常寒冷。穿著冬天的制服、佩帶著襲擊用的來福槍與自動步槍的近衛騎兵守護著帳篷，形成一個防禦系統。其中有一個帳篷被當作無線電局，要不斷地與本部保持聯絡。

塔克把揹著的兩把獵熊槍拿下來，一把是皇太子的，一把是前幾天爸爸給他的。他解下揹在身上的行李，蹲下來解開踏雪套鞋的繩子。一個衛兵走向他，告訴他今晚該睡那個帳篷。塔克走向那個帳篷，把放在雪地上的行李放進帳篷裡。

從野兔爺爺的小屋飄來了煙的味道。塔克走到小屋看看。在開鎖之前，他有禮貌地往房子裡呼叫看看。塔克當然知道野兔爺爺一定不在。野兔爺爺應該不能忍受這麼多人吧！這跟對象是皇太子或是任何人都毫無關係。塔克想

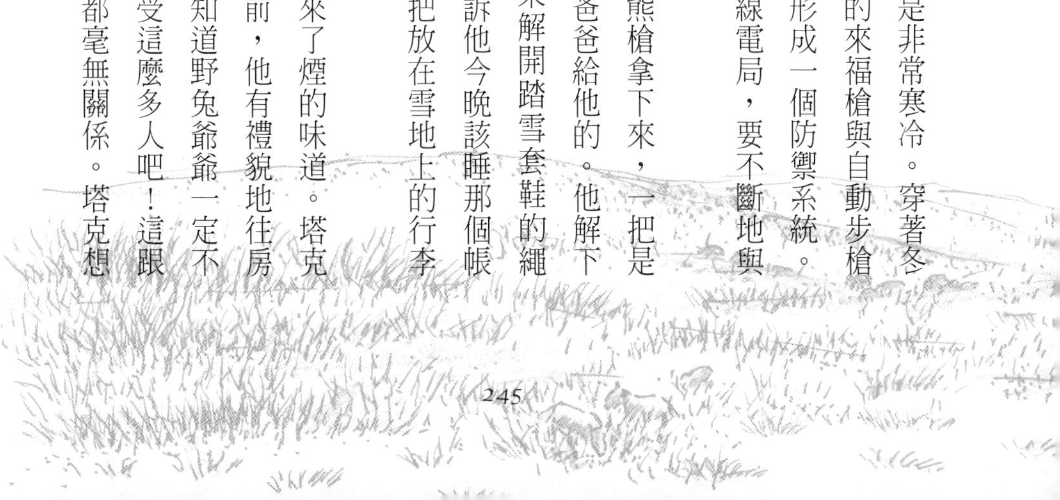

著那天武裝士兵到來時，老人的態度。

塔克從袋子裡拿出手電筒來照亮房屋內。火還點燃著，老人一定是故意點燃的。小屋裡溫暖的氣氛很舒服。地爐的上座鋪著熊皮，熊皮上放了一張手寫的紙條。塔克將紙條拿起來，快速的瀏覽一遍。

塔克：

一定要小心熊。不要忘記我教你的事情。我打算去朋友家兩三天。請幫我轉告優利塔卡皇太子跟庫瑪加納少校，希望他們把這裡當自己家不要拘束。哪裡有什麼東西，你都知道吧！還有一件事要先告訴你。如果大熊被殺死的話，這座山會為牠哀悼，還有可能會發生復仇的行動，這些我都希望你能牢記在心。塔克，為大熊祈禱吧！希望你也要小心皇太子跟自己的安全。

野兔爺爺

塔克在地爐裡加了柴火，點燃了煤油燈。靜止的樹木上，貓頭鷹照慣例地發出溫和的叫聲，但是身影卻怎麼都找不到。

隔天早晨，穿著踏雪套鞋的塔克，走在排成一列的同伴們的最前頭。他手

上拿著皇太子的槍，自己的槍則用繩子綁在背上。腰上插著狩獵用的獵刀。前一天晚上父親已經幫他磨過長槍的刀刃跟獵刀，所以槍芒變的跟針一樣銳利。

射熊長槍的槍芒大概到心臟這麼長，但是因爲很堅韌而不能彎曲，只能筆直地刺。刀刃的根部，左右都附著大概四十五公厘左右的橫片鋼鐵，白樫製成的槍柄大概是一個男人的身高那麼長。槍柄的前端用鋼箍套著。

被熊突襲的時候，若將長槍斜斜地插在地上或雪中，突襲的熊就會自己被長槍刺到。但是根據野兔爺爺說法，若自己這方沒有用盡全力握緊刺下去的話，也可能不會成功。

塔克的後面就是皇太子。皇太子穿著白色狼皮背心，腰上繫著皮帶。而塔克的背心也不是平常的羊毛背心，而是用犬狼的毛皮縫製的新背心。皇太子手上拿著弓箭，背上揹的箭筒裡放著七支狩獵用的箭。庫瑪加納少校雖然也帶著弓箭，腰上還另外掛著沉重的巡邏用單刃長柴刀。這種長柴刀算是狩獵的器具，但當武器也十分有用。他脖子上還掛著小型的無線電。另外，一邊的袋子裡還藏著火力強大的小型手槍。兩個管理員跟他們同行。塔克的父親與叔叔也各自帶了弓箭、柴刀和狩獵用刀。

這是趟險峻的登山之旅。一行人都上氣不接下氣的，踩著帶頭塔克的踏雪套鞋的圓形腳印走下去。雖然雪變得很堅硬，但遇到風吹積成的雪堆，體型很壯碩的少校連膝蓋都會陷入雪堆裡。陰天，天色昏昏暗暗，冷冽的寒風從山頂吹拂下來。

幾個小時後，一行人來到了杉樹叢裡，在洞穴下面一百步左右的位置。塔克和父親一起躡手躡腳地走到入口附近看看。從足跡可以確定大熊應該還在洞穴裡。

塔克沒有移動，只是靜靜的站在那裡。照著野兔爺爺教的，他應該把心放空，等待山對他說話。山毛櫸高聳的樹枝間，傳來風吹拂而過的聲音。遠方的山下，傳來烏鴉如同警戒信號般，重複不斷的高亢叫聲。

塔克可以聽見自己心臟跳動及血液在血管中奔流的聲音。不久，他感覺到有什麼溫熱巨大的東西存在著。雖然他看不到，但是他知道非常接近了。雖然只是一點點的味道，但他聞到味道了，是熊的味道。塔克打了個暗號，下面的人爬了上來，其中一個管理員跪在入口的旁邊。

「熊應該在裡面，不過這是個很深的洞穴，應該一直躲在最深處吧！」

皇太子把箭搭在弓上。

「那麼，要怎麼讓那傢伙從洞穴出來呢？」

塔克的叔叔開口說：「我們有種常用的老方法。」

皇太子點頭同意。

「割一些樹枝，在入口處築一個籬笆堵住。不用說，雖然這個籬笆馬上就會被熊弄壞，但是卻能很有效的讓牠動作變遲緩。那之後，在洞穴的側邊挖一個隧道，丟入發煙筒。之後，站在離洞穴遠一點的位置，等大熊破壞籬笆、逃出洞口之際，就可以趁機射死牠。」

皇太子說：「聽起來還不錯，那麼，就試試這個方法吧！」

他們開始動手工作。切斷了樹枝，將入口堵住之後，再用幾根樹枝綁成橫的裝上去。做完這些之後，就開始在雪中挖橫向的洞穴，但因爲樹根緊緊纏繞著，很難挖洞。大概過了一個半小時，其中一個管理員突然大叫。

「那傢伙咬著鐵鍬不放！」

洞穴的入口前，塔克將自己的槍從肩上拿下來，爲了能隨時可以使用，他把槍插在旁邊的雪中。心臟撲通撲通的跳著，手掌也被汗水浸得濕淋淋的。塔克相信自己顫抖是因爲寒冷的緣故。塔克用兩手緊握著皇太子的槍，用力叉開雙腳使勁站著。他站的地方大概離洞穴十步左右。搭好弓箭的皇太子站在正中間，還是拿著弓箭的庫瑪加納少校在右側，而父親跟叔叔則在他們的兩側守護著。站在斜坡上的其中一個管理員無法冷靜下來，不斷用手指撥弄著放在上衣口袋裡的子彈。另一個管理員則把來福槍放到旁邊的雪上，準備著發煙筒。

「好！開始吧！」皇太子大叫著，如同少年般非常興奮、毫不畏懼。

濃煙從他們挖掘的側邊洞穴冒了出來，也從正面的籬笆中飄出來。可以聽見洞穴中大熊的怒吼咆嘯聲。下一刻，大熊發狂地往籬笆猛衝，奮力地用前腳打壞樹枝，緊抓著樹枝不放。皇太子緩緩地拉緊了弓。

大熊的前腳出了洞口，接下來是肩膀。跟人類的手腕一樣粗的樹枝，就如同小樹枝般，啪啦啪啦的就被大熊折斷了。才在想大熊是不是要衝出來了的瞬間，皇太子射出了箭，但大熊仍憤怒地與燃燒的樹枝及濃煙搏鬥。而皇太子的那箭偏離了致命點，只削到大熊鎖骨附近結實的肌肉，沒有射到肋骨或胸腔。

其他人才要制止的時候，皇太子已經迅速的搭起另一支箭，又拉緊了弓，打算要自己殺死這隻大熊。

大熊已經完全破壞了洞口的障礙物而全身出現。如果照大家所預想的，這傢伙站起來採取恐嚇的姿勢的話，皇太子射的第二箭一定能夠射進牠的心臟。這麼一來，其他人再全部一起放箭，一定能給牠致命的一擊。但大熊並沒有站起來。那傢伙怒吼著，左右搖晃著頭，用四隻腳直接猛衝了過來。皇太子的箭

雖然深深地刺中那傢伙，卻只是射中頸部鎖骨側邊到肺的附近。大熊雖然最後會因此而死，但憤怒的熊是即使被射中了心臟仍可猛衝攻擊的動物。

「塔克！」父親大叫。

塔克間不容緩地將長槍塞進皇太子手裡。第一刺，長槍掠過大熊的臉頰，刺進與之前刺中相反方向頸部的交叉處。就在那一瞬間，皇太子跟大熊都跌倒了，一起滾下了斜坡。但因爲皇太子手上仍抓著槍柄，應該能夠逃出大熊可怕的利爪。

皇太子是和大熊擠成一團而跌倒的。因爲可能對皇太子造成相當大的危險，所以衆人不敢開槍也不敢射箭。但塔克非常迅速拿起自己的長槍，大叫一聲後，就深深地刺進大熊的肋骨。熊痛苦地喘著氣，用後腳站了起來，如拳擊手般使出強而有力的右鉤拳，把皇太子的長槍折成一半，拔出塔克的長槍。只剩下塔克站在因痛苦和憤怒而發狂的大熊與跌倒的皇太子之間。塔克兩腳使勁地站穩，保護著皇太子，並用長槍的尖端刺進大熊胸骨下方。

大熊心臟被刺傷，但由於憤怒和痛苦，大熊轉向塔克。雖然敵人是遠比塔克來得龐大沉重的大熊，但塔克爲了護衛皇太子，拚命地站穩。長槍插不進雪裡，塔克只能將它握在手中。

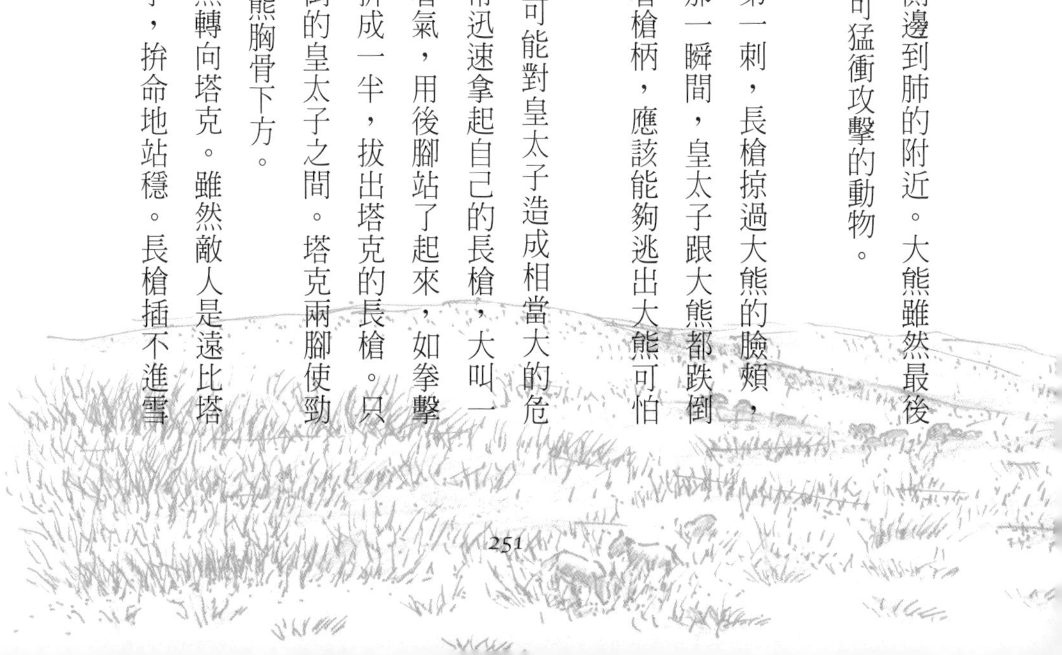

被皇太子的手腕絆到，塔克搖搖晃晃地幾乎要跌倒。其他的男人則把皇太子拖走。塔克雖然當場跌倒，但手上還是緊握著槍柄。

咻！少校射出了箭，筆直地射中了大熊。山海家的男人們也陸續射出了箭。瀕死的大熊發出尖銳嘶啞的怒吼聲後應聲倒地。少校用沉重的獵刀用力的砍下大熊的頭。塔克被大熊的血濺到。

氣喘吁吁的皇太子站了起來，幫忙把塔克拉離大熊。塔克的一隻胳臂沾滿了鮮血。雖然塔克從肩膀到手肘都割傷了，但似乎沒有骨折。父親跪下來扶塔克，讓他坐好，然後用手抓乾淨的雪壓住傷口。雪的低溫不僅緩和了疼痛，也幫助他止了血。

庫瑪加納少校從上衣拿出野戰用的急救配件，一邊在傷口上綁緊繃帶，一邊說：「塔克，你很勇敢！營地那裡會有直升機載你去醫院。雖然可能會稍微縫一下，不過要是有可愛的護士親你一下，馬上就能復原了吧！」

皇太子跪在少年身邊，像哥哥對弟弟般，撫摸著塔克亂糟糟的頭髮。

「不，很厲害的搏鬥呢！塔克，你救了我。真的很謝謝你。我很為你驕傲，你站得起來嗎？」

高大的少校問：「要不要背你？」

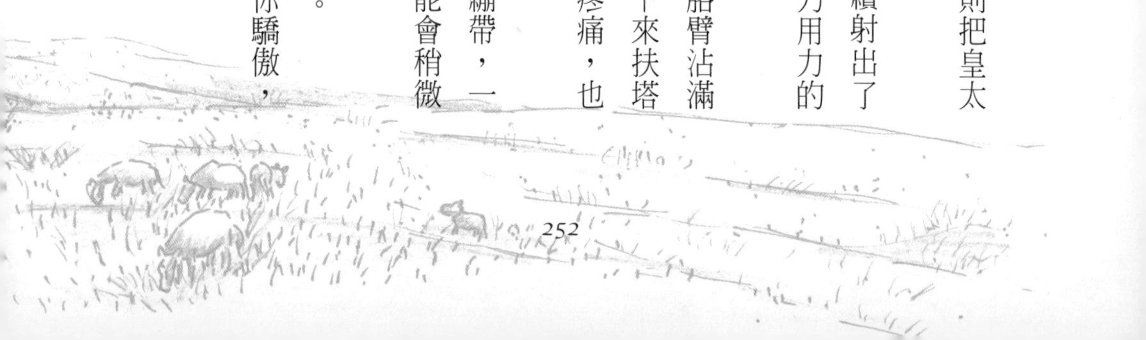

塔克搖搖頭說：「我是拿槍的僕人，已經不是小孩子了。」

父親扶著他的肩膀，偷看他因爲驚嚇過度而發白的臉。

「讓他用走的吧！塔克已經是大人了。」

他們把死掉的大熊綁在長棍上，由四個人搬運。庫瑪加納少校拿著塔克的長槍，一邊走，一邊扶著偶爾腳步踉蹌的少年。儘管如此，塔克還是非要拿著皇太子已經被折成一半的長槍。

隨著營地的接近，已經能聽到直升機的聲音了。直升機停在野兔爺爺小屋的空地上，近衛騎兵排好隊伍出來迎接。看到捧槍的衛兵們，皇太子微笑著轉過頭看塔克。

「這些都是爲了你喔！塔克。至於這把長槍，就當作我們戰鬥的紀念吧！」

庫瑪加納少校打開直升機門大喊：「塔克，快點來，這邊！」

「等一下。」

他說他想起某件事。他單腳跪在大熊旁邊，雙手合十並閉上眼。雖然不知道該說什麼比較適合默禱，但是他在心中拚命地感謝這隻大熊，並且請求牠的原諒。全部的人都保持著靜默，只剩下直升機螺旋槳吵雜的聲音，劃破周圍的寂靜。塔克張開眼時，看見皇太子低頭默禱。其他人也跟著全體默禱。

塔克說：「他是很偉大的一隻熊。」

「是啊，我們絕對不可能忘掉吧！」

他們把大熊留在那裡，將剝皮及解體的工作交給管理員們。貴重的膽囊也要在這裡進行乾燥的工作。

塔克和父親、還有庫瑪加納少校與皇太子一起坐進直升機裡，飛往陸軍醫院。皇太子穿著沾滿了血和土的衣服，直到塔克的傷治療好之前，都一直在他身邊陪伴他。

皇太子的專車把塔克和父親送到家。因爲疲勞和過度驚嚇，塔克迷迷糊糊地睡著了。

「這隻手沒有復原的話，不能帶他去射擊場。」

父親壓住兒子的肩膀轉動他的手臂，塔克睡的很熟。到家時，野兔爺爺已經在家裡等著了。誰也不知道野兔爺爺是如何知道這件事的。

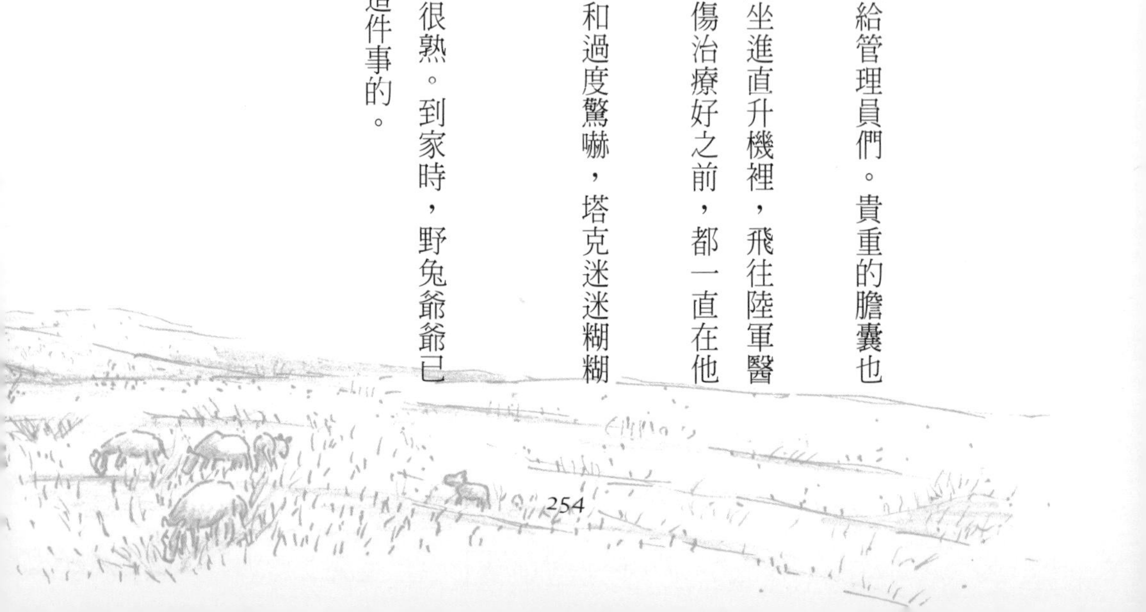

14 野兔爺爺犧牲

不知過了多少年。只要學校休息，塔克都會去野兔爺爺那裡度過假期。兩人一起在山上散步、學習、狩獵、鍛鍊身體。兩人也一起去很遙遠的地方旅行，而且全都是徒步去。塔克對野兔爺爺的敬愛與日俱增，對這座山的喜愛也越來越加深。

即使回到了家，他也非常用功。十八歲時，他已經可以使用跟以前是庫瑪加納少校，現在是庫瑪加納將軍一樣強的戰士所使用的弓箭了。不只是弓箭，就連步槍也已是冠軍等級的射擊選手，得了許多獎項。

十八歲時，塔克被徵召入伍。原本爲期兩年的兵役，塔克志願服役三年。因爲他想要進入最有名的精英游擊隊——優秀管理員隊。而他當然也很開心地迎接接下來的軍隊生活。

在爲期半年的激烈集中訓練課程過後，塔克被分配到要處理當時戰亂的軍隊。他在那裡服役的兩年，只被允許回齊威兩次。

然而現在，對塔克而言，戰爭終於宣告結束。

火車徐徐地開進車站。穿著中尉的軍服，單手提著背包，塔克在月台下車。父親和哥哥跟他同行。父親八津也穿著軍服，而哥哥阿信也穿著海軍軍校的軍服。塔克因爲戰爭而受傷的腳雖然還有些僵硬，但已經可以不用拖著腳走路了。

汽笛已經響了三次。大批的人群來迎接。塔克看到叔叔、嬸嬸和堂姐娜娜的身影。但最讓他驚訝的是，野兔爺爺就站在那裡。雖然頭髮斑白，但如年輕人般靈敏的動作還是沒有變。野兔爺爺還很稀奇地穿著優秀管理員隊伍的軍服。對塔克而言，這是他第一次看見野兔爺爺穿軍服。

塔克放下背包，對老人單手敬禮。父親跟哥哥也在他身後敬禮。野兔爺爺莞爾一笑後抱住了塔克。而塔克的母親也熱淚盈眶地緊抱住塔克。接下來是娜娜。娜娜現在完全是個標緻的美人，跟塔克的老友凱恩有婚約。現在可以看見凱恩正站在人群裡嘻嘻地笑著。與大家打完招呼、擁抱完，被弄得一塌糊塗的塔克，看見閃耀著晚春碧綠光輝的群山，抑制不住的熱淚奪眶而出。他不想再離開這裡了。

母親說：「你們最好肚子餓了，我可是從好幾天前就準備了豐盛的菜餚呢！」

「媽，沒問題的！我餓到連袋鼠都吃得下。」

「沒有袋鼠，但是有比牠更大更美味的食物喲！」站在塔克面前的叔叔邊走邊說。

家人、親戚、好朋友們在他們後面排了很長的隊伍。一到家，庭院裡已經有一個挖好的烤肉用大地爐，燒得火紅的熱石頭和紅炭火上，一整頭公牛用烤肉串串著，緩緩地轉動著。庭院之中充滿著烤肉的香味。家裡已經不夠寬敞，還搭了帳篷，擺設了許多桌椅。

回到家的塔克，先把行李拿上去自己的房間放。好一陣子，他佇立在房間裡，望著充滿他童年回憶的各種寶物。不久，才來到還有很多人等著他打招呼、乾杯的庭院。宴會持續到很晚。宴會終於結束了，回到溫暖的客廳時，塔克已經筋疲力盡了。

阿信說：「中尉，最後再來一口白蘭地吧？」

此時酩酊大醉而心情愉悅的阿信早已換下海軍軍服，穿上自己的服裝。塔克拿起酒杯乾了這杯。父親、叔叔、還有野兔爺爺也向兩人舉起酒杯。

「你還有半年就退伍了吧！該做的事都有好好地做到了，如果想要工作的話，各種工作都有。大家都望眼欲穿地等著你。還是你想上大學，獎學金應該也拿得到吧！」父親很認眞的看著他。

「我打算在軍隊裡再待一陣子。因爲似乎有傳言要我當明年世界比賽的射箭隊隊長。」

塔克的哥哥很開心地大叫：「這樣一來，不就能再得到一面獎牌了？而且這次的金牌，比那個獎牌更容易得到吧！」

阿信這麼說著，並用下巴示意大家看別在塔克上衣襟上的徽章。即使只是年輕人的臉上一瞬間閃過的表情，阿信還是察覺到他往野兔爺爺的方向瞟了一眼。因爲野兔爺爺也有同樣的徽章，皇帝親自頒贈的帝國功勳徽章。

塔克的軍隊主要是去討伐反叛份子。塔克成爲中士，任務的最後幾個月期間，他的分隊由三十個人組成，負責追趕四處出沒的游擊隊。分隊長雖然是貴族出身的中尉，但這樣的士官可能會有經驗不足的情況。塔克的分隊被一群比自己更擅於戰鬥的敵軍任意地玩弄、擊散。隊長在迫擊砲和自動槍的槍林彈雨之中，首先受了重傷而倒下。

優秀管理員隊幾乎被殲滅。塔克逃出游擊隊的耳目，背著受傷的隊長逃出前線。他決定先把隊長送到安全的場所，再報告狀況。三天之後，終於抵達了

前哨基地。到達的同時，塔克向上級報告了游擊隊的事件，順便請求加派增援部隊。

塔克提出讓他一個人再回到前線的請求，打算藉此追蹤敵人、收集情報。前哨基地裡苦於情報不足的士官們也同意了。於是準備了食物，並且充分休息過後，塔克出發了。這次他沒有帶步槍，唯一的武器是強而有力的狩獵用弓箭。過了十天，塔克都沒有回來。大家都覺得他死了而死心放棄。仍然有其他的戰役，但增援部隊卻一直都沒來。塔克回來的時候，離出發已過了二十三天。貼了很多註解紙條和地圖的筆記本，就是他偵查的結果。這本筆記本中，還蓋著被他打倒的十七個敵兵的指紋。

他回來後數小時，武裝的直升機起飛。塔克是嚮導。激烈的戰爭持續著。塔克他們終於找到游擊隊地下的隱藏基地，在那裡展開近距離的對戰。戰役在塔克這邊的壓倒性勝利下結束了。優秀管理員隊戰死了數人，塔克自己的右腳也受了重傷。

因爲此次功績，塔克晉升爲中尉。在陸軍醫院接受治療後，他爲了受頒國家最高榮譽勳章而回國。一夜之間，塔克成了大英雄。勳章的授獎儀式之後，記者們訪問塔克，當有人問他當時爲什麼不使用步槍，而是選擇弓箭這種原始武器時，塔克只是這樣回答：「因爲弓箭很安靜。我不想讓敵人發現我的位置，所以想一個、一個解決敵人時，弓箭是必要的配備。」

現在，一回到這麼安全的家中，那時的戰鬥彷彿全都不是現實，只是一場夢。雖然他被大家讚譽爲英雄，但在眞正戰鬥之中，他也曾感到恐懼害怕。雖然游擊隊的訓練很嚴格，也確實有效，但實際救了他的，卻是在野兔爺爺舉行的野外訓練中學得的知識。

他轉過身對著野兔爺爺，重新深深地低頭鞠躬。「上校，我能活著回來，都是因爲有上校的指導。眞不知該怎麼向您道謝才好！」

老人在他面前揮揮手說：「塔克，你是個好學生。別這麼拘謹地叫我，還是叫我野兔爺爺比較好。」

叔叔舉起酒杯：「首先對豹表示一下我們的敬意。」

「豹」這個名字，是媒體爲了捧塔克而取的綽號。

「叔叔，別讓大家這樣叫我啦！」

「知道了，那麼，向我最愛護的姪子們致敬，這樣應該可以了吧？爲了兩頭漂亮的駿馬，乾杯！」

叔叔說完，朝向塔克眨眨眼，又輕輕碰了一下阿信的側腹。

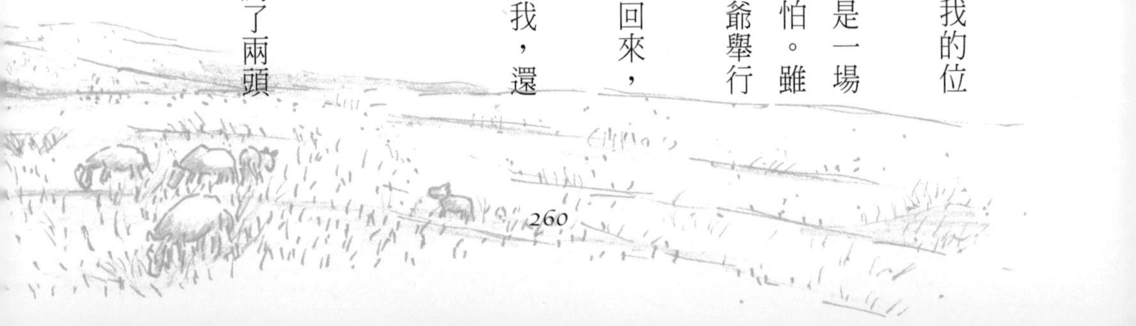

塔克無法入睡。他脫下軍服，換上寬鬆上衣後，又走下了客廳。野兔爺爺一個人坐在火爐旁，塔克在他旁邊坐了下來。

「敵人無法察覺我在旁邊。」塔克目不轉睛地看著火焰，輕聲地自言自語。「眞的就在旁邊而已，連他們說話的聲音都聽得到。夜裡，打算襲擊他們的時候……」塔克結結巴巴地說不出話，那些記憶過於栩栩如生。

老人目不轉睛地盯著青年的臉說：「然後怎麼了呢？我在聽。」

塔克深深喘了一口氣，也彷彿是嘆了一口氣。

「先不說最後的那場戰鬥，我殺完人後都會從屍體上拔下箭。因爲這麼做的話，他們就會覺得下手的人是原住民。但最痛苦的是，看到那些被殺死的人的臉孔，每一個臉孔我都還記得很清楚。即使到現在，他們的臉孔還會出現在我夢中……」他停頓了兩、三秒之後，只是靜靜地注視著火，然後才開始說話。

「以前老師曾經教過我，爲了要成爲森林的一部分，該怎麼做才好。一動也不動地坐著，什麼也不想，讓心空白……我拚命地努力這樣做，我還記得當我開始能看到兔子、貂、鼴鼠、熊，還有小鳥和河川裡的小魚時，那種愉悅的心情。當時老師教我的一切，充滿了許多的不可思議。但是誰也想像不到，未來的我會使用這些學來的技能，一邊徘徊在陌生國家的山野裡，一邊把人類當作對手來戰鬥。老師教我的是如何與自然融爲一體的技能，但我使用這些技能來獵捕人。我能活下來都是託老師傳授的技能的福，關於這點，我不知道該道多少次謝才夠，但是對我來說，與其道謝，我卻更覺得該低頭向老師道歉！」

老人啜飲了一口蘋果白蘭地。

「你是士兵，以前的我也曾如此啊！沒有必要道歉的。塔克，你別責怪自己，你只是盡自己的義務而已。即使留下了許多痛苦和惡夢，但這同時也是讓你成爲眞正男子漢的鍛鍊啊！」

塔克伸手拿白蘭地的酒瓶，打算再往老人的杯子裡斟一杯。

「已經夠了，塔克。我明天要早點出發呢！」

「又要回山裡了嗎？如果能跟您一起回去就好了，可是我只有三天假期。」

「你知道我住在哪啊，塔克。」老人小聲地笑著。「現在我還不會想躲你啦！」

老人說完後道了晚安，就上去樓上的客房了。火爐旁只剩下塔克一個人，兩手捧著裝滿白蘭地的酒杯，陷入長長的沉思之中。

草地上的積雪已經完全融化了。河川因爲溶解的雪水而氾濫，氣勢磅礡的流動著。塔克借了父親的馬，一個人在那附近走動。他的愛馬「風」已經死

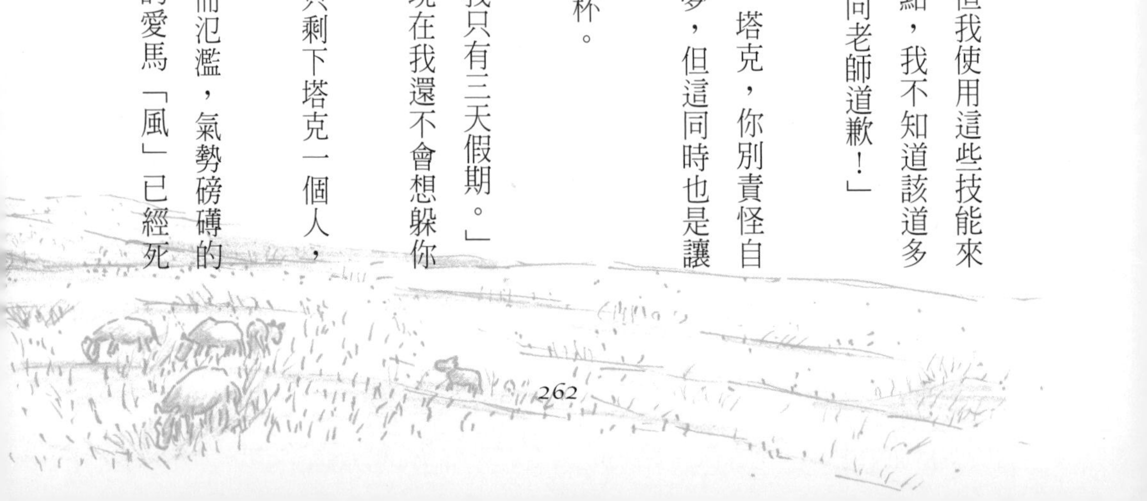

馬

馬科動物是優雅及自由的象徵，以禾草為主食，也攝食沙漠植物、啃食樹皮、樹葉、嫩芽及果實，牠們是利用腸道發酵系統來消化食物。利用嘶聲、叫聲來進行溝通。

了，正沉睡在這片綠油油的大草原中。老虎和地衣也死了。從小與狗和馬一起成長，他們的死亡是塔克最痛苦的事，就好像牠們一起帶走了自己青春的一部分，而且還是最美好的那部分。

塔克漫無目地的亂騎，許多回憶湧了上來。童年的時候，和野兔爺爺一起在山上度過的青少年時期，死去同伴的笑聲、臉孔、身影。

塔克抬起頭，吸了很多口冷冽清淨的空氣，被春天明亮的陽光照得瞇起了眼。因爲今年冬天下了大雪，群山以湛藍的天空爲背景，閃耀著銀色的光輝。塔克在馬鞍上準備掉頭。後面騎馬追過來的是堂姐娜娜。

「要去哪裡？」

「沒有特別的目的地。」他回答。

「可以一起走嗎？」

「可以啊。」

娜娜與他馬轡並排，兩個人沒有說話，就這麼讓馬走了一陣子。

她說：「我明年要去外地就讀大學了。」高中畢業後的娜娜在市裡的醫院當了兩年實習護士，她已變成溫柔文靜的女孩。

「塔克，」她開了口，「很痛苦的戰爭吧，但是現在可以忘掉了，不要再這麼悶悶不樂了。來吧，我們來比賽吧！」

她一說完，就用靴子的腳後跟蹬了一下馬的側腹。跟著吆喝聲，塔克也跟在她後面。馬蹄聲在草地上響著，跑過他們兩個腳下的地面。他們倆一邊歡樂的大聲嘻鬧，一邊穿越了河流。的確，回到家鄉眞的是件太美好的事了。

回到家時，兩人跟馬一樣汗流浹背。因爲雲層的增加，氣溫也升高了。夜晚降臨時，河川的水位更增加。今晚應該可以聽見奔騰激流中，宛如巨人磨牙般嚇人的石頭滾動聲吧！擦馬時，塔克意外地感覺到一股寒意，難不成感冒了嗎？他回到房間後就倒在床上。距離晚餐開始前，還有一個小時左右的空閒。不知不覺中，他陷入熟睡，讀到一半的書從手指中滑落。

同時，山上有一群大學生正沿著山脊下山。他們從狼口上山，在山的另一

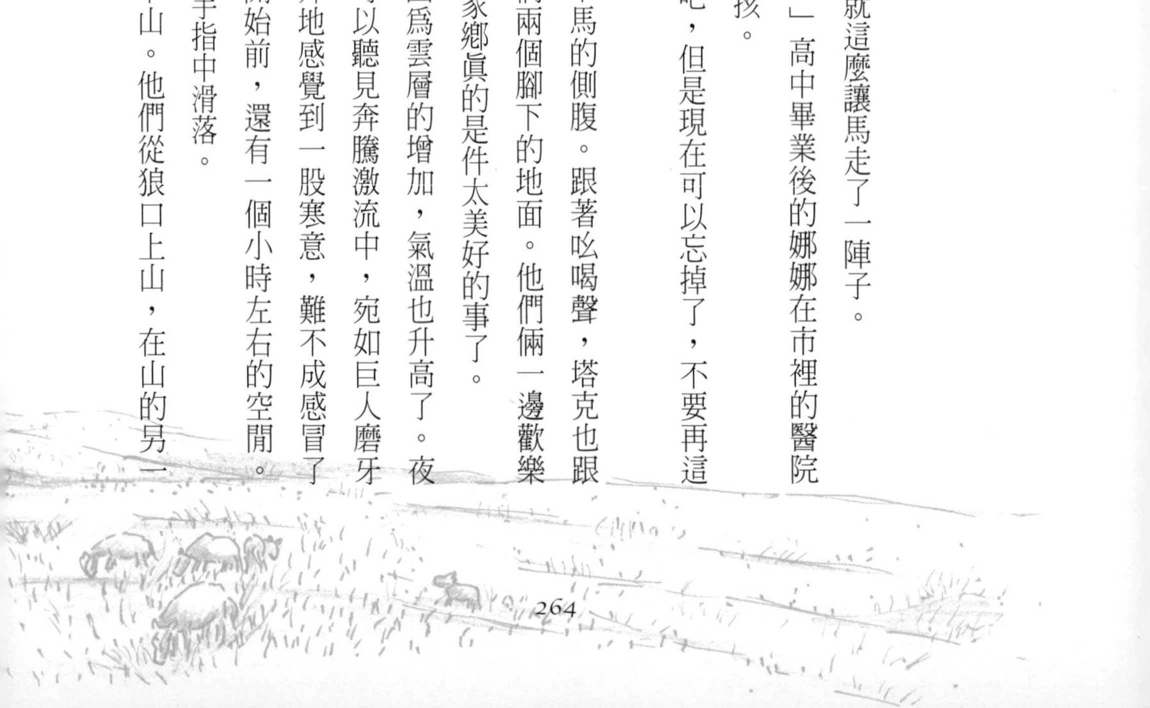

側紮營。很溫暖的一天。太陽反射在如砂糖般的雪上，令人眼花撩亂的刺眼。學生們背上的行李十分沉重，個個都汗涔涔又喘吁吁。

不久，這群年輕人終於來到位在山坡上的大坑洞邊緣。這是這座山上古時期噴火的火山口。在這座山的導覽書中寫著要繞道走貫穿山脊的道路，但若從火山口直直下去會更快也更簡單，而且似乎很有趣。

大學生們在山頂上由風吹積而成、沉重卻容易崩塌的雪堆上反覆地跳躍、滑雪，大聲地滾來滾去、用屁股滑下來。突然間，他們腳下的山動了起來。

從剛剛開始，野兔爺爺就看到那群學生了。當他們準備走下山時，他就對他們大喊著不要，但是聲音並沒有傳過去。老人急忙地往年輕人的方向走，他很清楚將會發生什麼事。

雪伴隨著轟隆隆的聲音崩塌了。雪大肆地落下，雪塊一個一個吞食了學生們的身體，接著迅速地落下後，終於停止。老人穿著踏雪套鞋，在仍很危險的雪地裡來回地走，用切斷的樹枝到處插，尋找被活埋的學生們。

老人很快就發現兩個人。他們因爲被埋在雪堆表面的下方，所以幾乎沒有受傷，只是受了驚嚇而已。還有三個人仍被埋在雪裡。

老人命令他們：「快點從這裡逃走。往管理員小木屋的方向走！就在這下

馴鹿

面，在山腰的中間。快點去那裡尋求救助，這裡還很危險。」

老人指著上面的險坡，巨大的雪塊不安地的懸掛在那裡。

兩個大學生因爲只是受了點擦傷，馬上就出發了。其中一個女生還因爲驚嚇過度而低聲啜泣著。看到他們離開後，老人又走回去搜索那些被活埋的年輕人。而那兩個大學生才剛到森林，走上踏起來很堅硬的道路的那瞬間，又聽到低沉的轟隆隆聲。

野兔爺爺往上看，看見白色崩雪的波浪往他的方向湧了過來，他卻一點都不害怕。沒有被救活的希望。老人拿來當柺杖的樹枝垂到地上，他靜靜地搖了頭。只可惜不能救出剩下的年輕人。

「可憐啊，那些笨孩子們，眞可惜啊！」

老人喃喃自語後，就在原地跪下，靜靜地閉上眼。

感覺到一股沉重的恐怖，塔克被嚇醒了而跳起來。在夢中，他騎著「風」在森林裡奔馳。不久，一頭純白的雄鹿從空地裡飛奔出來。也是擁有十二處分歧犄角的美麗雄鹿。體型很高大，一副很大膽、什麼都不怕的樣子，氣宇堂堂地站在塔克眼前。

「不行、不行，我不想看到你。」塔克想大叫，卻發不出任何聲音。這之間，白鹿只是動也不動地站在那裡。

是阿信，正咚咚地敲著塔克的房門。塔克跳下床開門。

「剛剛野生森林的管理員打電話來。」阿信說。「有雪崩發生，有人被活埋。現在正在召集自願的救難者。」

「馬上去吧！」

塔克一說完，慌張地穿上防寒衣出門而去。

翌日凌晨，他們把遺體搬到山下去。塔克堅持要自己搬野兔爺爺的遺體。可以看見擔架上清瘦的屍體。大家在雪堆下發現老人，當除掉他臉上的硬雪時，他的表情就像睡著了一樣。嘴唇還很優雅地，帶有放棄的微笑。

塔克抓著擔架前方前進，阿信與他並肩走著。爲了連絡和調度而先下山的八津已經在山腳的道路上準備好馬車等候著。一看到兒子，父親噙著淚緊抱住兒子。平常這種事很少發生的。

塔克說不出話，只能點點頭示意。他們憔悴無言地跟在馬車後面走。

電報傳來的時候，他們正在家裡喝熱茶。八津唸了電報文。

「皇宮裡發來的。是皇帝陛下給塔克山海中尉的命令。將神谷上校的遺骸送到京城。」

塔克動也不動地接受了。

「我知道了。」他乾脆地回答。哥哥把手放在他肩上。

「一起去吧！」八津說，「三個人一起去吧！」

15 白色雄鹿

翌年的世界比賽上，射箭方面的金、銀、銅獎牌全由齊威獨占。塔克得到金牌。這次的功績讓塔克榮升爲上尉。不僅是在優秀管理員游擊隊中，他是全三軍中最年輕的上尉。

也是在這年的初秋，他接受皇太子個人的招待，和皇太子一起去狩獵。

火車到站後，塔克拿著裝有行李與弓箭的行李箱下了火車。老朋友庫瑪加納將軍已經在月台上等著迎接他了。塔克放下行李，向將軍行禮。同樣舉起單手回敬後，體型高大的將軍完全不在意對方是否會尷尬，攤開手，再將塔克用兩手抱在懷裡，把塔克抱離了地面。

「塔克，又見到你眞的很開心啊！恭喜你得金牌啊！打從你還是孩子開始，我就知道你會變得這麼有成就。好想看你盛裝的樣子啊！」

「謝謝將軍。你那之後還送了一箱香檳給我，眞的是非常感謝！」

「不不不，那種東西我家裡還像山那麼多呢！對了，快來吧，可不能讓殿下

等我們啊！」將軍對塔克眨眼示意。「還有很多小姐正等著看有名的大英雄呢！」

車子開始行駛後，庫瑪加納將軍語氣很認真地與他交談。

「塔克，聽說你還是自願要到前線部隊去，要不要重新考慮一下啊？到目前爲止，殿下一直致力於騎射這個項目能被認可，成爲世界比賽的其中一個項目，這也得到其他國家的支持，應該是很有希望成功的。但是，要找能率領這個隊伍的隊長，我心目中只有一個人選，你懂我的意思吧？要不要撤回原來的志願啊？如果就這樣繼續待在國內的管理員游擊隊的話，到三十歲左右你一定能當上上校，要不要重新考慮看看？」

馴鹿

「好的，將軍，我會考慮看看。」塔克回答。

一直到抵達小木屋之前，兩人都沒有再開口說話。

晚餐的宴會上，塔克坐在皇太子妃旁邊。主菜是剛剛從海中捕獲的最新鮮的魚料理。席間皇太子突然站了起來。

「皇帝陛下要對大家說一些慰勞的話。」

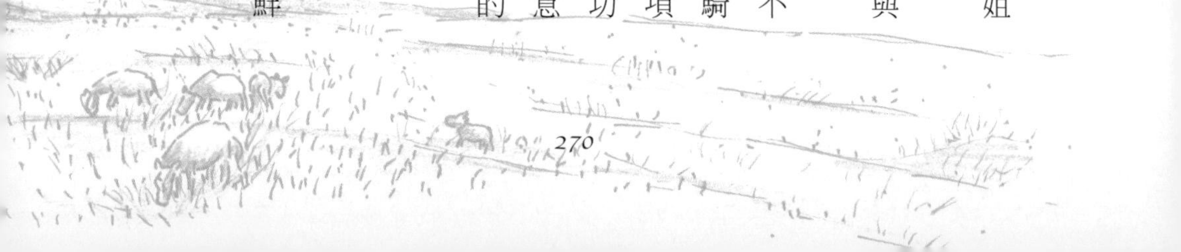

全體賓客站了起來。大廳裡忽然瀰漫著緊張的空氣。傳言陛下因爲生病而入院。皇太子對庫瑪加納將軍使了個眼色，將軍便舉起酒杯說：「讓我們爲陛下的健康及長命祈福。」

塔克和其他人一起舉起酒杯，一口乾完杯裡的紅酒。大家又開始聊天，嘻笑聲四起。但是，不知道什麼事讓他感到十分的不安，兩隻手還起了雞皮疙瘩。侍者又在玻璃杯裡斟滿酒。坐在桌子另一邊的皇太子傳喚塔克。

「山海上尉，明天要跟你一起騎馬狩獵了呢！眞是太好了。」

「這是我的榮幸，殿下。」

皇太子笑了笑說：「至少要給我一次機會嘛！」他轉向旁邊貴族的夫人。

「即使蒙上這個年輕人的眼睛，他還是能射中正在奔跑的袋鼠喲！」

「殿下，但是那是對方吹著口哨的情況。」塔克把他轉成玩笑。

但只有那股冷颼颼的不安感，時時刻刻糾纏著他。

皇太子、塔克、庫瑪加納將軍跟近衛騎兵的上校一行人在黎明時分出發。上校是個身材高大、身子挺的很直、眼神很銳利的男人。全體人員都騎著馬，背上揹著傳統戰士用的弓與狩獵用的箭筒。山上那邊傳來追趕鳥獸的叫喊聲。馬兒在修剪的很短的草地上，浮躁地跳動著。

隨著叫喊聲越來越接近，一群鹿闖了出來，往右手草叢與樹叢之中跑過去。皇太子命令站在後面的獵犬管理員放了狗兒。狗兒從旁邊追了過去。人們騎馬跟在後面。帶頭的大雄鹿突然改變了方向，往被風吹倒的枯木上跳過去。皇太子騎著馬緊跟在後，也跳上了那根粗木頭。塔克慌張地緊跟在後。

皇太子拉弓、放箭。射中了！但雄鹿即使被射中了，還是跑了百步左右後，才倒在地上動也不動。皇太子對塔克揮揮手，指示他可以不要客氣，去獵其他的鹿。塔克將目標設定爲剛剛橫飛過他眼前的一隻鹿後，放箭。命中頸部正中間。雄鹿的身體痙攣了一下後，一瞬間就不動了。

近衛騎兵的上校與庫瑪加納將軍騎馬往追趕獵物的獵犬後方追去。看著剛射死的鹿，塔克用馬的繩子綁住鹿的脖子，回到皇太子所在的地方，手拿著弓箭就下馬了。騎著高大白色駿馬的皇太子，臉上因爲興奮而泛紅。

「內臟要取出來嗎？」塔克問。

「不用不用，這些交給獵犬的管理員就好。來吧，塔克山海，還有很多獵物呢！」

「是的，殿下。」

塔克坐上馬鞍，追在皇太子後方。獵犬的聲音漸行漸遠，但還可以聽見號

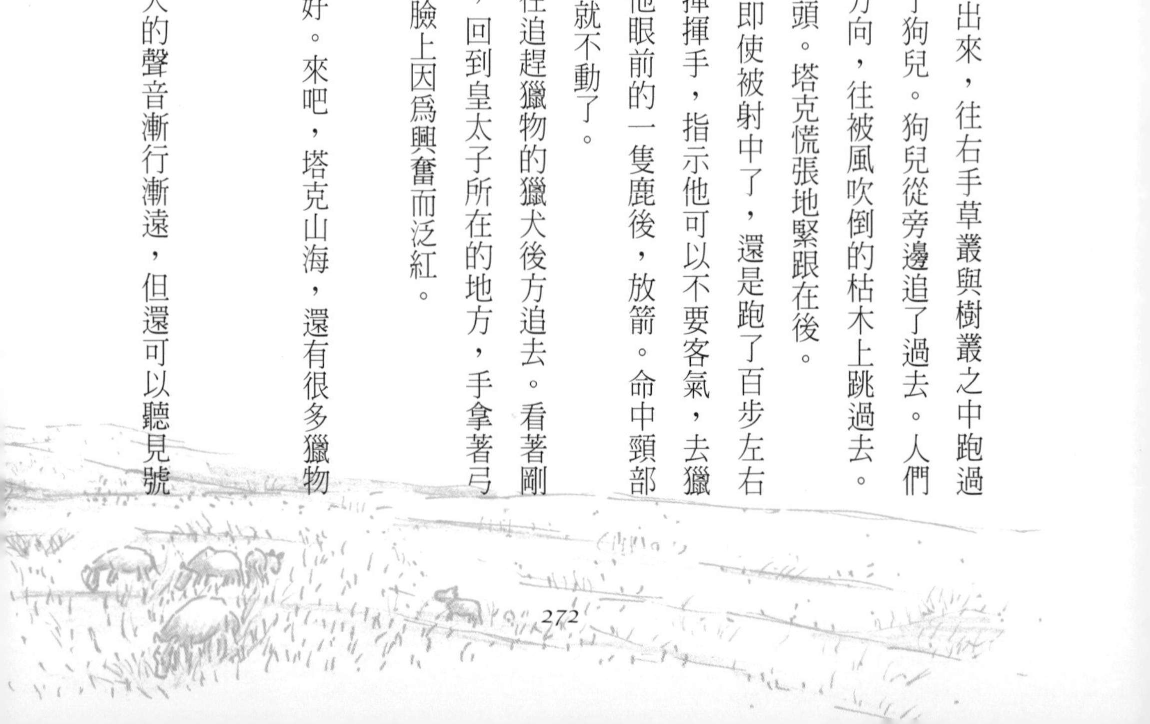

角的聲音。途中，他們發現了幾頭很顯眼的雌鹿，也遇到一些年輕的雄鹿，但卻沒有看見皇太子想獵捕的大型鹿。

皇太子走在前頭，兩人渡過了淺灘，進入了古老的栗木林。突然之間，所有的聲音都靜止了，就連鳥兒的鳥囀聲、風輕輕吹拂過紅葉的聲音，完全都聽不到。皇太子拉拉韁繩讓馬兒停了下來。

「怎麼大家都走散了呢?回去比較好吧!」

就在此時，覺得時間停止了的瞬間，樹林間傳出一個聲音。一頭很漂亮的雄鹿出現在他們眼前，距離他們兩人約有三十步左右的距離。頭上的犄角分岔成十二處，每處犄角的前端又細分成三枝尖銳的角。

這是隻帝王鹿!

一瞬間，塔克像凍僵了一樣無法動彈。這隻鹿的確是他從沒看過的最美麗的雄鹿。但不只如此，牠是隻全身上下都被如同雪般潔白閃亮的白色毛皮覆蓋的白鹿。

皇太子靜坐在馬鞍上，緩緩地拉開弓。雄鹿走到空地中央，就站在那裡，側著身子眺望他們。

突然之間，尼魯所說的話浮現在塔克心中，不知何時做過的夢清晰地浮現

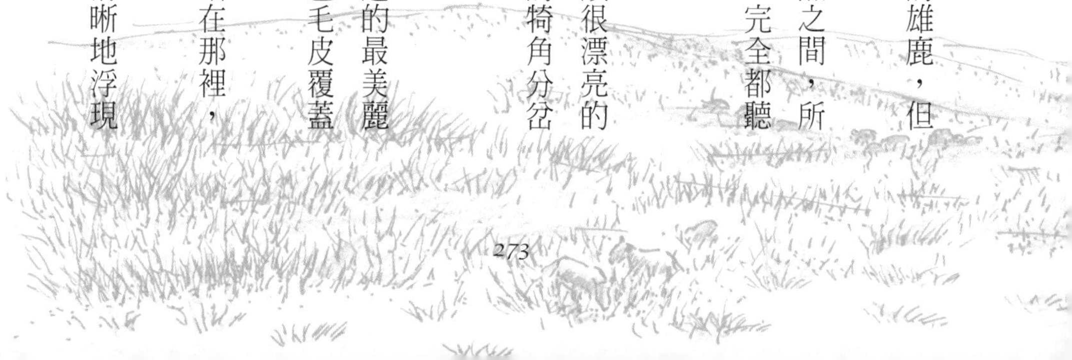

馴鹿

有些馴鹿能在同一地區每天遊走十五至六十五公里。鹿最突出的特徵就是只有雄鹿才有的鹿角，馴鹿則是例外，雄雌鹿都有鹿角。鹿角直接連接頭骨長出，生長初期還富有一層具絨毛的皮膚（稱為鹿茸）。

在他腦海中。塔克大叫。

「不可以，殿下！那是白鹿啊！」

「噓！」

皇太子說完，把弓拉的更滿。鷲的羽毛所做的羽毛箭碰到了白鹿的臉頰。塔克看見皇太子脖子與下巴緊繃住的肌肉。他也不清楚自己到底該做些什麼，他用馬刺踢了一下馬腹，來到皇太子前面。此時的白鹿宛如白色幽靈，就那樣佇立在那兒。

皇太子要放箭的剎那，塔克連思考的時間都

沒有，就用自己的弓箭擊落皇太子的弓箭。但兩人乘坐的馬因爲太過接近而腳步亂成一團，也因此他的弓箭掠過皇太子的左手，擊中皇太子的臉。

箭往意料之外的方向飛去，雄鹿用力一躍就逃走了。

「笨蛋！你在做什麼！」皇太子無法抑制憤怒及驚嚇，大叫了出來。

另一邊，近衛騎兵的上校因爲沒看見皇太子而十分擔心。一聽到塔克的叫聲，立即奔往兩人所在的空地，卻正好看見年輕的士官做出那種令人無法置信的動作。

沒想到塔克竟然拿弓打皇太子。上校騎著馬去撞塔克的馬，抓住他的脖子直接把他拉下馬。一拳往正要起身的塔克的臉上揍下去，把他像圓木般壓倒在地後，上校拔出手槍，指著年輕人的頭。

「要直接在這裡槍斃他嗎？殿下。」

皇太子用絹質的手帕擦拭著臉，搖搖頭說：「不用，把他交給近衛兵吧！但是到底是爲什麼呢？本來應該能順利地殺死那隻鹿的。」

上校往空中開了三槍，那是有緊急情況發生的暗號。近衛兵從周圍四處出現。不久庫瑪加納將軍也來了。塔克站在原地，兩手被手銬銬在後面。庫瑪加納將軍下馬後，雙手搭在塔克的肩上，像是對待小狗那般，用力地搖晃他。

「到底發生什麼事？欸，你到底爲什麼要那麼做？」

塔克只是搖著頭。

「白色雄鹿……不能讓殿下殺死白色雄鹿……」他喃喃自語。

上校命令：「把他帶走。」

士兵們把塔克帶走。

庫瑪加納將軍脫下帽子跪下說：「殿下，這是我的部下所犯的錯誤，是我的責任，請您處罰我。」

上校嚴厲地說：「竟敢對皇太子殿下使用暴力！我們會將他提交到軍法會議上，接受懲處！」

將軍知道那會是什麼懲處——槍斃。

皇太子說：「我實在不懂他爲什麼會這麼做，剛剛應該是百分之百會射中的。那是從沒見過的美麗雄鹿啊！是白子，全身雪白，只有眼睛彷彿黑瑪瑙般閃閃發光。他到底爲何要這樣做呢？」

「殿下剛剛是說白色雄鹿嗎？」庫瑪加納將軍問。

「看到白色雄鹿啊……」將軍的記憶深處似乎有什麼東西浮現。

塔克被帶到軍事刑務所。好一陣子，他被逮捕的消息都被軍方當作秘密壓

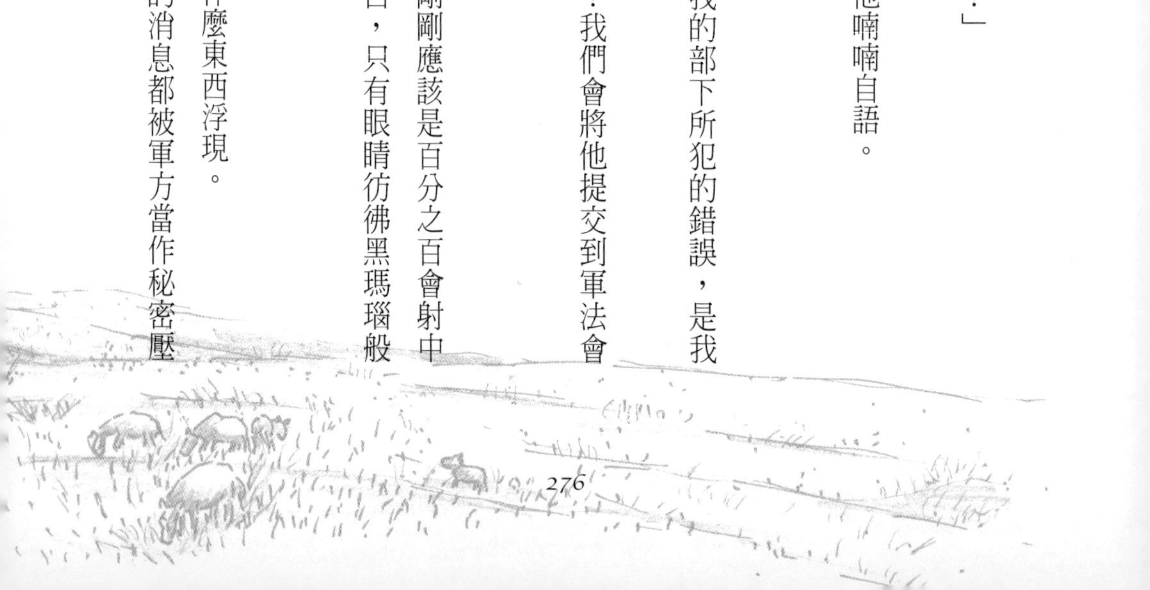

下來。因爲曾經是國家英雄的男子，在一夕之間被烙上背叛者印記，這實在說不太過去。

盤問的過程漫長又嚴格，有時還會被毆打。食物只有燕麥片跟水，也一律禁止會面。監獄的獄醫第二次來到他的監獄，是爲了減免死刑而鑑定他的精神狀況而來。但是大家並不認爲這麼年輕的士官會有精神異常的可能。

最後，他被帶到軍事最高幹部會議。在長官們的面前，塔克只是一味表示自己的歉意，說明自己只是想擊落皇太子的弓箭，絕對不是打算危害皇太子的生命安全。但是當問他理由時，他只是平靜地看著遠方，一句話也不回答。長官們嚴肅地盯著他，互相交換了眼神後點點頭。判決下來了，將由射擊班執行槍斃的死刑。

這天下午，庫瑪加納將軍內心異常沉重。即使白天就像用酒洗澡般的喝了那麼多，但他的心情還是開朗不起來。已經逼近塔克山海將要被處刑的隔日早晨了。不論這個年輕人做了什麼，最後一晚，他都應該到場，待在他身邊，設法鼓舞他的精神。塔克應該會需要自己吧！

他去洗了熱水澡，之後又在如冰般冷冽的蓮蓬頭下，站了好幾分鐘。到目前爲止，他還沒有嚐過如此沉重、苦澀的心情。他從容地換上軍服，走向軍器

室。值班士兵打開門鎖退到旁邊。從門閂上方的窗戶照進來的夕陽餘暉中，細小的灰塵輕輕飛舞著。軍器室裡是嚴禁灰塵的。

將軍要轉身責罵值班士兵的瞬間，眼睛被一束光線刺到。懸掛在牆壁的雄鹿枝角上懸掛著許多儀式用的刀劍，那束光線是裝飾在那些刀劍護手的金飾工藝反射太陽光而來的。他被刺得直眨眼。那些責罵的話就這麼吞了下去，將軍盯著劍和掛著這些箭的雄鹿犄角。那是不知多少年前他在艾格蘭獵殺到的紅鹿的角。

他心頭彷彿挨了一記，記憶緩緩甦醒。那時候的他和導遊一起在岩石的陰影下休息。蒼老的隨從給了他一小瓶威士忌，開始跟他講起不知何時與齊威少年塔克一起狩獵時的事情。

少年打算獵捕的雄鹿全身被霜覆蓋，但因爲在早晨的陽光中散發出雪白的光輝，而怕與傳說中的白色雄鹿搞錯，因而放棄射殺牠。白色雄鹿的出現，據說是不吉的前兆。如果白色雄鹿現身某人眼前，代表對那人而言十分親近或重要的人將會死亡。如果殺死白色雄鹿的話，自己也會死亡……。

原來啊，原來是這樣子的啊！

那是距離塔克去艾格蘭狩獵不知過了幾年的事了，那時自己被霧雨淋得濕

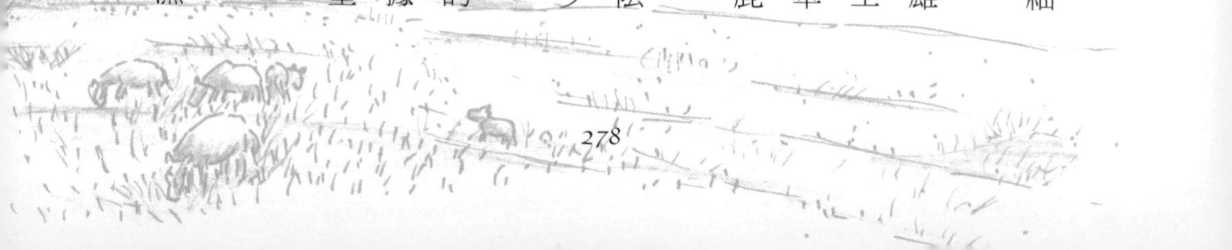

答答地，他因爲又冷又著急而焦躁不安，所以那個隨從的話只聽了一半。可不是這樣嗎？一定是這樣！那個隨從說的少年一定就是塔克，所以他知道這個傳說。說到這，塔克被近衛兵逮捕時，嘴裡不正是喃喃自語地說白鹿什麼的嗎？

皇太子應該看到白色雄鹿了吧？如果是這樣的話，先不說能不能被赦免，至少可以說明塔克的行動了。

將軍竟然完全忘記要取劍，離開房間就往電話直奔。值班士兵取下劍、鎖上房間後，在後面追著將軍。

「幫我準備車，動作快點！」將軍大聲地命令。

將軍打了電話給皇太子的親信後，把事情說明了一遍。對方只是靜靜地聽庫瑪加納說，將軍說完了之後，還是保持著沉默。

「懂了嗎？我實在不想打擾殿下，但是山海的處刑日就是明天了。是明天喔！如果殿下聽到的話，一定能夠理解的。這麼一來，就必定能請求皇帝陛下赦免，現在的話，應該還來得及啊！」

還是沒有任何回答。

「聽好，這關係到每個人的生命啊！」

「將軍，現在不行啦，現在怎麼能讓殿下煩心呢！」

「讓殿下煩心？你這個笨蛋！你知道殿下爲了這件事情多麼煩惱嗎？讓自己喜愛的年輕部下就這麼白白地送死，你以爲殿下會開心嗎？快！馬上向殿下稟報！如果你再怎麼樣都不願意的話，我就向你下戰帖，即使被逮捕、被槍斃我也無所謂。」

「請等一下，將軍，稍等片刻。」

將軍焦急不安地等著。握著聽筒的手都握到汗涔涔了。五分鐘過去、六分鐘、七分鐘……

值班士兵過來對將軍說：「將軍，車已經準備好了。」將軍揮手要他安靜。

「庫瑪加納將軍嗎？請直接來宮裡。陛下，這個，總而言之……」對方說到一半，「請馬上前來，將軍。」

電話掛斷了。庫瑪加納將軍急忙往等候在外的車子走去。果眞有機會救塔克嗎？

皇太子宮殿外，警備增加了兩重，宮殿內則變得鴉雀無聲。神色憔悴的親信把將軍帶到皇太子個人的房間。皇太子坐在大書桌的前面，抬頭看著進入房間的將軍。將軍被太子臉上流露的悲哀神情嚇到。那麼，塔克的事件的確也讓皇太子十分煩惱吧？

「所以呢？庫瑪加納，白色雄鹿是怎麼一回事呢？」

將軍敬了禮。

「那是凱爾特的傳說，殿下。山海在感受還很敏銳的少年時期時就聽過這個傳說，因而有了很深刻的印象。根據這個傳說，白鹿的出現，是對看到的人而言，十分親近、重要的人將死的前兆。而且不僅如此，如果射殺了白色雄鹿，本人也會因此死掉。殿下，或許那個時候塔克……」

皇太子的表情依然充滿了悲傷，他緩緩地站了起來，盯著將軍的臉後輕微地點點頭，接下來傳喚那些站在外面的親信進來。

「我希望直接從你口中聽到這些話，庫瑪加納。接下來就該聽本人親口說。」親信進來了。

「拿筆和紙來。對宮內的長官們說，要他們把玉璽送過來這裡。」

「但是殿下，應該去拜託皇帝陛下……」這些話還未說出口，就消失在庫瑪加納將軍的嘴邊。突然之間，他全部都理解了。

「沒必要問父皇了。」皇太子說。

將軍跪在太子面前。

那天早晨，塔克穿著新配給的上衣，得到一杯用金屬的玻璃杯裝的烈酒白

蘭地。他換衣服時，近衛兵們動也不動地看守著。不可思議的是，塔克完全不會覺得害怕。一切彷彿是個惡作劇。在久遠的少年時期的那一天，若他沒有得到皇太子獎的話，現在絕對不會在這種地方吧！

監獄的看守來到單身套房，身旁站有兩個近衛兵。

「準備好了嗎，山海？」

塔克迅速地站起來，點點頭說：「是的。」

「有沒有要給家人的遺言？」

塔克搖搖頭，低頭嘆了口氣。

就在此時，外面似乎有什麼騷動的聲音傳來。除了叫聲，還有穿著靴子急忙走路的腳步聲，往走廊這邊接近。近衛兵們拔出腰際的槍，兩人把槍指著塔克，塔克一動也不動。

進入牢房的是庫瑪加納將軍，旁邊是最初逮捕塔克的上校，後面還跟著數個近衛兵。庫瑪加納將軍手上的文件隨風飄動著。

「有什麼事嗎？」看守追問。

庫瑪加納將軍將文件強塞進他手中。

上校說：「這是赦令，直接釋放塔克山海上尉。」

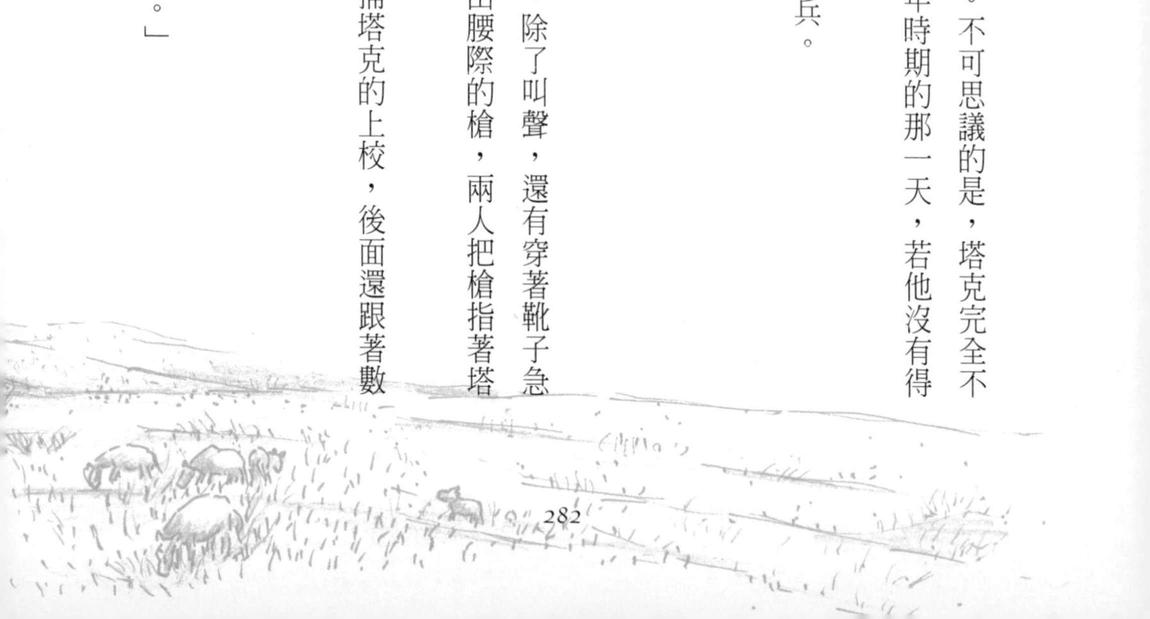

看守讀完文件，也看到玉璽印，然後呆立原地。他因爲驚嚇而臉色發青了。

「放了他。」他命令道，然後擦去額頭上冒出的冷汗。

「眞是千鈞一髮啊！幸好趕上了。」

上校盯著看守的眼睛直看。

「這是最高機密，知道嗎？說出去的話就不好辦事了。」

看守點頭答應，眼睛裡流露出恐怖的神色。

「是的，我知道了。」

塔克被帶上公用車，要帶回皇太子的宮殿。車窗貼著黑色的罩布。庫瑪加納將軍和上校也一起。塔克又陷入了恍惚，好像也沒有打算要問什麼。

唯一知道的就是，皇帝陛下竟然能原諒毆打了皇太子的自己。

他下車之後，被帶到近衛兵的休息室，就在那裡待了一個小時。到底怎麼回事呢？宮殿裡聚集了許多人，在那些人之中有公務員也有軍人。但每個人都臉色沉重，很忙碌地來來回回。

終於庫瑪加納將軍來迎接塔克。帶他到一間氣氛簡樸的辦公室。不久，皇太子大步走進來。他全身都穿著黑色的服裝，眼部周圍也因爲疲勞而出現了黑眼圈。皇太子用手制止正打算下跪道歉的塔克，就讓他那麼站起來。

「塔克山海，那時候我們兩個的確有看到白色雄鹿啊！但是我的獵犬管理員和森林管理員都異口同聲的說不可能，他們堅持那裡不可能有白色雄鹿。但是那不是謊言，的確有啊，因爲我們看到了，是事實啊！而那時候，你阻止我射殺白色雄鹿，到底是爲什麼呢？現在，你可以跟我說原因嗎？」

塔克調整姿勢。

「那是很久以前，我第一次去艾格蘭獵鹿時聽到的事情。某個人告訴我，白色雄鹿出現在人面前時，就是預告對那個人而言很親近、很重要的人物將會死亡。而且如果殺了那隻鹿，殺鹿的人一定也會遭遇不幸。那時候我到底爲什麼會做那樣的事，我自己也不知道。但是我只是認爲無論如何也不能讓殿下遭遇不幸。眞的非常抱歉，殿下，我是該被處罰的。」

塔克跪下，皇太子看著庫瑪加納將軍。

將軍說：「他不可能知道的，陛下。」

「陛下？」塔克睜大了眼睛，他突然理解了一切。

將軍說：「你眼前的是我們的新上任的皇帝陛下。」

塔克不由得嘆了口氣。

「父皇過世那天正是我看到那頭白鹿的那天。」優利塔卡皇帝說。「今天是

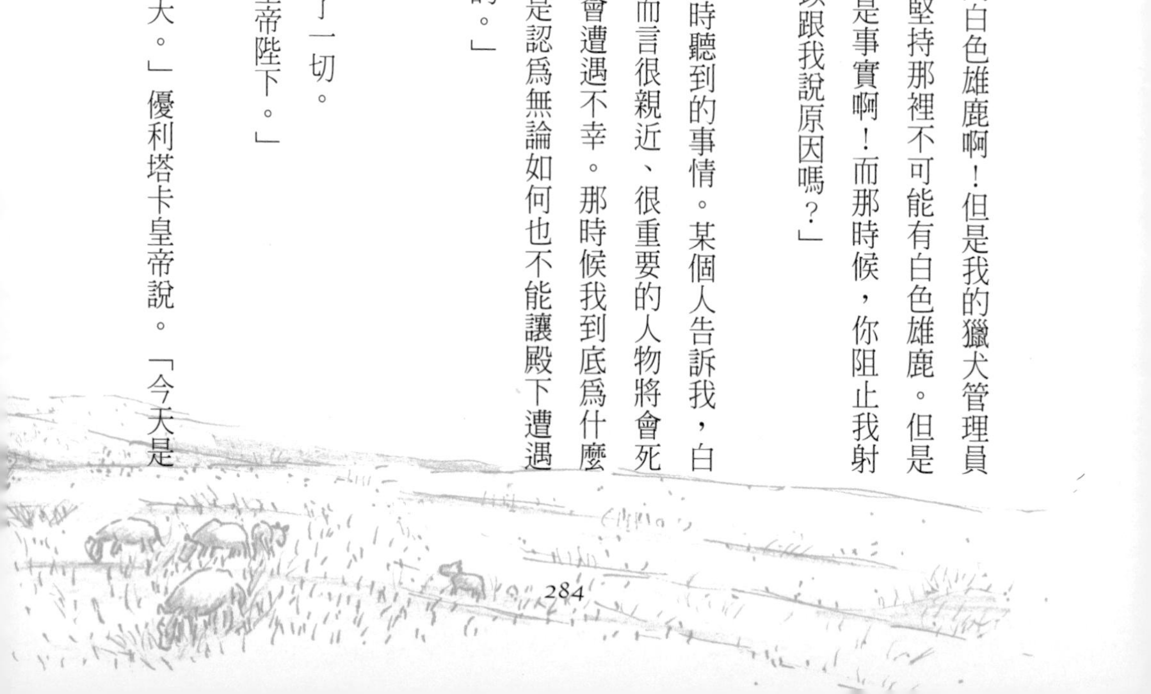

正式發表，實在是太過突然了。」

他轉向將軍。

「馬上恢復這個年輕人原本的職位。被剝奪的榮譽也全部都歸還給他。而且這個事件，要從所有的記錄中徹底消除。」

「是的，陛下！」將軍向陛下敬禮。

皇帝看著跪在眼前的年輕人。

「但是，我跟你永遠都不會忘記吧，塔克。謝謝你，要是那天我殺了那隻白色雄鹿的話，也許現在正遭逢著莫大的不幸呢！」

皇帝說著，微笑的臉孔中，刻著深沉悲哀的神情。

國家圖書館出版品預行編目資料

獵殺白色雄鹿 / C.W.尼可（C.W. Nicol）著；
呂婉君 譯，--初版--臺北市：高談文化，2007
〔民96〕
288面；21.5×16.5 公分（森活館 08）
ISBN：978-986-7101-35-8（平裝）

873.57 95016293

獵殺白色雄鹿

作　　者：C. W. 尼可（Clive Williams Nicol）
譯　　者：呂婉君
插　　圖：謝孃瑩
發 行 人：賴任辰
社長兼總編輯：許麗雯
主　　編：劉綺文
責　　編：林文理
美　　編：謝孃瑩
行銷總監：黃莉貞
行銷企劃：林婉君
發　　行：楊伯江
出　　版：高談文化事業有限公司
地　　址：台北市大安區忠孝東路四段341號11樓之3
電　　話：（02）2740-3939
傳　　真：（02）2777-1413
http://www.cultuspeak.com.tw
E-Mail：cultuspeak@cultuspeak.com.tw
郵撥帳號：19884182 高咏文化行銷事業有限公司
印　　刷：卡樂彩色製版印刷有限公司（02）2883-4213
總經銷：知己圖書股份有限公司
（台北公司）台北市羅斯福路二段95號4樓之三
電話：（02）2367-2044　傳真：（02）2363-5741
（台中公司）台中市407工業30路1號
電話：（04）2359-5819　傳真：（04）2359-5493
行政院新聞局出版事業登記證局版臺省業字第890號

2007年6月初版一刷
定價：新台幣360元整

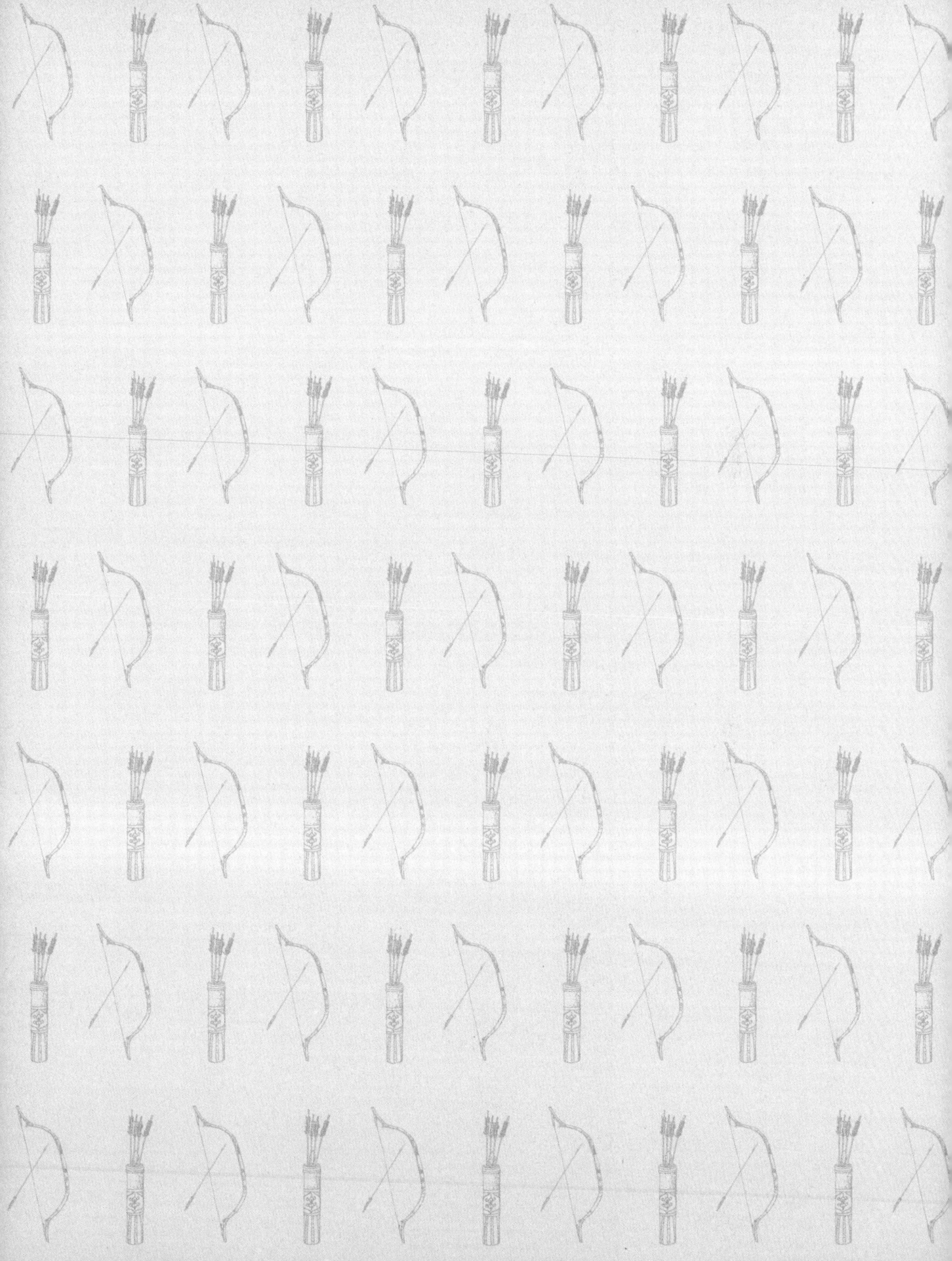